転生した社畜は異世界でも無休で最強へ至る

丁鹿イノ

ファンタン .

口絵・本文イラスト　風花風花

CONTENTS

プロローグ

——ズキッ
また頭痛か……。

ここ最近、頭痛の頻度《ひんど》が増えている。病院に行った方がいいとは思っているが、今のプロジェクトが一区切りつくまで休みはとれそうもない。

そんなことを一年前から思い続けている気がするが、気のせいだ。

深夜二十三時、絶賛仕事中。今夜も帰れそうにない。

「恒《わたる》さーん！　リポビタンG買ってきました！」

この子は部下の結衣《ゆい》ちゃん。僕が研修担当した後輩《こうはい》で、僕の直属ではなくなったのにも拘《かか》わらず未《いま》だに何かと手伝ってくれる優《やさ》しい子だ。

「ありがとう、助かるよ。もう遅《おそ》い時間だし、本当に先に帰っていいよ」

「いいんです！　私がやりたくてやってるんですから！　あの、ところで恒さん今日も徹《てっ》夜《や》ですか？　私もたまには恒さんとお泊《と》まり……じゃなかった、おつきあいしたいなー……なんて……」

お泊まり会みたいな軽いノリで言ってるけどお仕事だからね？

「結衣ちゃんまで巻き込むわけにはいかないから、頼《たの》むから帰って休んで」

「むー！　恒さんのケチ!!　わかりましたよー、帰りますよー！　恒さんも少しは休んでくださいね？　恒さんが倒《たお》れたら、うちの会社なんてすぐに倒産《とうさん》しちゃいますから！」

小さい頬《ほお》を膨《ふく》らませて舌を出す結衣ちゃん。可愛《かわい》い顔をしてもダメなものはダメだ。

「はいはい、心配してくれてありがと」

「むぅ……じゃあ先に帰りますね……お疲《つか》れ様《さま》ですっ！」

「はい、おつかれー」

結衣ちゃんを見送り暫《しばら》くパソコンと向き合っていると、唐突《とうとつ》に頭の奥が痛みだした。

――ズキンッ
あー、少し頭痛いな……バフォリンでも飲んでおくか。どこにしまっておいたかな。

――ズキン
――ズキン
――――プチンッ

……ツザ———……

「ぐっ……あッ……」

なんだ……今の……痛い……。

痛い痛い痛い痛い痛い痛い痛い痛い痛い痛い痛い痛い痛い痛い痛い痛い

頭を何度も内側から刃物《はもの》でえぐられるような痛み。あまりの痛みに呼吸がままならない。

なんだ……これ……ッ発狂《はっきょう》する……!! 痛すぎる!! 死ぬ、マジで死ぬ……!

……ツピガ———ガガガ……

あああああああああぁぁぁぁ!!! ……あ?

薄《うす》まっていく痛み。あれか、痛すぎて脳が痛みを遮断《しゃだん》したとか?

痛みは薄まって少し冷静になってきた。身体は、指先一つ動かない。

痛みは引いていくが、感じる。自分の命が失われていくことが。

プチンとかいっていたもんな、脳の血管でも切れたのかな。最近リポビタンGとか、カロリーブロックとかしか食べていなかったしな。睡眠《すいみん》も全然取っていなかったし、よく考えるとそりゃ死ぬわな。

……ザー……ガガッピーーーー……

ところで先ほどから変な音が聞こえるんだけど、なんだこれ？
薄れつつある意識の中、壊《こわ》れたテレビのような雑音が頭の中に鮮明《せんめい》に響《ひび》き渡《わた》る。

……ザザッ…

……『解析《かいせき》』により、システム言語の解析に成功しました。
今後、システム言語は主言語での再生となります。

………ファッ⁉
驚《おどろ》きにより一瞬《いっしゅん》だけ覚醒《かくせい》しそうになるも、やはり徐々に意識が薄れていく。

あぁ……死ぬ直前の幻聴《げんちょう》とか……だったのか……な…………。

青桐《あおぎり》恒の心肺停止を確認《かくにん》しました。リンネシステムによる魂《たましい》の転送を開始します。

第一章 ♦ 社畜転生

暖かい……ここは天国か……？

重い瞼《まぶた》を気合いでこじ開ける。視界がボヤけているが、なんだか白くて明るい場所にいることだけは何となく分かる。なんとか焦点《しょうてん》を合わせていくと、目の前に妙齢《みょうれい》の綺麗《きれい》な女性が見えた。全く見覚えのない女性だ。

そして、顔が異常に近い。近すぎる。この温《ぬく》もり、もしかして抱《だ》きしめられている……？

しかしこれ程《ほど》綺麗な女性に抱きしめられているというのに、なぜかドキドキはしない。むしろ言い知れぬ安心感を抱《いだ》いている。彼女から感じる体温がとても心地いい。

外部からの『気力』の流入を確認しました。
『気力』の流れの解析に成功しました。スキル『操気』を獲得《かくとく》しました。

……は？　今、なにかボーカロイドの声みたいな人工的な音声が聞こえなかった？

「────────」

状況《じょうきょう》が理解できず困惑《こんわく》する中、女性がなにか語りかけてきていた。しかし何を言っているのかさっぱり理解できない。

「────────！」

女性と同じくらいの年齢の細身の男性が大声をあげながら近づいてきた。泣きながら笑《え》顔《がお》という、非常に器用な表情をしている。

そして女性の手から男性の手に、僕が渡される。

……ん？　渡される？

「────！────!!」

男性の大きな声が耳にキーンと響く。なんだこのうるさい人は!?

耳を塞《ふさ》ごうとした自分の手が、ふと視界に入った。小さい。女性と男性を見る。大きい。

これは……まさか……漫画《まんが》やラノベでよくある、前世の記憶《きおく》を持ったまま転生したというやつか……？　そんなこと、現実にありえるのか……？

外部からの『魔力《まりょく》』の流入を確認しました。

『魔力』の流れの解析に成功しました。スキル『魔力操作』を獲得しました。


あー……うん。なんとなく分かった。ここ、ファンタジーの……世界だ……。

抗《あらが》えない眠気《ねむけ》に誘《いざな》われながら、僕は現状を悟《さと》った。


目が覚めた。ここは会社……ではなく、ふかふかのベッドの中。そして、凜々《りり》しく端整《たんせい》な顔立ちの女性が隣《となり》で寝《ね》ている。母だ。

「――――」

母は優しげな顔で僕を撫《な》でながら、微笑《ほほえ》んでいる。つられて僕も笑みをこぼしたところで、ドアを開け放ち男性が早足でベッドへ近づいてきた。

「――――!!」

このテンションが上がりすぎて大きな声で語りかけてきている男性は、父だと思われる。

母はそんな父を苦笑《くしょう》しつつも微笑ましそうに目を細めて眺《なが》めていた。うるさいが、シカトも可哀想《かわいそう》なので返事をしておく。

「あーうー」

うん、舌がうまく回らない。歯がゆいけれど、生まれていきなり喋《しゃべ》る赤ちゃんとか不気味で仕方ないし、話せたとしても隠《かく》すしかなかったと思うと特に支障はない。

それにしても、転生か……父と母の話す言語は、どうも地球のものではないと思われる。

今まで色々な国のクライアントと仕事をしてきたが、こんな言語は聞いたことがない。

またこの部屋の設備。調度から貧しさは感じないのに、電気設備や機械がない。どうやら、科学技術が発達していないようだ。ランプて、いつの時代ですか？

しかも死ぬ前と寝る前に聞こえてきた声。聞《き》き間違《まちが》いでなければ、スキルとか魔力とか聞こえた。学生時代によく見ていたアニメやライトノベルの中ではよくある設定だけれど……やはりここは異世界なのだろう。

今までの記憶を辿《たど》ると、どうやら僕は『解析』『操気』『魔力操作』というスキルを所持していると思われる。僕が正気であれば、の話だけれど。

スキル『解析』により、対象者の所持スキルを確認しました。
所持スキル：『超耐性《ちょうたいせい》』『解析』『操気』『魔力操作』

なん……だと……。

あまりのファンタジーさに目眩《めまい》が……いや、それはもう納得《なっとく》しよう。

この流れだと、スキルの詳細《しょうさい》を確認することもできるのではないだろうか。


スキル『解析』により、対象スキルの効果を確認しました。

『超耐性』：常時発動型スキル。状態異常などの対象者への悪影響《あくえいきょう》に対する非常に強い耐性。任意で発動を停止することが可能。

『解析』：任意発動型スキル。対象物の構成要素や詳細を解析する。

『操気』：常時発動型スキル。気力の感知、操作を行う。

『魔力操作』：常時発動型スキル。魔力の感知、操作を行う。

『気力』：体内で生成されるエネルギー。主に身体能力強化に消費される。

『魔力』：大気に存在する魔素《まそ》を吸収することで、体内に蓄積《ちくせき》するエネルギー。主に魔術の発現に消費される。


やはり、スキルの詳細を確認することもできてしまった。

どうやら『超耐性』なるスキルも知らぬ間に獲得していたようだ。

そしてやはり一番気になるスキルは、『魔力操作』だ。

前世には所謂《いわゆる》気功というものは存在していた。しかし魔術は違う、完全にファンタジーの代物《しろもの》だ。

いや、前世にも存在していたのかも知れないが少なくとも僕は実際に見たことはなかったし、そんなオカルトはありえないとすら思っていた。

しかしこの世界には魔力や魔術があるという。

年甲斐《としがい》もなくワクワクするぞ！

早速《さっそく》集中し、体内にある魔力を感じ取ろうと意識を身体の内に向けて瞑想《めいそう》する。

するとすぐに熱を帯びた何かが体内を巡《めぐ》っているのを感じ取れた。これは気力であろう。

生前よりも明確に流れを感じることができるのは『操気』スキルの恩恵《おんけい》だろうか。

そして気とは別の、なにか身体にまとわりつくような、じわじわと胸の辺りから滲《にじ》み出ているようなものを感じる。これが魔力か……？

魔力と思われるその力を、意識的に動かせないか試《ため》してみる。

動きそうな気配はあるが、すごく重い……。もう少しで動きそうな気がして、思い切り力を込《こ》めてみた。すると胸の奥から一気に何かが引っ張り出される感覚に襲《おそ》われた。

これが魔りょ……う……吐《は》きそ……。

魔力が動く感覚とともに視界が明滅《めいめつ》し、僕は意識を失った。

　あれから毎日、やることもないので両親の目を盗《ぬす》んでは『魔力操作』の練習を行い続けていた。なぜ両親の目を盗んでいるのかというと、近くにいると他人の気力や魔力も感じ取ることができるからだ。赤ちゃんがいきなり魔力を操作していたら気味が悪いだろう。

　そんな日々を半年も過ごしていると、『魔力操作』の練習を行っても気絶することは少なくなった。

　あまりに暇《ひま》なので半年間『操気』と『魔力操作』の練習をひたすら行っていたお陰《かげ》か、今では気力と魔力の保有量はかなり増えている。


　それにしても前世ではそれこそ死ぬほど働きまくっていたので、こんなにゆっくりとした時間を過ごすのは久しぶりだ。

　働かずに日々を過ごすことにもどかしさを感じつつも、久々の連休を僕は満喫《まんきつ》していた。といっても、ただ毎日を無為《むい》に過ごしているわけでもない。

　例えば最近は少しずつこちらの言語を習得できてきている。前世の仕事では様々な国の言語を覚えなければいけなかったため、言語習得は得意なのだ。

もちろん自分ひとりの力ではなく、毎日しつこいくらい絵本をせがみまくっても嫌《いや》な顔一つせずに読んでくれた母さんの尽力《じんりょく》の賜物《たまもの》でもある。

流石《さすが》に肉体が未熟なので上手《うま》く発音することは中々難しいけれど、簡単に意思を伝えるくらいなら可能になった。

「ただいま！　今日はラビをとってきたぞー！　やっぱり狩《か》りは難しいなぁ」

「ありがとうあなた。私の大好きなラビのお肉ね！」

どうやら僕が生まれる前は母さんが食材を調達していたようだけれど、僕が生まれてからは父さんが代わりに狩りをしているようだ。母さんに比べると狩りは苦手なのにも拘《かか》わらず、頑張《がんば》ってくれていることには感謝しかない。

僕はまだ離乳食《りにゅうしょく》しか食べられないのだけれども。肉が恋《こい》しい……。

「ありあおー！　おとーあん！」

お礼を言いつつ父さんにたどたどしく歩み寄る。これも地道なトレーニングの成果だ。

「シリウスぅぅぅ!!　も、もうお父さんって呼んでくれるなんて……。やっぱりこの子は天才だっ!!　シリウスももう少し大きくなったら父さんが狩ってきたラビを食べさせてあげるからなぁぁぁ！！！」

僕を抱《だ》き上げて泣き喜ぶ父さん。暑苦しい。

いや違う、すごい魔力を感じる。普段《ふだん》身に纏《まと》っている魔力でこの強さだ、狩りも魔術で行っているに違いない。

実は、転生直後から魔力は大分増えたが僕はまだ魔術が使えずにいた。

気力は生前にも馴染《なじ》みがあったおかげで身体強化に使うことができるようになったのだが、魔術はどうすれば使えるのか見当がつかないのだ。

適当にメ○とかファイ○とか唱えてみたが、うんともすんとも言わない。

魔術に精通していると思われる父さんに聞いてみるか……とも思ったのだが、確実に却下《きゃっか》されるだろうし、魔力訓練をしていたことがバレる。リスクが高すぎる。

しかしそれでも、早く使ってみたい。

勉強やスポーツ、音楽、武術などは知識の吸収が早く、身体《からだ》が成長していく子どものうちから鍛錬《たんれん》した方が伸《の》びが早い。恐《おそ》らく魔術も同じではないか、と僕は考えている。

仮に詠唱《えいしょう》や魔術陣《じん》などを覚えるとしても、頭が柔《やわ》らかい内に覚えるほうが有利なはずだ。

では、どうやって魔術を習得するのか。

実は父さんの部屋に魔術に関する書物があるのではないかと見ている。

生後まもない頃《ころ》に父さんに抱かれて入ったときは文字が読めなかったので分からなかったが、分厚い本が沢山《たくさん》置いてあったことは覚えている。父さんのレベルによっては入門書などはない可能性もあるが、確認《かくにん》する価値はあるだろう。

とある日の昼頃、母さんが昼寝《ひるね》している間に父さんの部屋に忍《しの》び込み、本棚《ほんだな》を見回す。背表紙が読めないものも結構あるが、まだ完全に言語をマスターしたわけではないからこればかりは仕方ない。

とりあえず自分の背で届く、一番下の段にある背表紙がボロボロな本を手に取る。その本の表紙には『初級魔術教本』と大きく書かれていた。

おっ！　もの凄《すご》く丁度良い本じゃないか！

本を床《ゆか》に置き、古い紙がちぎれないように慎重《しんちょう》にページを捲《めく》っていく。三十分ほど読み進めたが、やはり魔術に関する基礎《きそ》的な内容が記された本であった。

曰《いわ》く、魔術は行使難易度から、一般《いっぱん》的には初級、中級、上級、特級と分類され、また発現する現象を分類するものを属性と呼ぶそうだ。

そして魔術行使には対象となる現象に対する深い理解や具体的な想像力、そしてその現象を引き起こすための術式の構築が必須《ひっす》であると。術式構築の補助を行い効率的に魔術行使を可能とするために詠唱や魔術陣が開発され、現在魔術が広く普及《ふきゅう》するに伴《ともな》い口頭伝承が容易である詠唱を用いた魔術行使が主となっているようだ。

『初級魔術《まじゅつ》教本』を読み、適当に魔術が放てないはずだと納得《なっとく》した。

魔術への理解もない、術式も構築していない、それでは何も発現しなくて当然だ。

しかし流石は初級の魔術教本である。

術式の構築方法が易《やさ》しく書かれておりとても分かりやすい。大学卒業程度の数学知識があれば簡単に理解できるような内容だ。

とりあえず今回は初めての魔術だし、まずは詠唱で補助をして発動してみよう。

実際、この世界で魔術というものを見たことがないのでイメージも出来ていないから補助は必須だろう。

僕は『光明《トーチ》』という小さな光を灯《とも》す生活魔術のページを開いて魔術教本を床に置いた。

本当はもっと派手な魔術を使ってみたかったけれど、コントロールできるかも分からない攻撃《こうげき》魔術を父さんの部屋で放つわけにもいかない。

それに最も初歩的な魔術だし、証拠《しょうこ》も残らないし、初めての魔術には最適だろう。

僕は滲む汗《あせ》を拭《ぬぐ》った手を前に差し出し、目を瞑《つぶ》り集中した。

「ひかりお《光よ》、わがみちおてらせ《我が道を照らせ》『光明《トーチ》』」

――カッッ!!

詠唱を終えると同時に、凄《すさ》まじい閃光《せんこう》が僕の掌《てのひら》から迸《ほとばし》った。

「めがぁッ⁉」

凄まじい閃光に瞳《ひとみ》を焼かれ、両目を押さえてゴロゴロと床を転がる。

そして一気に半分近くの魔力を失い、そのまま横たわった。

虚脱《きょだつ》感が凄いが、意識を失うほどではない。ただし目は死んだ。

本来は生活魔術であり殺傷力がなく暗闇《くらやみ》を照らす程度の魔術が、これでは閃光弾《だん》だ。

原因は自覚している。まず、魔力を込めすぎた。本気で指先に魔力を凝縮《ぎょうしゅく》させてしまっていたのだ。そして、全力で光るイメージをしてしまった。

……本当に発動するか不安だったから、と言い訳をしておく。

虚脱感に襲われつつも起き上がり、再チャレンジをする。

魔力を調整し指先に少しだけ纏わせてランタン程度の光量をイメージし詠唱すると、眩《まばゆ》い光は放たれずに仄《ほの》かな光が指先に灯った。

スキル『初級光魔術』を獲得《かくとく》しました。

成功だ……‼

今度はきちんと成功したからか、スキルとして認められたようだ。魔力消費量は先ほどの二十分の一程度で十分であった。

最初の魔術行使はどう考えてもやりすぎだったな。

その後も何度か『光明《トーチ》』を発動し、魔術行使の魔力量とイメージのコツを掴《つか》んでいった。

そして何回か試行していると、術式が意外と単純なことが解《わか》ってきた。

初級魔術だし当たり前か。この程度の術式なら詠唱がなくても余裕《よゆう》でいけそうだ。

よし、試《ため》してみよう。

集中し術式を頭で構築する。そして魔術名を心の中で唱えるとスムーズに魔力が流れ、指先に光が灯った。成功だ！

――ガタッ

スキル『詠唱破棄』を獲得しました。

スキル取得のお知らせと共に後ろで物音がしたと思いサッと振《ふ》り返ると、そこには顎《あご》が外れるかと思うくらい口をあんぐりと開けた父さんが立ちすくんでいた。

……やっちまった……。

「……う？」

必殺、あどけない幼児のポーズ。

僕は何も知りませんと純粋《じゅんすい》に不思議そうな表情を作る。

そんな僕の円《つぶ》らな瞳と父の見開いた瞳がぶつかり合う。

「シ……」

「……あう？」

「シリウスが魔術を使ったぁぁぁぁぁ⁉　しかも詠唱もしてない‼　俺の息子《むすこ》は天才魔術師だぁぁぁぁ‼」

父さんは僕を持ち上げて叫《さけ》びながらグルグルと回り始めた。

声でかい、耳が痛い、目が回る。


その後、暫《しばら》く騒《さわ》いでいた父さんの声を聞きつけて駆《か》けつけた母さんが父さんをはたいて僕を助けてくれた。

うん、今度から魔術の練習をする時は細心の注意を払《はら》おう。

母さんの胸の中で、僕はそう決意した。

第二章 ◆ 戦闘

　この世界に転生してから、もうすぐ六年になる。

　僕は日々、薪割《まきわ》りや畑仕事、家事の手伝いをしつつ、その合間に前世で学生時代に通《かよ》っていた近所の道場で行っていた鍛錬を積んでいた。また時々父さんの部屋に忍び込んでは魔術書を読み漁《あさ》ったりもしていたかな。

　あれから初級魔術はマスターし、今では中級魔術書を読み進めている。魔術書を読み解き、術式を解析《かいせき》しながら試行錯誤《さくご》しているため習得速度は遅々《ちち》としたものであるが着実に使える魔術は増えているし、魔力も増えてきている。

　父さんと母さんから魔術や剣術《けんじゅつ》を習えればもっと早いと思い頼《たの》んではみたのだが、まだ早い、危ないと却下されてしまった。

　……実はこっそり森で弱い魔物を狩って経験を積んでいるんだけど、これは秘密だ。

　ある晩、父さんに呼び出されてリビングに行くと父さんと母さんが晩酌《ばんしゃく》をしていた。

こっそり森に行っていることがバレていやしないかと内心ヒヤヒヤしつつも平静を装《よそお》い席に着くと、父さんが嬉《うれ》しそうに口を開いた。

「シリウスももうすぐ六歳になる、早いもんだ……。知っているかもしれないが、この村には教会があってな、村の子どもはそこで色々なことを学ぶんだ。いつも本を読んでいるシリウスは既《すで》に知ってることも沢山あると思うが、同い年の友達もできるし楽しいと思うぞ。どうだ、行ってみないか？」

「お隣《となり》のララちゃんも同い年だから一緒《いっしょ》に通うことになるわね。覚えてるかしら？　お隣さんもシリウスが一緒なら安心だって言ってくれてるのよ」

教会か……地方の小学校みたいなものかな？　この世界の知識をつけるに越《こ》したことはないし、他の村人とのコミュニケーションも必要だろう。

「うん、行ってみたい！　いつから？」

「おぉ、そうかそうか！　神父様には明日伝えるから、来週からでも通えるだろう。明日、神父様に挨拶《あいさつ》がてら必要なものを買いに行こう」

「分かった！」

父さんと母さんは満足そうに頷《うなず》き、微笑《ほほえ》んでいた。

とりあえず、森に行っていることはバレてはいないようで一安心だ。

翌朝、軽く朝食をとり、父さんと家を出る。家の前には、軽くウェーブがかかったミルクティー色の髪《かみ》のほんわかとした印象の少女が立っていた。

少女はおっとりした雰囲気《ふんいき》ではあるが愛らしく整った顔立ちをしており、不思議と人を引きつけるような魅力《みりょく》を醸《かも》し出している。将来は多くの男を魅了《みりょう》するであろうこの美少女は、お隣さんのララちゃんだ。

今日は父さんがララちゃんも一緒に神父様への挨拶に連れていくそうだ。

ララちゃんとは両親と一緒に何回か顔を見たことがある程度で、まともに会話をしたことはなかった。どんな子なのだろうか。

「こ、こんにちは！　レグルスさん、シリウスくん、今日はよろしくお願いしましゅっ！」

……噛《か》んだ。

恥《は》ずかしそうに俯《うつむ》くララちゃん。癒《い》やされるなぁ。

「はい、こんにちは。今日はよろしくね。こっちがララちゃんと一緒に教会に通うことになるシリウスだ」

「ララちゃん、こちらこそよろしくお願いします」

僕が軽く会釈《えしゃく》をすると、ララちゃんは顔を赤く染めたままこくこくと頷いた。

教会へ向かい歩き出すと、ララちゃんは僕の少しだけ後ろをちょこちょこと歩いていた。なぜか斜《なな》め後ろ辺りからじーっと見られており、少し落ち着かない。

チラッと後ろをみると、ララちゃんの円らな瞳と目が合った。

「シ、シリウスくんはお家《うち》でいつも何してるの？」

「えーっと、本を読んだり、家事の手伝いしたり……かなぁ。ララちゃんは何してるの？」

まさか鍛錬《たんれん》だとかは言えないので、無難に返しておく。

これも嘘《うそ》ではない。読書といっても主に魔術書だけど……。

「ほえー……私も絵本好きなの！『ネココのおうち』が一番好き！　シリウスくん読んだことある⁇」

「へぇー、その本は初めて聞いたよ。今度読んでみるね！」

「う、うん！　今日帰ったら貸してあげるね！　えへへ」

「ありがとう、楽しみにしてるね」

そんな取り留めのない会話をしていると、すぐに教会に到着《とうちゃく》した。教会に入ると、三十代前半くらいの穏《おだ》やかな顔立ちの金髪《きんぱつ》男性が出迎《でむか》えてくれた。

「神父様、こんにちは。この間話しました、うちの息子とロジャーの娘《むすめ》のララちゃんです。二人共、この方が教会で色々と教えてくれる神父様だ」

「はじめまして、レグルスの息子のシリウスと申します」

「は、はじめまして！　ララですっ！」

「はじめまして、二人共これからよろしくお願いしますね」

「「よろしくお願いします！」」

「ふふ……シリウスくんもララちゃんも礼儀《れいぎ》正《ただ》しい子ですね。レグルスさん、お二人をお預かりするのは来週からで良かったですか？」

「はい、来週からでお願いします」

　そうして僕らは教会に持っていく黒板とチョーク等を購入《こうにゅう》し、帰路についた。その間も僕の後ろにはララちゃんがくっついており、質問攻《しつもんぜ》めにあっていた。

　子どもは好奇《こうき》心旺盛《しんおうせい》だね。

■

　初めて教会に行く日、また家の前でララちゃんと待ち合わせして行くことにしていた。

ララちゃん一人では心細かったそうだ。

　子ども二人では危ないだろうとも思うのだが、村の中にはほとんど魔物は出ないし辺鄙《へんぴ》な村なので変質者などもおらず、平和そのものなので問題はないようだ。

　また両親が僕を信用してくれているということもあり、初日から二人だけで教会へ行くことになった。

「シリウスくんとおでかけー、ふんふん♪」

　鼻歌を歌いながら楽しげに歩くララちゃん。微笑ましい。

「あ！　シリウスくん！　『ネココのおうち』読んだ？」

「あぁ、貸してくれてありがとう、読んだよ！　ネココ可愛《かわい》かったね！」

「ネココ可愛いよね!!　わたしはモココも好きなのー！」

　ネココは猫《ねこ》のような魔物で、モココは羊のような魔物だ。どちらも戦闘力はほぼ皆無《かいむ》で、主にペットや家畜《かちく》として飼われている。

　この世界では、魔物は外敵でありつつも重要な食料源ともなっているのだ。

　ララちゃんと絵本について話をしているうちに教会に到着し、神父様に連れられて教室に入った。

　連れて行かれた教室には六〜十歳程度の子供たちが二十人程《ほど》おり、学年ごとに机をくっつけてグループになっているようであった。

　僕たちが新入生のための島に着席し他の子たちを待っていると、ポツポツと子どもが集まって席が埋《う》まった。

「さて皆《みな》さん、今日から教会に通い始める新しいお友達が来ました。仲良くしてあげてくださいね。それでは新しい子たちから、自己紹介《しょうかい》をお願いします。ルーク君からどうぞ」

「ルークです！　将来の夢は冒険者《ぼうけんしゃ》です、よろしくお願いします！」

笑顔が眩《まぶ》しい金髪のイケメンが元気よく立ち上がった。

「グレースです。私も冒険者になりたいと思ってます、よろしく！」

赤いショートヘアで気が強そうな女の子。ボーイッシュであるが目はパッチリしており、将来キレイ系の美人になりそうな子である。

ていうか、冒険者ってそんな人気な職業なのか。危険だし中低ランクだと賃金も低いし、人気がない職業だと思っていた。

「ローガンだ。将来はうちの牧場を継《つ》ぐと思う。よろしく」

濃紺《のうこん》の髪で無表情の少年。この年齢《ねんれい》にしては筋肉質な身体をしている。おそらく牧場の手伝いで鍛《きた》えられたのだろう。

「クロエ。魔術師《まじゅつし》。よろしく」

薄紫《うすむらさき》の髪で猫背の女の子。前髪が長く顔はよく見えないが、整った顔立ちであることがうかがえる。

めていた。

……この村の美少女率の高さ、おかしくないか？

クロエさんは眠《ねむ》そうに目をこすりつつ少しだけ話し、席に着いた瞬間《しゅんかん》には船を漕《こ》ぎはじめていた。

「シリウスです。将来のことはまだ考えてませんが、早く両親の狩《か》りの手伝いができるようになりたいと思ってます。よろしくお願いします」

なぜか将来の話をする流れになっているお陰《かげ》で、先のことなんて全然考えていなかった僕が少し恥ずかしい。

漠然《ばくぜん》と世界を見て回りたい、としか思っていなかった。そもそも、この年齢でみんな将来のことを考えているとか偉《えら》すぎないか？

「あっ、ララです……。えーと、将来は癒術師《ユジユツ》になりたいです！　よろしくお願いします！」

癒術師《ユジユツ》か……心優《やさ》しいララちゃにピッタリだ。

癒術《ユジユツ》は魔術と異なり癒術局《ユジユツ》が術式を独占《どくせん》している回復術だ。怪我《けが》や病気を治す効果を発揮する。

習得には癒術局《ユジユツ》の認可《にんか》が必要であり、生半可な勉強や修行《しゅぎょう》では認可試験には合格できないため、需要《じゅよう》は多いのに人が足りていない状況《じょうきょう》である。

上級生たちも簡単な自己紹介を行い、その後グループごとにシスターたちが話を始めた。

シスターは前世でいう担任のようなものみたいだ。

僕たちのグループに来たシスターは十代後半くらいの青髪の女性であった。

「それでは皆さんよろしくお願いします。ではまず皆さんでお話しして、グループの委員長を決めてください。委員長になった人は今年一年、グループを代表しての報告や、グループの皆さんへの連絡《れんらく》などをしてもらいます。誰かに押し付けるのではなく、皆さんで相談して決めてくださいね」

委員長というよりも連絡係みたいなものかな。責任感や連帯感を育《はぐく》むためのものなのかもしれない。

「えーと、どうしようか、まず誰かやりたい人とかいる？　あとごめんグレースさん、クロエさんを起こしてくれない？」

イケメンのルークが場をまとめ始める。もうこのイケメンが委員長でいいんじゃないか？

「ん……私は私以外なら誰でもいい……」

眠そうなクロエさんは明らかにやる気がない。

「俺は口下手だから、すまないが上手《うま》くやれるとは思えない」

「わ、わたしはっ！　シリウスくんがいいと思います！」

ファッ⁉　ララちゃん何言ってんの⁉

こういうのは中身大人の僕がやるのは違《ちが》うと思うんだ。ということで、少々焦《あせ》りつつイケメンにそれとなく水を向けた。

「あー……僕はルーク君が向いてると思います。人の意見を引き出したり、まとめたりするのが得意そうですし」

「えっ俺？　うーん……シリウスの方が向いてねーか？」

イケメンはニヤニヤしながらそんなことを言い出した。こいつ、面白《おもしろ》がってるな。

「……将来、冒険者になってパーティを組む時のために、人をまとめる経験をしておくと役に立つんじゃないかと思うんですが、どうですか？」

「確かに‼　そう言われるとやりたくなってきた……！」

「じゃあ、委員長はルーク君ということで、皆さんいいですよね？」

「あぁ、いいぞ」

「いいんじゃない？」

「どーでもいい」

三者三様であるが、皆肯定的《みなこうてい》だ。一人を除いては……。

「ね？」

「はぅ……わたしもいいと思います……」

不満そうなララちゃんに念を押すと、渋々《しぶしぶ》といった様子で頷《うなず》いてくれた。気持ちは嬉《うれ》しいんだけど、ごめんね。

「決まったようですね。それでは今日はちょっとだけ聖書を読んで終わりにしましょうか」

聖書は、主に女神《めがみ》アルテミシアに関する話であった。

世界を創造した女神アルテミシアが光の眷属《けんぞく》ルミエラと炎《ほのお》の眷属イグニアスを生み出し、世界に光を齎《もたら》したというストーリーだ。

この世界の魔力の源は女神アルテミシアにあると言われており、この世界では非常にメジャーな神話である。初級魔術教本の冒頭《ぼうとう》にもそのようなことが書いてあった記憶《きおく》がある。

その後一時間ほどシスターが聖書を解説し、初日であるということもあって僕たちは昼前には帰宅したのであった。

■

こちらの世界に来てから朝起きる時間が非常に早くなった。部屋にはカーテンなどないため、朝日が差しこみ勝手に目が覚めるのだ。

前世に比べると信じられない程に健康的な生活だと言えるだろう。

朝起きるとサッと着替《きが》え、同じく起きたばかりの母さんに朝の挨拶《あいさつ》をして裏庭へ向かう。

生活魔術『流水《ウォーター》』で生み出した冷たい水で顔を洗うと気持ちよく、一発で目が覚める。

最近は氷魔術を習得したお陰《かげ》か、『流水《ウォーター》』で出す水の温度を変えることができるようになったので本当に便利だ。

庭に出て軽くストレッチをした後、薪割《まきわ》りをしていく。

この薪は自宅で使うだけではなく、父さんが商人へ売却《ばいきゃく》もしているものだ。サービス価格で売却しているため主収入にはならないが、僕の目的はお金稼《かせ》ぎではない。鍛錬《たんれん》だ。

武器に気力を纏《まと》わせる練習として、斧《おの》に気力を纏わせて薪を割っていく。

気力を纏わせた斧は強度や斬《き》れ味《あじ》が増し、薪割りが効率的になる。

最初は気力の消費が激しくて数本割るとヘトヘトになっていたが、今は無駄《むだ》な消費も抑《おさ》えられるようになり負担も感じなくなった。

薪割りが終わった後は軽く型稽古《かたげいこ》や筋トレを行い、朝食ができる頃《ころ》にリビングへ向かう。

そして朝食をとり軽く水で汗《あせ》を流してから、同学年の皆と教会へ向かう時間を迎《むか》える。

この村の居住区域はある程度固まっており、また教会が少し離《はな》れた場所にあるため必然的に他の子どもと同じ道を通ることになるのだ。

教会では読み書きや計算を学んだり外で遊んだりと、緩《ゆる》やかな時間を過ごしている。

この世界の言語の読み書きは魔術書を読み漁《あさ》っているうちにできるようになっていたし、計算は言わずもがな前世の記憶があるため余裕《よゆう》である。

そのお陰でシスターのご指名により、グレースとローガンの脳筋二人組に勉強を教える羽目になっているのは誤算であったが……。

正直、大学の数学などよりこの二人に算数を教えるほうがよほど難儀《なんぎ》であった。

どうにかして電卓《でんたく》を作って二人に与《あた》える方が現実的なくらいである。


昼すぎくらいに教会から帰宅し、母さんに一声かけてから家を出る。

母さんが狩りに行かない日を、僕は裏山での鍛錬日にしていた。

裏山では山道を走り込みながら中級魔術の復習を行う。これは逃《に》げながら、もしくは武器で身を守りながらでも、いつも通り魔術を行使することができるようにする訓練だ。

魔物はいつでもこちらを殺しに来るため、必要なタイミングで必要な魔術を冷静に行使できるようになっておきたい。

立ち止まらないと魔術を放てません、では話にならない。

まぁ常にマルチタスクで仕事をしていた前世を考えると簡単なものだ。

森の中を走っていると、『魔力感知』で微弱《びじゃく》な魔力を三つほど感知した。ゴブリンだ。

ゴブリンとは緑がかった肌《はだ》の小人型の魔物で、前世のゲーム等に出てきた姿そのままだ。

人を積極的に襲《おそ》う習性があり、特に女性や子どもが狙《ねら》われることが多いため見つけた場合速《すみ》やかに狩ることが推奨《すいしょう》されている。一匹《いっぴき》では弱いのだが、放置すると繁殖《はんしょく》して集落を作り近くにある村が襲われることもあるため非常に危険な魔物である。

一方、狩人《かりゅうど》からしたら肉は食べることができず、かろうじて体内にある魔核《まかく》が少額で売れる程度であるため狩っても得をしない迷惑《めいわく》な魔物として認識されている。

ちなみに魔核とは、魔物の魔力の根源、人間でいうところの心臓に近い臓器だ。

魔核には魔物が死んだ後に魔力が固定化され、武器や魔道具の材料、燃料等として活用されている。魔物の強さに応じて売却額が変わり、冒険者や狩人にとっては貴重な収入源である。

僕は森に来ていることを内緒《ないしょ》にしているため、肉がとれる魔物を狩っても家に持って帰れないし魔核を売るツテもないので、戦闘《せんとう》経験を積むためには都合のいい相手なのだ。

ゴブリンを発見し走っていくと向こうもこちらに気付いたようで、一匹がその場に待機し、残り二匹が左右にこっそりと分かれていく。

囮《おとり》の一匹に意識をひきつけて挟撃《きょうげき》するつもりなのだろう。『魔力感知』で位置を把握《はあく》できる僕には全く意味がないが。

ゴブリンが魔術の射程に入ったところで、すかさず両脇《りょうわき》の茂《しげ》みに圧縮した風の弾丸《だんがん》『風球《ウィンドボール》』を放ち、潜伏《せんぷく》していた二匹を吹《ふ》っ飛ばす。

囮としての役割を果たそうと僕に走ってきていたゴブリンは二匹が吹き飛ぶ様を見ながらも止まることはできずに、そのまま短剣《たんけん》を構えながら突《つ》っ込んできた。

やけになったゴブリンに『雷撃《スタンボルト》』を放ち、感電させる。足がもつれつつも短剣を突き出してくるが、それを軽くかわして脳天に鋭《するど》い氷の矢『氷矢《アイスアロー》』を放ち、片付ける。

そしてグギャグギャ叫《さけ》びながら逃げ出そうとしている残りの二匹にも同時に『氷矢《アイスアロー》』を放ち、一撃で心臓を貫《つらぬ》いた。

死んだゴブリンの胸をナイフで切り開き、魔核を回収する。最初は気持ち悪すぎて何度も吐《は》いていたが、今はもう慣れたものである。

死体はそのままにしておくと疫病《えきびょう》を招くため、『発火《ファイア》』で焼却しておく。火力を上げて一瞬《いっしゅん》で燃やし尽《つ》くし、すぐに『流水《ウォーター》』で消せば森への延焼の危険もない。

やっぱり魔術は便利すぎる。

ちなみに魔核は古代樹の下に埋《う》めて保管している。家に持ち帰って母さんに見つかったら大変だからだ。

その後もサーチアンドデストロイを繰《く》り返す。

実は先日父さんの書庫を漁っていたら、魔物を討伐《とうばつ》した者は魔物に宿る魔力を吸収して強くなる可能性があると記述してある魔術書を見つけた。

話半分に『解析《かいせき》』で検証してみたところ、確かに僅《わず》かではあるが魔物を倒《たお》した後に能力が上昇《じょうしょう》していることが判明したのだ。

それから僕は積極的に魔物を狩《か》ることにした。

まぁゴブリンは増えると害しかないので、どちらにせよ狩るべきなのだが。

森を駆《か》け回りゴブリンを大量狩猟《しゅりょう》している内に日が暮れはじめていた。

それにしても最近、ゴブリンの数が増えている気がする。僕も母さんも結構な数のゴブリンを狩っているはずなのだが、一向に数が減る気配がない。

普通《ふつう》のゴブリンの数というものを知らないからこれが異常なのかは分からないが、そこはかとなく嫌《いや》な予感を抱《いだ》く。

ゴブリンについて考えつつ帰途《きと》につくと、隣《となり》の庭で洗濯《せんたく》を取り込んでいるララちゃんと目が合った。

「シリウスくん、おかえりなさい！　なにしてたの？」

「ちょっとそこら辺を走ってたんだ。走るのが好きでさ」

「……もしかして、裏山に行ってたの……？」

ララちゃんは円《つぶ》らな瞳《ひとみ》を僕から離さず、首を傾《かし》げた。

拭《ぬぐ》ったはずの汗が、背から噴《ふ》き出す。ララちゃんって抜《ぬ》けているようで結構鋭いんだよなぁ……。この確信に満ちた瞳、これは誤魔化《ごまか》せなそうだ。

「……他の人には秘密だよ？」

「ふたりの秘密……？　えへへへ……」

なにやらトリップしてらっしゃるみたいだが、秘密は守ってくれそうだ。ララちゃんはむやみに秘密を他人に話すような子ではないから、きっと大丈夫《だいじょうぶ》だろう。

追及《ついきゅう》されないよう、トリップしたララちゃんをそっとしたまま玄関《げんかん》の扉《とびら》を開く。

「シリウス、おかえり。夕食の準備を手伝ってくれないか？」

「分かった！　手洗ってくるね！」

我が家では、父さんが料理を作っている。

というか、家事全般《ぜんぱん》が父さんの仕事である。母さんの料理は……うん。独特だから。

限界に近い空腹を感じつつ、父さんの手伝いをする。僕も前世では自炊《じすい》をしていたので、料理は得意な方だ。

僕と父さんの二人で作ると、あっという間に美味《おい》しい夕食が出来上がった。

両親と食事をしていると、父さんが僕に話を振《ふ》ってきた。

「シリウス、最近よく外に遊びに行っているが教会の友達とは大分仲良くなれたか？」

「あ、あー……ぼちぼち……かな？　勉強を教えたりするくらいには仲良くなったかな？」

ごめんなさい放課後はぼっちで鍛錬しています……。

「そうか、楽しそうでなによりだ。はははっ」

「今日はどこに行っていたの？」

母さんの目が、心なしか鋭い。もしかして怪《あや》しまれているのかな……。

「えーと、そこら辺をふらふらしてただけだよー」

嘘《うそ》ではない。そこら辺の裏山だ。

「そう。大丈夫だとは思うけど、裏山には近づいちゃダメよ。最近ゴブリンが増えてるから、もしかしてどこかに巣ができ始めてるのかもしれないの。ゴブリンは子どもを襲うから、気をつけてね」

「分かった、気をつけるよ」

確かに最近ゴブリンが多いとは思っていたけど、巣ができつつあるのか。やはり異常だったんだな。

まぁこの村の狩人衆が本気を出せばゴブリンの巣なんてすぐに殲滅《せんめつ》されるだろう。母さんも敏感《びんかん》になっているようだし、ゴブリンの巣が殲滅されるまで裏山には近づかない方が良いかもしれない。

それから暫《しばら》くの間、僕は自己鍛錬と魔術書の解読を日課にすることにした。

■

「はい、今日はここまでです。皆《みな》さん気をつけて帰ってくださいね」

最近、教会の終わる時間が少しだけ早くなっている。

というのも、裏山のゴブリンが未《いま》だに増え続けているからだ。

母さんをはじめ狩人衆が捜索《そうさく》を進めてはいるものの、中々巣が見つからないのだ。

ある程度巣が大きくなってくるとゴブリンマジシャンという魔術を行使できる種が生まれて結界で巣を隠蔽《いんぺい》するらしいのだが……想定される巣の発生時期から一年も経《た》っていないのにも拘《かか》わらずゴブリンマジシャンが生まれているということは、通常ではありえない。

一方、この村の狩人衆は優秀《ゆうしゅう》な者が多く、普通のゴブリンの巣であれば一ヶ月もあれば必ず発見されてきている。それを三ヶ月も魔術抜《ぬ》きで隠《かく》れ続けていることもまた、ありえないことなのである。

つまり急激に巣が成長していたとしても、魔術抜きでこの村の狩人衆から見つからない巣であったとしても、異常事態であることに変わりはないのだ。

村長と狩人衆の長《おさ》である母さんとの間では、そろそろ村の戦える人員を全員狩り出してでも山狩りをすべきだという話も出てきているらしい。

ゴブリンが人里に降りてくることは滅多《めった》になく、また活発に活動するのが夜であることからそこまで危険はないのだが、万一のために僕らは先輩《せんぱい》と一緒に集団下校をしていた。

先輩は感知系のマジックアイテムを教会から貸与《たいよ》されており、何かあった時に下級生を誘導《ゆうどう》して逃げることになっている。

「最近、教会の時間が短くてつまんないなー。外で遊ぶのもダメって言われるし、退屈《たいくつ》でしかたないぜ」

ルークが木の棒をブンブン振り回しながら、そんな愚痴《ぐち》を零《こぼ》す。

「最近、牧場のモコモコやミルルが怯《おび》えている。危険察知能力が高い魔物が怯えているんだ、暫くはおとなしくしていた方がいい」

「ローガン君の言う通りよ。今は何が起こってもおかしくないのよ？　ゴブリンに襲われたら、すぐ食べられちゃうわよ」

「そうだぜ、あいつら本当に貪欲《どんよく》だからな。物語ではよく雑魚《ざこ》扱《あつか》いされてるが、実際はやっかいなんだぜ」

ローガンと先輩の男の子と女の子がルークを窘《たしな》めると、ルークはつまんねぇと呟《つぶや》きつつ不満そうに石を蹴《け》り飛ばした。

「シリウスくん、怖《こわ》いね……」

「あぁ、本当に危ないからララちゃんも気をつけないとね」

「……シリウスなら余裕《よゆう》で逃《に》げ切れそうな気もするけど」

ララちゃんと話していると、なぜかグレースさんがジト目でこちらを見てきた。

学校の鬼《おに》ごっこで尽《ことごと》く逃げ切っているからだろうか。モンスターと鬼ごっこを一緒にしないでほしい。

……逃げ切れるどころか、毎週倒していたけどさ。

そんな話をしながら林の横道を歩いていると、急に『魔力感知《まりょくかんち》』に大量の魔力が引っかかった。皆に注意を促《うなが》そうと振り返ると、先輩の手にあるマジックアイテムも急激に強い光を放っていた。

なぜこんなに近づくまで感知できなかったんだ!?

「きゃぁっ⁉」

ララちゃんの悲鳴が聞こえそちらを見ると、飛来する矢と恐怖《きょうふ》で目を瞑《つぶ》ったララちゃんが視界に入った。

瞬時に手に持っていた黒板に気を纏《まと》わせて、ララちゃんに飛来する矢を叩《たた》き落とす。

「ララちゃん、大丈夫だよ」

「シリウスくん……？　ありがとう……」

安心させるように、涙目《なみだめ》のララちゃんに笑顔《えがお》を向ける。ララちゃんはギュッと僕の服を摑《つか》んで、小さく微笑《ほほえ》んだ。

そんなララちゃんの頭を軽く撫《な》で、周囲の状況《じょうきょう》を探《さぐ》る。

「ひゃうっ」

くすぐったそうに目を細めるララちゃんから視線を外して周囲をザッと眺《なが》めると、普通のゴブリンが十五匹《ひき》、弓を持ったゴブリンが四匹、鎧《よろい》を纏ったゴブリンが一匹の計二十匹に囲まれていた。

いきなりこれだけの数が湧《わ》いたのか？　しかも弓兵もいるとは……。皆を守りながら逃げることは無理そうだ。

「ラァァッ‼」

周囲を観察していると、不意にルークが手に持った木の棒で果敢《かかん》にも近くにいたゴブリンに殴《なぐ》りかかった。

ゴブリンの頭部に直撃《ちょくげき》した木の棒はルークの手を離《はな》れ宙を舞《ま》い、ルークは手を押さえてその場に蹲《うずくま》っていた。

「痛ッ……硬《かた》ってぇ……」

ゴブリンの防御力《ぼうぎょ》が高すぎて、攻撃《こうげき》をしたルークの腕《うで》が痺《しび》れてしまっているようだ。

ゴブリンは何の痛痒《つうよう》も感じていないようで、手近で動きを止めたルークに狙《ねら》いを定めてしまった。そしてその光景を眺めている皆は、恐怖で一様に動けずにいた。

……仕方ないな。

二の矢を番《つが》えるゴブリンたちに『詠唱破棄《えいしょうはき》』で鋭《するど》い雷《かみなり》の槍《やり》『雷槍《ライトニングスピア》』を放つ。

四筋の閃光《せんこう》がゴブリンたちを貫《つらぬ》き、焼き焦《こ》がす。

「「えっ!?」」

周囲から驚愕《きょうがく》の声が聞こえるが、とりあえず気にせず素早《すばや》く敵戦力を分析《ぶんせき》する。

あの鎧を着たゴブリンはゴブリンリーダーだろう。身体能力はゴブリンより圧倒《あっとう》的に高い魔物で、群れの統率《とうそつ》者のはずだ。

僕の魔術を見てから範囲《はんい》魔術で一網打尽《いちもうだじん》にされないようにゴブリンたちが組織的に散開

しているのも、遠目で全体を見ているゴブリンリーダーの指揮によるものと思われる。

可能ならばゴブリンリーダーから倒《たお》したいが、盾《たて》になるようにゴブリンたちが周囲を守っている上に距離《きょり》もあるので厳しそうだ。

「皆《みんな》、集まってください！　散らばっていると守りにくいです！」

ルークに手を貸し後方へ下がろうとしていたローガンに接近するゴブリンの身体に『氷矢《アイスアロー》』を撃ち込みながら皆に号令をかける。

「シリウスお前……。すまねぇ、助かった」

ルークは情けなさと悔《くや》しさとが入り混じった表情で僕と目を合わすと、一言感謝の言葉を述べて後ろに下がった。

「氷雪よ、我が手に集《つど》いて其《そ》を射貫《いぬ》け『氷矢《アイスアロー》』」

後ろにゴブリンが来るなと気配を感知し振り向こうとした瞬間《しゅんかん》、隣に居たクロエさんが僕の背面側へ目掛《めが》けて『氷矢《アイスアロー》』を放った。『氷矢《アイスアロー》』は少し小さかったが、狙い過《あやま》たずゴブリンに命中し僅《わず》かに動きを止めた。

僕らの年齢《ねんれい》でここまで正確に魔術が放てる子がいたのかと驚《おどろ》きクロエさんを見ると、クロエさんは悔しそうに顔を歪《ゆが》めていた。

「くっ、私ではまだ一発では倒せない……」

「私《わたくし》にお任せなさい！　焔《ほのお》よ、我が手に集いて力を象《かたど》りなさい！『炎球《ファイアボール》』ですわ！」

村長の娘《むすめ》である先輩のジャンヌさんは燃え盛る炎《ほのお》によってゴブリンにとどめを刺《さ》し、得意げな顔で金色に輝《かがや》く長髪《ちょうはつ》を靡《なび》かせた。

「ふっ！　この程度、造作もないことですわ！」

ドヤ顔のジャンヌさんをよそに、ゴブリンたちは仲間たちがやられようと怯《ひる》むことなく多方向から襲《おそ》いかかってくる。

僕はすぐさま射線上にいるゴブリンに『雷槍《ライトニングスピア》』を放つ。

『雷槍《ライトニングスピア》』は一瞬でゴブリンを五匹同時に貫き、絶命させた。

僕の背後にはララちゃん、クロエさん、ジャンヌさんが、そして二人を守るようにグレースさんとローガンとルーク、そして先輩たちが前に出て構えている。

まずは『魔力感知』でゴブリンの数が一番多く危険な状態である同学年組の方へ回り込み、ゴブリンの横腹を思いっきり蹴り抜《ぬ》き群れの方へ吹《ふ》っ飛ばした。

渾身《こんしん》の気力を込《こ》めた蹴りは派手な破砕《はさい》音を響《ひび》かせ、後ろのゴブリンも巻き込んで三十メートルほど吹っ飛ばした。

そして間髪《かんはつ》入れずに、先輩たちの方に近づいているゴブリンたちを『風球《ウインドボール》』で弾《はじ》き飛ばし、並列展開させた『氷矢《アイスアロー》』で胸を撃《う》ち抜いた。

付近のゴブリンを一掃《いっそう》したところでゴブリンリーダーを一瞥《いちべつ》すると、怒号《どごう》を放ち残った取り巻き三匹を自らのもとへ呼び寄せているところであった。

敵との間合いが開いたところで息を吐《は》き皆《みな》の安全を確認《かくにん》しようと後ろをチラッと振《ふ》り返ると、口をあんぐりと開けた皆の視線を一斉《いっせい》に浴びていることに気づいた。

「シリウスあんた、やっぱりとんでもなかったわね……」

「シリウスくん、かっこいい……」

「中級魔術を詠唱破棄で並列展開……？　ありえない……」

「もしかして俺より筋肉が……？」

興奮したように一斉に口を開く同級生たち。そしてその横でコソコソと話している先輩たちも、聞こえてますよ。

「あんな子どもがあの魔術の腕って……ありえなくないか？」

「ありえないわよ!!」

「まるで騎士《きし》様ですわ……!!」

囲い込んでいたゴブリンたちを殲滅《せんめつ》し逃げ道が確保でき皆は余裕が生まれてきたようで、好き放題言っていた。こういうのが苦手だから、隠していたかったんだけどな……。

皆の話に苦笑《くしょう》しつつ、ゴブリンリーダーをどうすべきか逡巡《しゅんじゅん》する。

試《ため》しに一発ゴブリンリーダーに、小さな雷の矢を生成する初級魔術『雷矢《サンダーアロー》』を撃ち込んでみると、取り巻きの一匹が自ら魔術へ飛び込み感電死した。

こいつら……死を恐《おそ》れていないのか？

自らを守り息絶えたゴブリンを見て、ゴブリンリーダーは満足そうにグギャギャと笑っていた。

おまけに自らの身体《からだ》にのしかかる倦怠《けんたい》感から魔力枯渇《まりょくこかつ》が近いことが感じられ、背中に嫌《いや》な汗《あせ》が流れる。

相手がただのゴブリンであれば魔力を節約して近接戦闘《せんとう》をするところなのだが、ゴブリンリーダーは体力が高く武器も所有しているため遠距離魔術でケリをつけたいところだが……僕の遠距離魔術の中では中級魔術『雷槍《ライトニングスピア》』が威力《いりょく》、貫通《かんつう》力共に最も優《すぐ》れているが、撃ててもあと二発だ。

それもゴブリンを盾にされてしまうと威力が減衰《げんすい》してしまい、ゴブリンリーダーを倒しきれないだろう。となると、残り少ない魔力で確実に倒すためには、やはり接近して隙《すき》を作るしかない。

逃げ道は確保できているので逃げるというのも一つの手なのだが、僕ら子どもの脚力《きゃくりょく》では全員が無事に逃げ切ることは不可能だ。

皆を先に逃《のが》して助けを呼んでもらい、僕だけ戦うという手もあるが……村の中にどれだけゴブリンが侵入《しんにゅう》してきているか分からない状況で皆から目を離したくない。

……腹をくくるしかないな。

倒したゴブリンからショートソードを拾い、強く握《にぎ》りしめる。毎日の薪割《まきわ》りの要領で剣《けん》先《さき》まで気力を纏わせ、一振りする。よし、行ける。

「僕の魔力も残り少ないので、前へ出ます。クロエさん、ジャンヌさん、まだ魔力が残っていたらサポートをお願いします」

「まだ行ける。任せて」

「分かりましたわ！」

二人は恐怖で小さく震《ふる》えているのにも拘《かか》わらず、力強く頷《うなず》いてくれた。

「前へ出るなら、俺にも手伝わせてくれ！」

それを見ていた先輩《せんぱい》の一人が、落ちたショートソードを拾いながら前に出てきた。

「……それなら皆の護衛をお任せしてもいいですか？　またどこからか奇襲《きしゅう》がある可能性もあると思うんです」

「……分かった。すまん、奴《やつ》らは頼《たの》む」

先輩の戦闘力ではゴブリンとの近接戦はあまりに危険だ。一撃《いちげき》でも食《く》らったら命の危険がある。先輩は年下の僕を危険な目に遭《あ》わせる悔しさに奥歯を噛《か》みながら、僕の気持ちを汲《く》んで後ろで警戒《けいかい》をはじめてくれた。

僕は先輩の視線を受けて頷き、一歩前に踏《ふ》み出した。

「ハァッ!!」

身体に気力を漲《みなぎ》らせ、一足飛びにゴブリンに肉薄《にくはく》する。僕の全速力に虚《きょ》を突《つ》かれたゴブリンを一匹、一太刀《ひとたち》で斬《き》り伏《ふ》せる。

ゴブリンの持つショートソードは刃《は》が潰《つぶ》れていて切れ味はほとんどないに等しいような代物《しろもの》であったが、気力を纏わせることでゴブリン程度ならなんとか倒せるようだ。

その流れで横から突っ込んできたリーダーと斬り結ぶが、その矮軀《わいく》に似合わぬ膂力《りょりょく》を受けきれずに弾き飛ばされた。受け身を取りすぐさま体勢を整えつつ、両手の痺れから身体能力では完全に敵《かな》わぬことを改めて悟《さと》る。

ゴブリンリーダーは苦々しい表情をしている僕を見下し、余裕綽《よゆうしゃくしゃく》々に嫌らしい笑みを浮《う》かべていた。

なんだあの笑みは……ッ!?

ゴブリンリーダーに意識を集中していたせいで、他のゴブリンが僕の視界から消えていることに気づいていなかった。

直《す》ぐ様《さま》ゴブリンリーダーからは視線を離さずに『魔力感知《まりよくかんち》』で状況《じようきよう》を探《さぐ》ると、詠唱《えいしよう》をするクロエさんとジャンヌさんに二匹のゴブリンが突進《とつしん》をしているところであった。

僕が知ったことに気づいたのか、ゴブリンリーダーは楽しそうに叫《さけ》びながら斬り掛かってきた。冷静にゴブリンリーダーの動きを見切り後方へ大きくバク宙し、上下が逆転した視界の中『雷矢《サンダーアロー》』を二発ゴブリンに放った。

「きゃっ⁉」

「シリウス……⁉　ありがとう……！」

後ろから聞こえてくるジャンヌさんとクロエさんの声と共に、ゴブリンの魔力が消失。

魔力が失われ身体を襲う倦怠感を抑え込みつつ着地すると、そこへゴブリンリーダーの剣撃が容赦《ようしや》なく放たれた。

「ウオォォッ‼」

気力を漲らせ、軽く頬《ほお》に掠《かす》りつつもギリギリで身を捻《ひね》って紙一重《かみひとえ》で剣を躱《かわ》す。

かすり傷だ、問題ない。

あとは、この少ない魔力でゴブリンリーダーをなんとかするだけだ。

「グギャギャッ！　グギギギギィィィ！」

僕がゴブリンの奇襲を台無しにしたことに激昂《げきこう》したゴブリンリーダーは激しく歯ぎしりをしながら叫喚《きょうかん》した。

気力が込められた叫び声に、ララちゃんの引き攣《つ》るような悲鳴が聞こえる。戦いの経験がない子どもには、これだけでも十分な攻撃《こうげき》だ。

ゴブリンリーダーは気力が枯渇することを一切厭《いっさいいと》わないような勢いで気力を身体に漲らせ、凄《すさ》まじい速度で斬り掛かってきた。

僕も気力を練り上げ、ショートソードに纏《まと》わせる。

「うおおぉぉぉ!!」

剣閃《けんせん》が交差し、激しく火花が舞《ま》い散る。

ゴブリンリーダーの驚異《きょうい》的な膂力による衝撃《しょうげき》をいなしきれず、剣を交える度《たび》に身体が悲鳴を上げている。

こちらも気力を振り絞《しぼ》り、ゴブリンリーダーの攻撃に食らいついていく。

ゴブリンリーダーは剣を一振りするごとに、嗜虐《しぎゃく》的な笑《え》みを浮かべ涎《よだれ》を口から吹き出していた。

「グギャヘッ！　グギャギャフッ！」

自らの身体が限界に近づきつつあることを感じていると、後ろからクロエさんとジャンヌさんの魔力の高まりを感知。背後へ意識を向けると、小さな声で詠唱が聞こえてきた。

ここぞとばかりに思い切り気力を込め、ゴブリンリーダーに斬り掛かる。

「ハアァァァァアッ!!」

「グッ!!　グギャェ!」

僕の気迫《きはく》を込めた一撃にゴブリンリーダーが圧されてフラつきながら後ずさった。

「――其《そ》を射貫《いぬ》け『氷矢《アイスアロー》』!」

「――力を象りなさい『炎球《ファイアボール》』ですわ!」

僕の剣撃を受け止めているゴブリンリーダーに、二色の光が見事命中。

「ギャッ!?」

二人の初級魔術は強力な気力を纏っているゴブリンリーダーには僅《わず》かな掠り傷を与《あた》えた程度であった。

しかしそれは、今までにはなかった確かな隙を生んだ。

「『墜雷《サンダーボルト》』!!」

その僅かな隙に天から一筋の雷光《らいこう》、中級魔術『墜雷《サンダーボルト》』がゴブリンリーダーへ突き刺《さ》さる。

迸《ほとばし》る雷光と共に襲《おそ》う強力な電圧により身体を焼かれたゴブリンリーダーは痙攣《けいれん》し、地に膝《ひざ》をついた。

すかさず最後の魔力を振り絞り、僕の魔術の中で最も射程が短く殺傷力がある中級魔術『雷刃《ライトニングエッジ》』をショートソードに重ねて渾身《こんしん》の袈裟《けさ》斬りを放つ。

紫電《しでん》を纏い輝《かがや》く剣はかろうじて掲《かか》げられたゴブリンリーダーのロングソード諸共《もろとも》両断し、過去最高の強敵を打倒《だとう》した。

安堵《あんど》と共にドッと倦怠感に襲われ、気力も魔力も枯渇寸前まで使い切った満身創痍《まんしんそうい》の身体を倒《たお》れ込むように横たえた。

「シリウスくんっ!!」

僕が横たわると、間髪入れずに涙目《なみだめ》のララちゃんが駆《か》け寄ってきた。

クロエさんとジャンヌさんも魔力枯渇寸前で座り込んでおり、他の皆は安堵の笑顔を浮かべていた。

なんとか付近のゴブリンは殲滅したけれど、いつまた先ほどみたいに急に湧《わ》くかも知れない。今の状態では戦いなんて無理だし早く安全な場所に避難《ひなん》しなければ。

そう思って身を起こそうと思った矢先……。

「キャッ!!」

悲鳴をあげたララちゃんの視線の先を見ると、ゴブリンリーダーが這《は》いずりながら落ちている折れた剣先に手を伸《の》ばしている姿があった。

倒しきれていなかったのか⁉

剣先を摑《つか》んだゴブリンリーダーが腕《うで》を振《ふ》りかぶって投擲《とうてき》体勢を取る。拙《まず》い！

「ハァッ!!」

クロエさんへ向かい振りかぶるゴブリンリーダーの射線を遮《さえぎ》るように、残った気力を全《すべ》て身体強化に回し軌道《きどう》上へ身体を投げ出す。それと同時に投擲された剣先は予想以上の速度でクロエさんを目掛《めが》けて一直線に放たれた。

冷静に見切る猶予《ゆうよ》もなく、僕は一《いち》か八《ばち》かに賭《か》けて手刀を放つ。手刀が剣の腹を叩《たた》く感《かん》触《しょく》を感じると共に、剣先を明後日の方向へ弾《はじ》き飛ばすことに成功した。

しかし息をつく間もなく、ゴブリンリーダーが次の投擲のために拳《こぶし》大の石へ手を伸ばしていた。

早く止《とど》めを刺さなければ。

しかし、その思いとは裏腹に気力と魔力の枯渇により視界がボヤけて身体を起こすことができない。

強く歯を食いしばり身体《からだ》の底から力を捻《ひね》り出そうとするも、徐々《じょじょ》に意識が遠のいていく。

地面を強く掴んでいた握力《あくりょく》も、もう完全になくなっていた。

動け!!　動けよ!!　あと少しだけ……!!

霞《かす》む視界の中、強い光が視界を包み込み僕は意識を手放した。

■

「皆《みんな》!!　大丈夫《だいじょうぶ》!?」

気がついたら、シリウスくんのお母さんのミラさんがわたしたちの側《そば》にいました。シリウスくんのお父さんのレグルスさんもこちらへ駆け寄ってきています。

さっきゴブリンリーダーを倒した光はレグルスさんの魔術だったみたいです。

「ミラさん、レグルスさん、わたしたちは大丈夫です!　それより、シリウスくんが!!」

シリウスくんはゴブリンリーダーの投げた剣から皆を守ってくれて、そのまま倒れてしまいました。

シリウスくんが死んじゃったらどうしよう……。心配すぎて涙が止まりません。

「ララちゃん、シリウスを心配してくれてありがとう。怪我《けが》は頬の切り傷くらいだから大丈夫そうね。それよりも気力と魔力が尽《つ》きて気絶しているみたいだけど……。ここまで気力と魔力を使い切るなんて一体何をしたらこんなことに……」

「ゴブリンの死体が大量にあるが、これは……ゴブリンリーダーも瀕死《ひんし》だったようだ。ラちゃん、ここで何があったんだい？」

ミラさんとレグルスさんは怪訝《けげん》な表情を浮かべてわたしに問いかけてきました。

ミラさんとレグルスさんはシリウスくんがこんなに強いことを知らないみたいです。裏山に行ってたことも秘密にしているみたいだし、シリウスくんは隠《かく》しておきたいんだろうな……。でも、この状況でなんて言い訳すれば……。

「えーっと……そのぉ……」

シリウスくんの秘密を守りつつ、この状況を上手《うま》く説明できずにわたしがしどろもどろになっていると、ジャンヌさんが凄《すご》い勢いでミラさんに駆け寄りました。

「お父様!! お母様!! 私《わたくし》のこの命は、シリウス様に救われたのですわ!! 自らの身を盾《たて》に、私《わたくし》を守ってくださるあの勇姿に心打たれましたわ!! シリウス様には是非《ぜひ》 私《わたくし》のお婿《むこ》さんになっていただき、将来はこの村の長《おさ》となっていただきたいのですわ!!」

「「「ファッ!?」」」

突然のジャンヌさんの言葉に、思わず変な声を出してしまいました。

「ちょっ！　ちょちょちょっとまってくださいジャンヌさん!!　シリウスくんの気持ちを無視して何言ってるんですか!?　それにわたしたちの歳《とし》でけ、けけけっこんなんて早すぎます!!」

ジャンヌさんは一体何を言っているんでしょう!?　シリウスくんがジャンヌさんと結婚《けっこん》するなんてありえないです!!　シリウスくんはわたしと……はぅ……。

「ジャンヌ……確かにシリウスくんは格好良かったけど、いきなりそれはないでしょ！」

「ジャンヌ、自重しろ」

そうです、先輩《せんぱい》たち！　頑張《がんば》って止めてください！

「ちょ、ちょっとまってくれ……ジャンヌちゃんだったか？　そういう話は本人と話し合ってくれ。俺らは口出ししないから。ってそれは置いておいてだな……話の流れからすると、シリウスがゴブリンを倒したということか……？」

「シリウスとジャンヌさん、あとクロエが倒しました……ほとんどシリウスですけどね。ゴブリンリーダーを瀕死まで追い込んだのもシリウスでした。お二人はシリウスの強さを知らなかったんですか？」

あぁぁローガン君……ここまできたらもう隠せません……。

わたしは諦《あきら》めて口を閉《と》ざすことにしました。

「ゴブリンリーダーもシリウスが倒したですって……？」

「ふむ、見る限りほとんど魔術《まじゅつ》によって倒されているようだな。やはりあいつは、天才魔術師だったんだ！　あの日俺が見たのは間違《まちが》いじゃなかったんだ！　これは将来は大魔術師になるぞ！」

レグルスさんがすごく嬉《うれ》しそうにしています。シリウスくんが自分と同じ魔術師になるのが嬉しいのでしょうか？

「で、でも剣《けん》によって倒されているゴブリンも何匹《びき》かはいるわよ？　ゴブリンリーダーにだって大きな切創があるし。それに剣術を教えてほしいって言っていたし、本人は剣士になりたいんじゃないかしら？」

ミラさんはシリウスくんを剣士にしたいみたいです。シリウスくんは剣も魔術もどっちも凄かったので、どちらにもなれるんじゃないでしょうか。

「むぅ……確かに、ゴブリンリーダーに致命傷《ちめいしょう》を与えたのは切創のようだ……。一体どうやって身につけたんだか。っと、とりあえずシリウスの話は置いておいて、まず皆を安全な場所に避難させよう」

「大体想像はできるけれど……そうね、急に村の中に湧いてきたこともあるし、まずは皆の安全を確保しましょう」

レグルスさんとミラさんに連れられ、わたしたちは無事に村の集会所まで避難することができました。

他の場所にも急にゴブリンが出てきたみたいでしたが、皆大きな怪我はしていないようで安心しました。

シリウスくん、大丈夫かな……。色々な意味で、心配です……。

第三章◆強襲

目を覚ますと、いつもの天井《てんじょう》が目に入った。

あれ、何してたんだっけ……。

そうだ！　ゴブリンと戦って最後に力を使い切ってぶっ倒れたんだった！

最後に、ぼんやりとだがゴブリンリーダーが魔術らしき光に包まれていた記憶《きおく》がある。

そして僕がここに寝《ね》ているということは、誰《だれ》かに助けられたのか。皆は無事だったのか。

皆の安否が気になりリビングへと行くと、両親が何やら話し合っているところであった。

僕の姿を見た二人は、相好《そうごう》を崩《くず》し駆け寄ってきた。

「シリウス！　起きたのね、気分はどう？」

「大丈夫だよ。それよりゴブリンはどうなったの？　皆は？」

「落ち着け、今村の中にゴブリンはいない。皆は無事だ。それより話がある。座りなさい」

「はい……」

真剣な表情をした父さんと母さんと向かい合って座る。とりあえず皆が無事で良かったけど……流石《さすが》にゴブリンと戦ったのバレたよな、ぶっ倒《たお》れたし……。

「賢《かしこ》いお前のことだ、俺たちが言いたいことは分かっているだろう……。どうやって魔術を習得した？　その年でゴブリンリーダーを倒すほどだ、誤魔化《ごまか》しは聞かんぞ」

「気力の扱《あつか》いもかなりのものね。少なくとも武器に気力を纏《まと》わせられないとあんなナマクラでゴブリンを斬《き》ることなんてできないもの」

二人の視線を一身に受け、冷《ひ》や汗《あせ》が滝《たき》のように流れる。

……ダメだ、魔術と剣術に精通しているこの二人に現場を見られて誤魔化せるはずがない。変に嘘《うそ》をついてもすぐにバレるだろう。

覚悟《かくご》を決め、正面から二人を見据《みす》える。

「魔術は、父さんの部屋にある魔術書を読んで勝手に勉強しました。気力は、毎日薪割《まきわ》りをしている内に扱えるようになりました」

「それだけじゃないだろう……？　ただ魔術や気力を身に着けただけでは、あれだけのゴブリンを撃退《げきたい》することは無理だ。シリウス、裏山で実戦していたな？」

「……ごめんなさい……」

やはりこの二人は凄い。自分の両親の洞察《どうさつ》力にただただ瞠目《どうもく》する。

「反省はしているようだな……。しかし、どうしたものか……」

「シリウスは私たちが思っていたより早く成長していたようね……。あなた、もうこれだけの力を身に着けているシリウスを抑《おさ》えておくのは無理よ」

母さんの言葉を受け、父さんは目を瞑《つぶ》ってこめかみを揉《も》みしだいた。

「むぅ……シリウス、お前はどうしたいんだ」

「僕は……強くなりたい。母さんの狩《か》りの手伝いもしたいし、いつかは外の世界を見てみたいって思うんだ……。ダメかな……？」

父さんの目を真《ま》っ直《す》ぐ見つめて、正直な言葉を紡《つむ》いだ。

「……………ふぅ……。大人しい子だと思っていたが、やはり俺たちの子か……」

「あなた、私はシリウスに剣や狩りを教えるわ、いいでしょ？」

困りつつも、嬉しそうな表情を浮《う》かべる父さんに、母さんはウズウズとした様子で迫《せま》っていた。

実は、狩りを教えたいって思ってくれていたのかな？

「分かった。シリウス、魔術は俺が教える。魔術は一歩間違えると本当に危険なものだからな。あと、これからは勝手に危ない所には行くな。必ず俺たちに聞いてからにしなさい、いいな？」

「父さん、母さん……ありがとう……！」

「明日からはビシバシ鍛《きた》えるからね！　とりあえず今日はもう休みなさい、まだ疲《つか》れが取れていない顔してるわよ」

母さんは頭を一度撫《な》で、僕を自室へ送ってくれた。ベッドに入った僕は、密《ひそ》かにテンションが上がっていた。

明日から父さんと母さんに鍛えてもらえる！　やった！

今後のことを考えて興奮していたが、身体《からだ》に残る疲れが僕を夢の世界へと誘《いざな》っていった。

■

翌朝、目が覚めてすぐに薪割りに行こうとしたところ、母さんに呼び止められた。

「いままで任せっきりにしていたし、シリウスの薪割りを見せてもらおうかしら。勿論《もちろん》気力を纏ってね」

二人で裏庭に行き、僕はいつも通り薪割りを始めた。

身体と斧《おの》の双方《そうほう》に気を纏わせて、リズムを保ち割っていく。若干《じゃっかん》筋肉痛で身体が痛みいつもよりスピードは落ちていたが、数分で薪の山が出来上がった。

「終わったよ！……母さん？」

隣《となり》で腕《うで》を組んだまま硬直《こうちょく》している母さんを見つめると、目を見開いていた母さんはハッとしたように腕を組み直した。

「な、中々やるわね！　それじゃあこのまま剣の鍛錬《たんれん》をしてしまいましょうか。この木剣で私に打ち込んできなさい。ゴブリンリーダーと戦ったんだもの、使い方は分かるわよね？　気力はいくらでも使ってもいいわ、全力で来なさい」

そう言うと、母さんはどこかから取り出した木剣を僕に渡《わた》してくれた。

懐《なつ》かしい感触《かんしょく》だ……学生時代に近くの道場に通っていたけれど、社会人になってからとこの身体になってからを合わせると十年以上まともに剣を振《ふ》っていなかったので、ぎこちない感じだ。

母さんは僕では力量が全く読めない程《ほど》に力量が隔絶《かくぜつ》した相手だ。これなら僕程度が全力で打ち込んでも、本当に全く歯がたたないだろう。

これから鍛えてもらうんだ、出《だ》し惜《お》しみはしない。僕の全力を知ってもらう……！

学生時代を思い出しながら、納刀の構えを取る。

母さんは一瞬《いっしゅん》怪訝《けげん》な顔をしたが、すぐに中段に構え僕を見据えた。一切《いっさい》の隙《すき》がない、美しいとすら感じる構えだ。

一度ゆっくり深呼吸をして、母さんに向かって一歩ずつ歩み出す。

土を踏《ふ》む音が嫌《いや》に大きく聞こえる。

「ハァッ!!」

二歩目を踏み出す瞬間、僕は全力で気力を纏い抜刀《ばっとう》と同時に母さんの胴《どう》へ渾身《こんしん》の水平斬《ぎ》りを放つ。

木剣は吸い込まれるように綺《き》麗《れい》に胴に入った――かと思いきや、いつのまにか木剣が割り込まれ攻撃《こうげき》を受け止められていた。そしてそのまま流れるように攻撃を弾《はじ》き返された。

「なッ……!?」

ただ攻撃を弾かれただけなのにも拘《かか》わらず、あまりの威力《いりょく》に手が痺《しび》れている……。だが、母さんも声を上げて瞠目している。

相手に落ち着く隙を与《あた》えては駄目《だめ》だ……！

僕は弾き返された勢いを利用してそのまま回転し足に斬撃《ざんげき》を放ったが、やはり紙一重《かみひとえ》で防がれてしまった。

息もつかずにそのまま連撃を放ち続けるも、その尽《ことごと》くが軽く弾き返されてしまった。

「はぁ……はぁ……」

「ふふ、ふふふふ……。まだまだ気力には余裕《よゆう》があるみたいね……！　次は私の攻撃を防いでみせなさいっ！」

母さんは不穏《ふおん》な表情を浮かべながら、未《いま》だ息を整えている僕にゆっくりと近づいてきた。

「ちょ……まっ……」

「行くわよっ！」

右手を掲《かか》げ止めようとする僕に、母さんは高速で剣撃を放ってきた。

ギリギリ木剣で防ぐも、凄《すさ》まじい速度で二の太刀《たち》を浴びせてくる。僕は必死に木剣で攻撃を受け続けるも、徐々《じょじょ》に握力《あくりょく》が弱まり木剣を弾き飛ばされた。

「ふふふ……。シリウスの力は大体分かったわ！　凄まじい才能ね、これからドンドン強くなるわ。いえ、私が強くしてあげる！　まず第一に、筋力と体力をつけるトレーニングをしていきましょう。あとは私との模擬《もぎ》戦で気力と技術を鍛えていきましょ。うふっ、楽しみね……！」

今までで一番かと思うくらい楽しそうに恍惚《こうこつ》の表情を浮かべる母さん。

いきなりのスパルタだが、望むところだ！

■

昼食をとり、久々に裏山に足を踏み入れた。

今日は魔術《まじゅつ》の鍛錬のためであり、父さんと母さんも一緒《いっしょ》だ。母さんは魔術はからっきしらしいが、気になるのでついてきたらしい。

「シリウス、まずどんな魔術が使える？」

「えーと、『初級光魔術』『中級　炎《ほのお》魔術』『中級水魔術』『中級風魔術』『中級土魔術』『中級氷魔術』『中級　雷《かみなり》魔術』が使えるよ！」

目を瞑り、こめかみを揉みしだく父さん。どうしたのかな？

「あー……っと、耳が遠くなったかな……。全基本属性魔術が使えると聞こえた気が……」

「あっ！　ごめん、中級といってもまだ少ししか使えないんだ……。魔術書を読み解くのに中々時間がかかっちゃって……」

まだ中級魔術を全《すべ》てマスターしているわけではないことを伝え忘れていた。

僕が急いで補足すると、父さんはなんとも言えない表情で頷《うなず》いた。

「……世の中の魔術師の大半が泣いてしまいそうな台詞《せりふ》だな……。ま、まぁとりあえず、得意な魔術とかあるよな？　いくつか使ってみてくれないか？」

「分かった！　じゃあそこの木に撃《う》つよ」

改めて、父さんに自分の魔術を披露《ひろう》することに緊張《きんちょう》してきた……。

頭を振って無駄《むだ》な思考を払《はら》い、集中力を高める。

よし、行くぞ！

まず『詠唱破棄《えいしようはき》』で雷の刃《は》を構築する『雷刃《ライトニングエッジ》』を纏《まと》った右手を素早《すばや》く薙《な》ぎ、木を三等分に切り裂《さ》く。バラバラとなり宙を舞《ま》う丸太に、間髪《かんはつ》入れずに『雷槍《ライトニングスピア》』『炎槍《フレイムランス》』『氷槍《フリージングランス》』と三属性の槍《やり》を放った。

三筋の光はそれぞれキレイに丸太の中央を貫《つらぬ》き、消し炭、もしくは粉々にした。

僕の使える魔術の中で攻撃力重視の中級魔術をいくつか披露してみたがどうだろうか。

おずおずと二人の表情を見ると、口を開けたまま目をこすっていた。

「「…………」」

二人共黙《だま》ってないで何か言ってほしい……。レベルの高い父さんから見たら子どものお遊びみたいな魔術だったからガッカリしたのだろうか？

「……複数属性の中級魔術を並列展開して、しかもこの精度と威力か……。本当にそこら辺の魔術師よりも余程優秀《ゆうしゆう》だぞ……。これは鍛えがいがありそうだ！　適性は、威力を見るに俺と同じ雷属性のようだな」

父さんの言う通り雷属性魔術が一番魔力消費が少なく威力が高い魔術を放てるので、きっとそうなのだろう。

しかし威力を均一にして放ったつもりだったのに見抜《みぬ》かれるとは、凄まじい洞察《どうさつ》力だ。

「父さんも雷属性が得意なの？」

「あぁ、雷属性と時空属性が俺の適性だな。魔術適性は遺伝しやすいから、シリウスにも時空属性の適性があるかもしれないな」

時空属性とは夢が広がりそうな属性だ。思わず父さんに詰《つ》め寄る。

「時空属性？　魔術書には載《の》ってなかったよね？　まさか転移とかできたりするの？」

「あぁ、父さんのオリジナル魔術だからな、魔術書には載っていない。転移も可能だけど、高位の魔石で補助した上に魔力を大量に消費するからそう簡単に使えるものじゃないんだ」

「そんな魔術をオリジナルで創《つく》るなんて……父さん凄《すご》すぎない？」

「はっはっは！　大したことはないさ！　そもそも魔術師はオリジナル魔術を創り出して初めて上級魔術師と言われるからな。一人前になるには必ず通る道さ」

一人前のハードルが高すぎやしないですか？　時空魔術を創る並みのことなんて中々できることじゃないと思うんだけど……この世界では普通《ふつう》なのかな？

僕もオリジナル魔術を創って一人前になれる日が来るのだろうか。

「剣だけでなく魔術も才能があったなんて……魔術に負けないよう剣もしっかりと鍛えてあげないとね……うふふ……」

父さんの横で母さんは不敵な笑《え》みを浮《う》かべていた。その顔は怖《こわ》いからやめよ？

「シリウスはきちんと魔術理論を理解して詠唱破棄で術式を組んでいるし、魔術書にある属性魔術も広く学んでいるから少し教えれば成長は早いだろう。最近の魔術師はすぐ詠唱に頼《たよ》るが、詠唱なんて隙が大きいし燃費も悪いからな。これからも魔術理論はしっかり学んでいくんだぞ！　俺も教えてやるから。そうすれば上級魔術習得なんてすぐさ」

「はい！　頑張《がんば》ります！」

僕の返事に父さんはニカッと笑い、魔術講座が始まったのだった。


それから半日ほど父さんにしごかれてフラフラになりながら山を下りると、家の前に村の狩人衆《かりゆうど》の隊員が一人待機していた。

それを見た母さんは真剣《しんけん》な表情で隊員に駆《か》け寄っていく。

「何かあった？」

「ミラさん、お休みのところ申し訳ありませんが本日の報告に参りました。本日も村内にゴブリンの出現はありませんでした。探索《たんさく》については村の警護を優先しているため、中々進んでおりません。ゴブリンマジシャンに隠蔽《いんぺい》されていると思われるため、数少ない上級探索スキル持ちの隊員が捜索《そうさく》していますが、進捗《しんちょく》は芳《かんば》しくありません」

「そう……報告ありがとう。探索速度は仕方ないわね、村の安全が優先ですもの。明日は私も探索に参加するわ」

「はい、ありがとうございます。それでは失礼します！」

ビシッと敬礼をして去っていく隊員。村の狩人衆というより、軍人みたいだ。

ゴブリンの巣の探索は中々芳しくないようだ。捜索に加わろうかと母さんに聞いたが、一蹴《いっしゅう》されてしまった。

とにかく今は自らを鍛《きた》えることに集中しよう。いざという時のために。

■

ゴブリンの襲撃《しゅうげき》から一週間後、安全のため休止されていた教会が久々に再開された。

元気を持て余した子どもたちが教会へ行きたがって困っているという親たちの声があったこと、また狩人衆により村の安全がある程度確保されてから一週間村にゴブリンが現れることがなかったこともあり、神父様が開いてくれたのだ。

ララちゃんと教室に入ると、騒《さわ》がしい教室がシーンと静まり、皆《みな》の視線が一斉《いっせい》に集まる。

……嫌な予感が……。

一回出ようと後ずさったところで、皆が殺到《さっとう》してきた。

「シリウス君、ゴブリン倒《たお》したって本当⁉」

「シリウス、魔術見せてみてよ！」

「シリウス君、怖いから帰り私を送っていって！」

皆が凄まじい勢いで群がってくる。あの日のことが噂《うわさ》になっているようだ……このままでは席に辿《たど》り着くことすらできない。

「ちょ、ちょっと待って皆《みんな》！　僕はほとんど何もしてないよ！　父さんと母さんが倒してくれたんだよ！」

嘘《うそ》はついていない。ゴブリンリーダーに関しては。

「くっくっくっ……ほとんどのゴブリンを魔術で倒したくせに何言ってんだよシリウス」

ルークが楽しそうに煽《あお》ってきた。こいつが元凶《げんきょう》か……！

「ルーク君はああ言ってるよ‼」

「俺にも魔術教えろよ！」

あぁもう収拾《しゅうしゅう》がつかない‼

ララちゃんなんて皆に教室から押し出されて目を回してあうあう言っている。

「いや！　本当に大したことしてないから！　と、通して！　皆、席に戻《もど》って！」

人波をかき分けて、少しずつ進んでいく。なんとか席についたところで、シスターが手を叩《たた》きながら教室に入ってきた。

「はーい皆さん！　席についてくださいね！　ララちゃんも早く教室に入ってきなさい」

「ふ、ふぁい……」

ララちゃん、ごめん……。

なんとか授業を終え、昼休みを迎《むか》えた。

朝の騒動《そうどう》は一応収束し、同級生の皆と庭でお弁当を食べていた。群がられることはなくなったが、未《いま》だにチラチラとこちらを見ている人は多い。楽しみが少ない田舎《いなか》の村だから、瞬《また》く間《ま》に噂が広まってしまったようだ。

「お疲《つか》れ様《さま》、シリウス。朝から大変だったわね」

「くくく、困ってるシリウスを見るのは楽しいなぁ」

「はぅ……朝から大変でしたぁ……」

「ララちゃんごめんね……ルーク、覚えとけよ？」

上級生には狩《か》りを手伝っている先輩《せんぱい》や魔術を使える先輩もいるが、僕らの年齢《ねんれい》でゴブリンを倒せるレベルというのは、やはり珍《めずら》しいようだ。

しかし、僕自身は勉強中の身だし、そもそも使い方を誤れば非常に危険な魔術を軽々しく子どもに教える訳にもいかないため皆に教えてと言われても困ってしまう。

ある程度の年齢まで大人が教えてくれないというのも、そういうことを考慮《こうりょ》してのはずだ。中には僕やクロエさんのような例外もいるけれど。

「でもあの戦いは本当に凄かったわよ。只者《ただもの》じゃない奴《やつ》とは思ってたけど、あそこまでとはね……」

「……魔力も魔術の威力《いりょく》もすごかった」

「あぁ、シリウスがいなかったら今頃《いまごろ》どうなっていたか……」

「分かりましたから、改めてそういうこと言われると照れるのでこの話はやめません？」

グレースさん、クロエさん、ルークが口々にお礼を言ってくるが、一週間も経《た》ったのに改めて凄いとかありがとうとか言われるのはなんだか照れくさい。結局最後は父さんと母さんに助けられたわけで、そんな胸を張れるものでもないし。

「……あぁぁぁぁ……」

そんな風に久々に友達とのんびり食事をしていると、遠くから叫《さけ》び声《ごえ》と地響《じひび》きが聞こえてきた。いや、近づいてきているような……。うん、きっと気のせい――

「シリウス様ぁぁぁぁぁ!!」

……いや、現実だ。

声のする方を見ると、凄《すさ》まじい速度で走ってくるジャンヌさんが見えた。まさかまたゴブリンが……!?

咄嗟《とっさ》に『魔力感知』で周囲を探《さぐ》るが、村民の魔力しか感知できない。そういえばゴブリンリーダーと戦った後から探知できる範囲《はんい》が僅《わず》かに広がっている気がするな。

現実から目を逸《そ》らしていると、息を切らしているジャンヌさんに強く手を握《にぎ》られた。

「シリウス様、お久しぶりですわ!!　先日は私《わたくし》の命をお救いいただき、ありがとうございました。本日、よろしければ我が家に来ていただけませんか？　私《わたくし》の両親もシリウス様に是非《ぜひ》お礼させていただきたいと申していますわ！」

目をキラキラと輝《かがや》かせたジャンヌさんは、凄い勢いで顔を近づけてきた。ゴブリンリーダーにも負けないほどの圧力だ。

「え、えーっと……僕は大したことをしていないので、お気になさらず……」

「いえ!!　大したことですわ!!　是非我が家に!!　そして私《わたくし》の婿《むこ》に!!」

一体何の話をしているのだろう？　光より早い展開に理解が追いつかない。

僕が困っていると、遅《おく》れて追いついてきた先輩たちが肩《かた》で息をしながらジャンヌさんの肩を掴《つか》んだ。

「待て待て待て待て！　落ち着け、ジャンヌ！　シリウス君が困ってるぞ！」

「そ、そうよ、落ち着いてジャンヌ。シリウス君、ごめんなさいね。この子、あなたに助けられてからずっとこんな調子で……」

えーと……要するに、ゴブリンの奇襲《きしゅう》からの救出っていう急展開にショックを受けて錯《さく》乱《らん》状態ってことかな？

「あ、あの……ごめんなさい。今は危険な状態なので、寄り道せずに帰ってきなさいって言われていて……」

「シリウス様がいらっしゃればゴブリンなんて恐《おそ》るるに足《た》らず！　ですわ！」

「シ、シリウスくんだって危ないから寄り道はダメです！　わたしと帰るんです！」

ジャンヌさんに押し切られそうになっていると、唐突《とうとつ》にララちゃんは僕を守るようにジャンヌさんの前に立ちはだかった。ララちゃん、僕が戸惑《とまど》っているのを分かって助けてくれたんだね……。なんていい子なんだ……！

「あーもう、ごめんねシリウス君。こいつ連れて帰るから、気にしないで！」

「シリウス様ぁぁぁぁぁ……」

ララちゃんとジャンヌさんが睨《にら》み合っていると、先輩がジャンヌさんの首根っこを捕《つか》まえて引きずって連れて帰ってしまった。

台風みたいな人だったな……。早く一時的なショックから立ち直れることを祈《いの》ろう。

「シリウスー、モテモテじゃねーか！」

またもやルークがからかってくるが、ショックで錯乱しているだけでそういうのではないだろ。ジャンヌさんに失礼だぞ。

「シリウスくんが……もてもて……もてもて……」

ルークの話を聞いて、先ほどまで元気だったララちゃんは俯《うつむ》いて何かをぶつぶつと唱えはじめた。何か悩《なや》みでもあるのだろうか、心配だ。

■

今まで裏山では普通《ふつう》のゴブリンしか見たことなかったが、先日ゴブリンリーダーという存在を初めて知った。僕はゴブリンについてあまりに知識不足だ。

身近に巣くっている脅威《きょうい》を知るために、僕は父さんに頼《たの》んで魔《ま》物《もの》図《ず》鑑《かん》を借りることにした。図鑑には、様々な魔物についての記述があった。魔物は強さ順にA～G、そして特別な個体をSとランク付けされており、対応するランクの魔物を討伐《とうばつ》できると認定《にんてい》された冒《ぼう》険《けん》者も同じランクを付けられる。

ゴブリンのページを開くと、様々な種類のゴブリンが載《の》っていた。

まず一般的《いっぱん》なゴブリン、こいつはFランクと当然弱い魔物だ。

次いでゴブリンリーダーがEランク、ゴブリンマジシャンとゴブリンジェネラルがCランクであった。ゴブリンジェネラルはゴブリンリーダーが進化した姿で、ゴブリンたちを統率《とうそつ》していることが多いらしい。

そして稀《まれ》に発生する強力な個体としては、AランクのゴブリンロードとSランクのゴブリンキングがいる。ゴブリンロードは大規模な巣の長《おさ》として稀に発生する個体で取り巻きが非常に多く群れとしての脅威があるそうだ。

そしてゴブリンキングは災害級として認定されており、その強さはドラゴンにも匹敵《ひってき》するともいわれている。滅多《めった》に姿を現すことはない非常に稀有《けう》な存在で、ゴブリンキングが発生した地域はゴブリンに支配され、人類に多大な損害を齎《もたら》すとすら書かれている恐ろしい存在だ。

前世の知識ではゴブリンとは雑魚《ざこ》の代名詞みたいなものだったが、この世界では中々の脅威のようだ。

確かにゴブリンリーダーと戦ったときもそうだったが、群れていることは脅威だ。

裏山のゴブリンの巣についても母さんたちの会話から想定するとかなりの規模になって

いると考えられるから、もしかしてゴブリンロードくらいまで発生しているかも知れない。戦闘《せんとう》能力は低いとか書かれているゴブリンリーダーであの強さってことは、ゴブリンロードはどれだけ強いんだ……？　背筋が凍《こお》る思いだ。

そう考えるとうちの村で裏山のゴブリンの巣を殲滅《せんめつ》しきれるのだろうか？　戦いを生業《なりわい》としている冒険者ですら複数パーティでようやく渡《わた》り合える程《ほど》の強さのゴブリンロードを、村のただの狩人衆《かりゅうど》が倒せるとはとても思えない。父さんと母さんは凄《すご》く強いと解《わか》っているけど、あくまで子ども視点であってこの世界ではどの程度の水準なのかは正直分からない。

しかしそんなことうちの狩人衆だって分かっているはずだし、もしかして国に援助《えんじょ》を要《よう》請《せい》していたりするのかもしれない……図鑑を返すついでに父さんに疑問をぶつけてみる。

「父さん、図鑑ありがとう。ところで裏山のゴブリンについてなんだけど、ゴブリンロードがいる可能性あるよね？」

「あぁ、ゴブリンのことを調べていたのか。うむ、恐らくゴブリンロードは発生しているだろうな」

「だよね……だとしたら、うちの狩人衆だけで討伐できるのかな？　王都から援軍が来るの？」

「いや、ゴブリンの巣程度でこんな辺境の地に討伐隊は派遣《はけん》してくれないな……。まぁゴブリンロード程度なら父さんと母さんがいれば余裕《よゆう》さ」

父さんは僕を安心させようと肩に手をおいて笑顔《えがお》を浮《う》かべた。

いやいや!? そんな弱い魔物じゃないよね？

「えっ!? 図鑑に討伐には複数のパーティで挑《いど》んでようやく渡り合える程の強さって書いてあったよ？」

「あぁ……言っていなかったが実は昔、父さんと母さんは冒険者だったんだ。その頃《ころ》に二人で何回もゴブリンロードを倒《たお》したことがあるから心配しなくても大丈夫《だいじょうぶ》だ」

「……複数パーティでやっと渡り合える相手に二人で何回も勝っちゃうって、いくらなんでも強すぎない？」

「あぁ、父さんと母さんはメチャクチャ強いんだぞ！ なんなら父さん一人でも余裕だぞ？ はっはっは！」

父さんはドヤ顔でバンバンと僕の肩を叩きながらふんぞり返っていた。二人とも強いとは思っていたけれど、そこまで強いとは……。にわかには信じがたいが、ゴブリンロードの強さは父さんも分かっているはずだし、大丈夫なんだろう、きっと。

ゴブリンのことは二人を信じて、僕も少しでも早く強くなれるよう鍛錬《たんれん》を積もう。

■

ある休日、両親との鍛錬を終え家に帰ると、狩人衆の隊員が深刻な表情をして家の前で待機していた。

「ミラさん、レグルスさん失礼します。お二人共、少しお時間いただけないでしょうか？」

「分かったわ。シリウス、夕食の準備をお願い」

「母さん……分かった、任せて」

狩人衆の隊員が二人に用事……恐らく、ゴブリンの巣絡《がら》みの話であろう。

夕食を作り終わる頃、丁度一時間後くらいに二人は帰ってきた。

「シリウス、夕食ありがとう。急遽《きゅうきょ》狩人集会を開くことになってね」

「ゴブリンの巣、見つかったの？　もしかしてゴブリンキングがいたとか？」

僕が問いかけると、母さんは驚《おどろ》いた顔をして諦《あきら》めたように話し始めた。

母さんの話によると、やはりゴブリンの巣が発見され、しかもゴブリンキングが発生している可能性が高いということであった。

更《さら》に父さんと母さんは、この短期間でのゴブリンキングの発生という異常事態が魔王復活の予兆ではないかと考えているらしい。昔の文献《ぶんけん》で読み取れる、魔王がいた時代の状《じょう》況《きょう》に近いということだ。

魔王については正直規模が大きすぎて実感が湧《わ》かないが、ゴブリンキングは二人で挑んでもギリギリであろうことは二人の張り詰《つ》めた雰囲気《ふんいき》から察することができた。

二人とも僕には余裕だと笑顔を向けてくれていたが……。

そんなこともあり、これから一週間は二人とも戦闘勘《せんとうかん》を取り戻《もど》すために僕の鍛錬は休止となった。

僕はその間、自己鍛錬と新魔術の術式開発を進めていこう。この半年間の二人との厳しい鍛錬の集大成ともいえる魔術だ。この機会に完成させて、ゴブリン退治が終わった後に二人を驚かせてやるぞ。

■

この一週間、私とレグルスが鍛錬をしている間にも狩人衆で探索《たんさく》を続けていたが、巣の規模は今なお異常な速度で拡大し続けていた。ここまで大きくなるまで気づけなかったことが本当に不甲斐《ふがい》ない。

探索の結果、複数のゴブリンロードが確認できたことから、それを統率している存在、ゴブリンキングがいるということは確信に変わっていた。

作戦としてはゴブリンロードを私とレグルスで殲滅、その後ゴブリンキングのいる最奥の住処《すみか》に攻《せ》め込む形だ。

狩人衆は罠《わな》を張り、戦いによって散らばる下位ゴブリンたちを村へ逃《に》がさないように包《ほう》囲《い》網《もう》を構築している。

念《ねん》の為《ため》村民にも避《ひ》難《なん》準備をしてもらい、包囲網が突《とっ》破《ぱ》されそうな時は隣村《となりむら》へ避難してもらう手はずとなっている。これで最悪私たちが失敗しても、被《ひ》害《がい》は最小に食い止められるだろう。

ゴブリンキングが相手となると確実を期すために増援が欲《ほ》しかったけれど、王都からはゴブリンキングと戦えるようなSランク級の冒険者をすぐに派遣することは難しいとの回答だったため、限られた人員でベストを尽《つ》くすしかなかった。

全く、冒険者をとっくに引退した父母にこんな大役を任せるなんて、冒険者ギルドも人使いが荒《あら》いったらないわ。

「準備はいいかしら？　皆《みんな》、命を第一に考えて絶対生き残るのよ。村民を守ることは絶対だけど、あなたたちの命も等しく大切にしなさい」

「「「応!!」」」

「それでは、掃討《そうとう》作戦を開始します!」

「「「応!!」」」

小さく、しかし覇気《はき》にあふれる声を上げ、各々《おのおの》の持ち場に散らばっていく狩人衆。私たちも数人の隊員を連れて奥へ進んでいく。

「あなた……シリウスのためにも、絶対生きて帰るわよ」

「あぁ、勿論《もちろん》だ。君は俺が守る。俺ら二人が組んだら最強だろう?」

「そうね。あなたとならドラゴンにだって負ける気がしないわ」

「ふっ、その通りさ! よし、行くぞ『雷神纏衣《らいじんてんい》』」

レグルスの特級魔術《まじゅつ》『雷神纏衣《らいじんてんい》』により強力な雷《かみなり》属性が付与《エンチャント》され、身体能力が跳《は》ね上がる。そしてその付与《エンチャント》は愛刀『雷薙《ライナギ》』にも纏《まと》われ、凄《すさ》まじい魔力を帯びた。

「まず俺が周囲を殲滅する、護衛を頼む」

「ええ、勿論よ」

「『雷神の裁き《トールジャッジメント》』」

瞬時《しゅんじ》に濃厚《のうこう》な魔力が上空に集まり、広範囲《こうはんい》に轟雷《ごうらい》が降り注ぐ。雷はゴブリン、ゴブリンリーダーはもとより、ゴブリンジェネラルまでも一撃《いちげき》で葬《ほうむ》り去っていく。

広場にいたゴブリンたちの大半は殲滅され、生き残った者も散り散りに逃げ出していく。

レグルスの魔術に見惚《みと》れていると、突如《とつじょ》凄まじい衝撃波《しょうげきは》がゴブリンたちを吹《ふ》き飛ばしながら、魔術に魔力を注ぎ雷を降らせ続けるレグルスに飛来した。

「ハアッッ!!」

瞬時に『雷薙《ライナギ》』を振《ふ》り抜《ぬ》く。

紫電《しでん》を纏った斬撃《ざんげき》で衝撃波を霧散《むさん》させた。そんな私を余裕の表情で観察しながら、凄まじい存在感と共に衝撃波を放った存在が姿を現した。

「ゴブリン……キング……！」

「お出ましか……！」

三匹《びき》のゴブリンロードとゴブリンマジシャンを従え、ゴブリンキングが姿を現した。

ゴブリンキングは身長が二メートル程度で引き締《し》まった筋肉を纏っており、魔族とゴブリンの中間のような容姿をしていた。身長が三メートル以上あり筋肉質なゴブリンロードと並ぶと一見貧弱《ひんじゃく》そうに見えるが、纏っている魔力の密度はゴブリンロードの比ではない。

「ニンゲンヨ……ヤッテクレタナ」

ゴブリンキングは牙《きば》をむき出しにし、悍《おぞ》ましい声を放った。まさかここまでとは……。

「人語を操《あやつ》るほどなのね……」

「高位の魔物は人語を解するとは言うが、ゴブリン族にそこまでの知能が宿るとは……やっかいだな……」

「ユルサナイ、カトウナニンゲン、コロス」

ゴブリンキングが凄まじい殺気を放つと同時にゴブリンロードたちが地を蹴《け》り、一斉《いっせい》に襲《おそ》いかかってきた。

「ゴブリンロードたちは俺がやる。ミラはゴブリンキングを！『雷槍雨《ライトニングレイン》』」

雷の槍《やり》が雨のように降り注ぎ、ゴブリンロードを襲う。そして予定通り、ゴブリンロードのヘイトがレグルスに集中し、ゴブリンロードたちはそちらへ突進していった。

「ハァァァァッッ!!」

『雷薙《ライナギ》』に気力を漲《みなぎ》らせながら、一足飛びでゴブリンキングに肉薄《にくはく》し刀を振るう。

——ガギィイン
渾身《こんしん》の剣撃《けんげき》を放つも、ゴブリンキングはそれを軽々と受け止め愉快《ゆかい》そうに表情を歪《ゆが》ませた。

「ッ⁉」

必殺の一撃を放ったつもりが受け止められ一瞬動揺《どうよう》したが、すぐに無数の剣撃を放つ。

――ガギギギギギィンッ
ゴブリンキングは憎々《にくにく》しげな表情を浮かべつつも無数の剣撃を往《い》なし、それどころか隙《すき》を衝《つ》くように反撃を放ってくる。恐《おそ》ろしい反射神経だ。

『雷神纏衣《らいじんてんい》』の効果で攻撃《こうげき》速度は優勢であったが、どうにも攻撃力が不足している。

ゴブリンキングの纏う魔力密度は凄まじく、深い傷を与《あた》えられないでいた。一方ゴブリンキングは圧倒《あっとう》的な膂力《りょりょく》を誇《ほこ》っており、一撃でも当たれば勝敗を決するほどの威力《いりょく》の剣撃を放ってくる。

私は手数で押しゴブリンキングは一撃を与えられる隙を窺《うかが》う、そんな戦いが続いていた。

■

雷鳴《らいめい》が響《ひび》き渡《わた》ると同時に、裏山から凄まじい魔力が放たれた。

恐らくゴブリンマジシャンの結界が壊《こわ》れ、今まで隠蔽《いんぺい》されていたゴブリンキングの魔力が解き放たれたのだろう。あまりの悍ましく強大な魔力に、背筋が凍《こお》る。

父さん、母さん……頑張《がんば》れ……！

村外れの避難広場で、僕は祈《いの》ることしか出来なかった。

「シリウスくん……」

ララちゃんが円《つぶ》らな瞳《ひとみ》を揺《ゆ》らし、心配そうに僕の顔を覗《のぞ》き込んできた。こんな小さい子に心配をかけてしまうとは、情けない。

「大丈夫《だいじょうぶ》だよ、父さんと母さんは凄《すご》い強いんだ。ゴブリンキングだってすぐ倒《たお》しちゃうさ」

僕がそう言っても、ララちゃんは依然《いぜん》心配そうに僕のことを見つめていた。

父さんの強大で澄《す》み切った魔力と母さんの力強い気力が、これだけ離《はな》れていても感じられる。本気の二人は僕の想像を超《こ》えた力を持っていた。

しかし、それ以上に禍々《まがまが》しく強大な魔力を放つゴブリンキングに不安は募《つの》ってしまう。

「シリウス……これ、ヤバくないか？」

「この禍々しい感じ、これがゴブリンキングなの……？」

最近頼《たの》まれて操気を教えており、多少の気配察知ができるようになったルークとグレースさんが青い顔をしている。

周りを見ると、待機している狩人衆《かりゅうど》も不安そうな表情をしていた。これだけ強大な力だと、多少でも気配察知ができると嫌《いや》でも感じてしまうだろうな。

「あぁ、恐らくゴブリンキングでしょう。凄まじい力ですが……父さんと母さんなら倒せると信じてます……」

そんな話をしていると、急に上空に多数の魔力が感じられた。その直後、地響きを立てて近くに何かが墜落《ついらく》した。

……ゴブリンキングの強大な魔力で気づくのが遅《おく》れたな……。

そこには百匹近いゴブリンやゴブリンリーダー、そして筋骨隆々《きんこつりゅうりゅう》とした体躯《たいく》に立派な鎧《よろい》を装備したゴブリンとそのお付きみたいなゴブリンが現れた。

しかし何故《なぜ》か奴《やつ》ら自身も戸惑《とまど》った様子を見せキョロキョロと周りを見回していた。ゴブリンの中には着地の衝撃に耐《た》えきれずに蹲《うずくま》っている者も多く見られる。

……もしかして咄嗟《とっさ》にゴブリンマジシャンの風魔術で狩人衆から避難してきたとか？

「なっ⁉　ゴブリンロード⁉」

広場を警備していた狩人衆の叫《さけ》びを聞き、鎧を装備したゴブリンロードを観察する。非常に濃厚な気力を纏っているが、今の僕なら太刀《たち》打ちできない相手ではないレベルだな。

幸い奴らは広場から少し離れた場所に落ちてきたため、村民たちはそこまで恐慌《きょうこう》状態に陥《おちい》っていなかった。

まだゴブリンたちの戦闘《せんとう》態勢が整っていないチャンスを逃《のが》さないよう、地面に両手を付け『土檻《アースジエイル》』を放つ。ゴブリンたちの目の前に、土の柱が交差しながら素早《すばや》く立ち上がり土の檻《おり》を作り上げた。そしてその土檻《アースジエイル》の中に『雷矢雨《サンダーレイン》』を降らせ、土檻《アースジエイル》の近くにいたゴブリンたちを素早く殲滅《せんめつ》する。

これで土檻《アースジエイル》とゴブリンの死体が邪魔《じやま》で進行速度が鈍《にぶ》るはずだ。

「皆さん！　念のため避難《ひなん》してください!!　狩人衆の方々は弓で援護《えんご》をお願いします！」

檻の向こうへ弓を射てば一方的に攻撃できるはずだ。

「な……!?　いや……分かった。さぁ皆さん避難を！」

狩人衆の隊員は一瞬鳩《はと》が豆鉄砲《まめでつぽう》を食らったような様子を見せたが、すぐに気持ちを切り替《か》えてテキパキと動き始めた。

流石《さすが》は母さんが束ねている軍——狩人衆だ。

「い、一体何が!?」

「空からゴブリンが降ってきたぞ!!」

「あの魔術は!?　アステールの小僧《こぞう》がやったのか？」

「に、逃《に》げるわよ！　早く！」

村民たちはようやく現実に思考が追いついてきたみたいで、混乱でざわめき始めた。しかしそこは狩人衆が上手《うま》く誘導《ゆうどう》し、的確に村の外へ村民たちを避難させはじめてくれてい

た。

そして僕たちは土檻《アースジエイル》の外から魔術と矢を雨のように降らせ、一方的にゴブリンを殲滅していく。このまま片付けられればいいのだが……。

「「「グギャギャギャアアアッ!!」」」

そうは問屋が卸《おろ》さないか……ゴブリンロードとゴブリンジェネラルが気力を込《こ》めた咆哮《ほうこう》を放ちながら土檻《アースジエイル》を盛大《せいだい》に吹っ飛ばした。

「きゃぁあっ!?」

破片《はへん》が降り注ぐ中聞こえた悲鳴の方を見ると、ゴブリンジェネラルの視線の先には地面に倒れた女の子とその子を守るように座り込んだララちゃんがいた。まだ全員避難しきれていなかったのか!?

「オォオッ!!」

即座《そくざ》に『雷光付与《ライトニングオーラ》』で雷《かみなり》を纏《まと》い身体能力を向上、一足飛びに地を駆《か》け二人に降り注ぐ土檻《アースジエイル》の破片を余さず弾《はじ》き飛ばす。

『雷槍《ライトニングスピア》』

そして同時に、大剣を振《ふ》りかぶるゴブリンジェネラルへ雷の槍を放つ。雷の槍は光の尾《お》を引き、ゴブリンジェネラルの胸に吸い込まれた。

「二人とも、大丈夫!?」

「シリウスくん!?　この子が足をくじいちゃって……」

「う……ふぇ……」
七、八歳くらいの子だろうか、恐怖《きょうふ》と安堵《あんど》が入り混じった表情をして涙《なみだ》で顔を濡《ぬ》らしていた。僕は濡れた瞳で僕を見つめるその子の頭を軽く撫《な》で、足首に気力を送り込んだ。
軽い捻挫《ねんざ》であれば気力による肉体活性化ですぐ治るはずだ。ついでに氷魔術で患部冷《かんぶれい》却《きゃく》もしておく。

「冷たっ!?　あれ……痛くない……？」

「もう動けるはずです。危ないので急いでここから離れて！　ララちゃん、頼んだよ！」

「う、うんっ！　分かった！」

少しの間であったが、ゴブリンロードとゴブリンジェネラルと対峙《たいじ》している狩人衆は半泣きになっていた。申し訳ないが、後ちょっとだけ耐えてくれ！

『雷槍《ライトニングスピア》』

狩人衆に気を取られているゴブリンロードの横《よこ》っ面《つら》に雷の槍《やり》が飛来する。しかしゴブリンロードは凄《すさ》まじい反射神経でそれを斬《き》り払《はら》い、鋭《するど》い眼光をこちらに向け咆哮した。

「グギャギャアアアアッ!!」

不意打ちで片付けようと思ったが無理か……！　ゴブリンロードはその巨大《きょだい》な肉体とは裏腹に俊敏《しゅんびん》な動きで、地響きを立てながらこちらに迫《せま》ってくる。

「ゴブリンロードは僕が！　皆《みな》さんはゴブリンジェネラルをお願いします！」

「分かった！　こちらは任せろ！」

こいつは集中しなけりゃ倒せそうもない……うちの狩人衆であればゴブリンジェネラル二匹《ひき》くらいであれば問題ないはずだ。

『雷光付与《ライトニングオーラ》』『雷　剣《ライトニングブレード》』

紫電《しでん》を纏う剣《けん》を発現し、構える。ゴブリンリーダー戦の時のように武器がない時にでも近接戦闘ができるように覚えておいた魔術だ。強化魔術もかけ直し、高速でゴブリンロードの死角である脇下《わきした》に潜《もぐ》り込み、雷　剣《ライトニングブレード》を振るう。

——ギィインッ！

ゴブリンロードは凄まじい反射神経をもって一瞬《いっしゅん》で身体《からだ》を回転させ、大剣でその剣撃を受け止めた。そのまま力任せに振り下ろされる大剣をバックステップで躱《かわ》し、向かい合う。

身体強化《ブースト》しても速度、力、共に劣《おと》っているな……。

最大火力の攻撃《こうげき》を当てれば一撃で倒せそうだけど、外した瞬間に終わりだ。どうにかして必殺の一撃を入れる隙《すき》を作るしかない。

——ギギンッ！　ガギィインッ！

雷閃《らいせん》を引きながら縦横無尽《じゅうおうむじん》に動き回り剣撃を放ち続けるも、高速反射でゴブリンロードに全《すべ》てを防がれてしまう。

激しい剣戟《けんげき》の響《ひび》きが無数に響き渡《わた》る。

あの大剣、雷　剣《ライトニングブレード》をこれだけ受けているのになんで刃毀《はこぼ》れ一つしないんだ？　普通《ふつう》の鉄剣なら一発で切断できるほどの魔力を込めてるっていうのに……。むしろ打ち合う度《たび》に雷　剣《ライトニングブレード》の魔力がゴリゴリ削《けず》られているくらいだ。何か絡繰《からく》りでもあるのか？

攻撃を防がれたところで思い切りバックステップを踏《ふ》み、大剣に『解析《かいせき》』を行使する。

【名前】ゴブロニア・ブレード

【ランク】Sランク
【説明】ゴブリンキングの魔力が込められた魔剣。ゴブリン族が使用した場合のみ、その力を発揮する。その強力な魔力により生半可な魔術は無効化され、強度は超硬質《ちょうこうしつ》の魔鉱石オリハルコンをも凌《しの》ぐ。

おいおい、なんつーとんでもない物持ってんだ⁉

ゴブリンキングの魔力が込められた魔剣とか、そりゃ押されるわけだよ……。こんな剣と打ち合っていたらこちらの魔力が持たないぞ。

戦略をシフトしよう、まずは足下《あしもと》を狙《ねら》って機動力を削《そ》いでやる。ゴブリンロードの足下で地を這《は》うようにちょこまかと動き回りながら足下を狙い雷剣《ライトニングブレード》を振り回す。

ゴブリンロードは煩《わずら》わしそうに大剣を振るうが、足下へは攻撃しにくいようで先程《さきほど》までの鋭さはない。剣撃を全て躱し、執拗《しつよう》に足下を狙い続ける。

「ガァッ‼」

苛立《いらだ》ったゴブリンロードは気を膨《ふく》らませ、大地に思い切り大剣を突《つ》き立てた。高めた気力を大地へ一気に注ぎ込むこのスキルは……広範囲《こうはんい》物理攻撃『ゴブリンデモニッション』！

予想通り大剣を突き立てた箇所《かしょ》が爆発《ばくはつ》し、全方向に土塊《つちくれ》とともに衝撃波《しょうげきは》が放たれた。

これはまずいッ……！

ちらりと後ろを見ると、ゴブリンジェネラルの亡骸《なきがら》の前で息を整えている狩人衆《かりゅうど》が驚愕《きょうがく》の表情を浮《う》かべていた。完全に射程範囲内だ。

咄嗟《とっさ》に『風衝撃《エアストライク》』を行使、彼らに襲《おそ》いかかる土塊に風の塊《かたまり》をぶつけて粉々に粉砕《ふんさい》する。

しかしそれは、強敵《ゴブリンロード》の前で見せていい隙ではなかった。

後ろで急速に膨れ上がる気力に直《す》ぐ様《さま》振り返ると、狂喜《きょうき》に表情を歪《ゆが》めたゴブリンロードが大剣を大きく振りかぶっていた。

ゴブリン族の必殺技《わざ》『ゴブリンブレイク』。

溜《た》めは大きいが、発動すると超高威力《いりょく》の剣撃を放つ技である。ゴブリンロードの膂力《りょりょく》とゴブロニア・ブレードで繰《く》り出そうとしているそれは、受け止めれば僕が、避《さ》ければ背後にいる狩人衆が消し飛ばされるだろう。

――しかし僕は、その〝隙〟を待っていた。

『瞬雷《ブリッツアクセル》』

瞬時に紫電が身体を駆け巡り、身体能力に加え思考が超加速する。

『瞬雷《ブリッツアクセル》』を纏う僕の目にはあまりに鈍重《どんじゅう》に映るゴブリンロードの剣を横目に、激しく瞬《またた》く雷光《らいこう》を纏い雷剣《ライトニングブレード》をゴブリンロードへ振るう。次の瞬間にはゴブリンロードの上半身はズルリと、一滴《ひとしずく》の血も流さないまま地面に落ちていった。

そこには、紫電の踊《おど》り狂《くる》う音だけが響き渡っていた。

■

本当に、なまったわね。

ゴブリンキングと剣を交わせながら、自らの身体の重さに嘆息《たんそく》する。こちらの攻撃は相手の高密度な魔力に遮《さえぎ》られ、相手の攻撃はこちらの皮膚《ひふ》を容赦《ようしや》なく切り裂《さ》いていく。

――落ち着くのよ、焦《あせ》ってはダメ
自分に言い聞かせながら時間を稼《かせ》いでいると、幾筋《いくすじ》もの光線がゴブリンキングを襲った。ゴブリンキングは忌《い》ま忌ましげに高速で襲いくる光線を剣でなぎ払う。

流石レグルス、ゴブリンロードは三匹《びき》もいたのにもう援護に回ってくれるなんて。

「ミラ、待たせたな！　作戦通りに行くぞ！」

「ふふ、分かったわ！」

私の剣撃に加え、ゴブリンキングが剣を振りかぶる瞬間を狙いすました『雷光《ライトニングレイ》』がゴブリンキングに突き刺《さ》さる。やはり高密度な魔力に遮られ致命傷《ちめいしよう》を与《あた》えることができないが、確実にダメージは蓄積《ちくせき》されていく。

「コロス！　コロスコロスコロス！　『ゴブロニア・オーラ』ァァァ!!」

ゴブリンキングは怨嗟《えんさ》の咆哮を上げ、強烈《きようれつ》な魔力を一気に放出し身に纏《まと》った。短時間だが身体能力を倍増させる、まさしくゴブリンキングの必殺技である。

ゴブリンキングと私は同時に剣を振り上げた。

元より力で勝《まさ》っているゴブリンキングが力を高め剣を振り下ろした時どうなるかは明白であり、ゴブリンキングは勝利を確信して笑《え》みを深めていた。

「シネエエッ!!」

「『雷神裁墜《トールジヤツジメントボルト》』!!」

ゴブリンキングが剣を振り下ろす瞬間、レグルスが放った眩《まばゆ》い雷光《ライトニングレイ》が愛刀『雷薙《ライナギ》』に墜《お》ち、辺り一面を白い光で塗《ぬ》り潰《つぶ》した。

「我らが光、天を断《た》たん『天剣』」

眩い光を纏いし一閃は、ゴブリンキングを包み込んだ。

「ハァッ……ハァ……」

「ゴ……ゴブァ……」

『雷神纏衣《らいじんてんい》』と『雷神裁墜《トールジャッジメントボルト》』の全魔力、そして自身の残り全ての気力を込《こ》めて放った必殺の『天剣』を受けたにも拘《かか》わらず、驚《おどろ》くことにゴブリンキングは剣を盾《たて》にして身体が完全に両断されることを防いでいた。ほとんど首の皮一枚でつながっているようなギリギリの状態であったが。

「これで終わりだ。『雷刃《ライトニングエッジ》』！」

「ゲギャギャッ!!」

止《とど》めにレグルスが放った『雷刃《ライトニングエッジ》』を、陰《かげ》に隠《かく》れていたゴブリンマジシャンが障壁《しょうへき》を纏った自らの身体で受け止めた。

ゴブリンマジシャンの鮮血《せんけつ》が舞《ま》い、レグルスは眉《まゆ》を顰《ひそ》める。

「なんだと!? クソッ！『雷光《ライトニングレイ》』！」

レグルスは直ぐ様『雷光《ライトニングレイ》』を放つも、ゴブリンマジシャンが身を挺《てい》していた隙にゴブリンキングは懐《ふところ》から黒い水晶《すいしょう》を取り出し、握《にぎ》りつぶしていた。

「ニンゲンヨ……イツカネダヤシニシテヤル……タノシミニシテイロ……」

ゴブリンキングは水晶と共に黒い霧《きり》となり、『雷光《ライトニングレイ》』はその霧の残滓《ざんし》を貫《つらぬ》き消えていった。


『瞬雷《ブリッツアクセル》』でゴブリンロードを両断したが、魔力枯渇《まりょくこかつ》寸前でその場に膝《ひざ》を突いた。

高速化に特化した身体強化《ブースト》に加えて思考をも超加速し体感速度を落とすオリジナル上級魔術、『瞬雷《ブリッツアクセル》』。ギリギリ実用できるかという術式改良案は組んでいたんだけど、完全にぶっつけ本番であった。

きちんと使えて良かった……。

魔力効率度外視で術式を組んでいたから消費魔力は半端《はんぱ》なかったけれど、魔力枯渇で倒《たお》れる程ではないしもう少し改善すれば十分に実用的だ。

「シリウスくんっ!!」

「シリウス！」

「シリウス様ァァァァ!!」

ララちゃんとグレースさん、ジャンヌさんが凄まじい勢いで駆《か》け寄ってきた。いつの間にか村民の皆は遠目から僕とゴブリンロードの戦いを見守っていたようだ。後ろで待機していた狩人衆を始め、皆が戻《もど》ってきていた。

「……心配お掛《か》けしてすいません。ちょっと魔力が枯渇しかけただけなので、少し休めば大丈夫《だいじょうぶ》です」

「シリウスくんッ‼　信じてたけど、信じてたけど心配だったんだからっ‼」

僕がゆっくりと起き上がると、ララちゃんが凄《すご》い勢いで飛びついてきた。凄まじい力で抱《だ》きしめられ、僕は再び大地に身体を横たえた。

「うぅぅ……シリウスくぅん……無事で良かったよぉ……」

僕の胸に顔を埋《うず》め、涙《なみだ》やら何やらを垂れ流しているララちゃんの柔《やわ》らかい髪《かみ》をそっと撫《な》でる。

「ララちゃん……心配かけてごめんね」

そうしていると、ふと凄く鋭《するど》い視線が刺さっている気配がした。顔を上げると、三人の女の子が僕を睨《にら》みつけていた。

「シリウス様ッ‼　格好良すぎですわ……うぅ、ララさん！　そこをお代わりなさい‼」

「シリウス……確かにあんたはおかしいくらい強いけど、一人で無理しすぎ‼　バカじゃないの!!」

「シリウス様……あの、さっきはありがとうございましたッ！　わ、私、怖《こわ》かったですっ！」

ララちゃんを引き剝《は》がそうとジャンヌさんが引っ張るも、普段《ふだん》からは考えられないほど凄《すさ》まじい腕力《わんりょく》でララちゃんはびくともしなかった。そして、右腕《みぎうで》には先程助けた女の子がくっついて震《ふる》えはじめ、グレースさんは冷めた目で僕を睨みつけていた……。

なんだこのカオス状態⁉

そんな僕らを皆《みな》は微笑《ほほえ》ましそうに眺《なが》めて笑っていた。

「小僧《こぞう》！　ゴブリンロードを一人でやっちまうなんて、流石《さすが》アステールの息子《むすこ》だ!!」

「ほんと、ありえねーほどの魔術の腕前だったな……」

「いや、剣術も半端なかっただろーが！」

「ほんとに助かったぜ、小僧がいなけりゃ村民を皆無事に逃《のが》せられたかどうか……」

次々に僕の頭をポンポンと叩《たた》いていく狩人衆《かりゅうど》の隊員たち。

「シリウスー！　ありがとう!!」

「小僧ー！　かっこ良かったぞー！」

皆も僕の傍《そば》に来ては口々に労《いたわ》りの言葉をかけてくれ、皆を守れた実感が湧《わ》いてきた。

しかし、父さんと母さんは大丈夫だろうか……。

――ブワッ

二人を想《おも》い裏山を見上げた瞬間《しゅんかん》に眩い光が天を貫き、その余波が降り注ぎ雲を散らした。

「綺麗《きれい》……」

立ち込めていた暗雲が霧散《むさん》し光が差しはじめた。それと同時に裏山から放たれていた禍々《まがまが》しい魔力も消滅《しょうめつ》し、二人の勝利を確信する。

「父さん、母さん、やったんだね……」

先ほどまで騒《さわ》がしかった皆は静まり返り、空を見上げていた。

そこへ、裏山から一人の狩人が駆け下りてくる。

「勝った、勝ったぞぉぉぉ!!　ミラさんとレグルスさんがゴブリンキングをやっつけたぞおお!!」

「「「「ウォォォォォ!!」」」」

勝利の雄叫《おたけ》びを聞き、村民たちから歓声《かんせい》が上がる。

しかしあれだけの魔力を放っていたゴブリンキングを倒すなんて……。そろそろ追いつくかなって思っていたんだけど、まだまだ二人には敵《かな》いそうもないな。あの光を放った一《いち》撃《げき》なんて、一体どれだけの力を秘《ひ》めているのか想像もつかない。

やっぱり二人は、僕の永遠の目標だ。

魔物の残骸《ざんがい》を集めて焼却《しょうきゃく》していると、父さんと母さんが裏山から歩いてくる姿が見えた。二人は僕を見つけて笑顔になり、そしてすぐに怪訝《けげん》な顔をした。

「……シリウス、何をしているの？」

「二人とも、お帰りなさい！　無事にゴブリンキングを倒せたみたいだね、本当にお疲《つか》れ様《さま》！　実は風魔術で一部のゴブリンが村に飛んで来たから、処理したところだったんだ」

僕が答えると、二人は目を瞠《みは》った。

「な、取り逃《に》がしたゴブリンが村へ来ていたというの……!?　この間も急に現れたのは風魔術で上空から降りてきていたのね……。それにしても、この量は……」

母さんは山積みにされた魔核《まかく》を眺めつつ呆《あき》れたような顔をしていたが、ゴブリンロードの大きな魔核が目に入った瞬間、目を瞑《つぶ》り眉間《みけん》を押さえた。

「……誰《だれ》か、報告を」

「ハッ！　私がさせていただきます！　裏山にレグルスさんの魔術が見えはじめて暫《しばら》くして、急に空からゴブリンたちが落ちてきました。その数は百匹《ぴき》を超《こ》えていたかと。そしてその中には、ゴブリンジェネラルやゴブリンロードが混ざっておりました」

「ッ!?　ゴブリンロード……で、その後は？」

「ハッ！　シリウス君が土檻《アースジェイル》を作り魔術の雨と我々の弓で、ゴブリンたちを殲滅《せんめつ》しました。そして残ったゴブリンジェネラルは私たちが、ゴブリンロードはシリウス君が討伐《とうばつ》し、今に至ります！」

「ゴブリンロードを一人で倒したですって……？」

父さんと母さんは狩人衆の報告を聞き、何やら悩《なや》ましそうな顔をしていた。

「……シリウス、家に帰ってから詳《くわ》しく聞かせてもらうわよ」

「うん、分かった」

また色々と聞かれるんだろうなぁ……。よし、『瞬雷《ブリッツアクセル》』を見せて二人を驚かせてやろう！

■

──カンカンカンッ！　カインッ！

教会近くの広場に乾《かわ》いた木剣《ぼっけん》がぶつかり合う音が響《ひび》く。

「集中が散漫《さんまん》になってます。気力を維持《いじ》しないと、ただ剣を振《ふ》っているだけですよ！」

「ヤァッ！」

「雑に剣を振らない！　そんな大振りじゃただ隙《すき》を作るだけです！」

「二人ともがんばれー！」

放課後、あの事件の後から日課となっているルークとグレースさんの剣術指導を行っていた。二人同時にかかってきてもらうことにより、僕自身も対多人数戦の鍛錬《たんれん》をするのに吝《やぶさ》かではない時間であった。

鍛錬が終わりボロボロになった二人を、ララちゃんは癒術《ユジユツ》師になるための練習と言って『治癒《ヒール》』をかける。父さんの魔術書に『治癒《ヒール》』の詠唱《えいしょう》が手書きでメモられていたため、それをララちゃんに教えてあげたのだ。

汗《あせ》を拭《ぬぐ》いながらララちゃんのたどたどしい『治癒《ヒール》』を眺めていると、村へ入ってくる複数の魔力を感知した。魔物ではなく人だ。其々《それぞれ》が非常に気配を放っており、その中の一人は一際《ひときわ》強い気配を放っていた。ゴブリンロード以上の強さじゃないか……。

感知した魔力の移動速度からして、普通《ふつう》の人間の走る速度を凌駕《りょうが》している。馬車か？　僕が生まれてから馬車なんかがこの村に来たのは初めてだと思う。こんな田舎《いなか》の村に一体何の用だろうか……怪《あや》しいな。

一体誰が何をしに来たのか気になるし、見に行ってみるか。

「ごめんなさい、ちょっと用事があるから今日はここまででお願いします」

「おぉそっか、今日もありがとな！　グレース、まだ時間あるし少し打ち合わねぇ？」

「……仕方ないわね、付き合ってあげるわ」

「シリウス君、またね！」

「うん、また明日！」

皆と別れ、軽く脚力《きゃくりょく》を強化して馬車の進む方向へ駆け出す。村といっても狭《せま》いもので、僕が少し本気出して走れば数分で縦断できてしまう程度の規模だ。

いつもの帰宅ルートを疾走《しっそう》していると、あることに気が付いた。この馬車、うちへ向かっていないか……？　そうして馬車がうちの前に止まるのと、僕が家を目視できる場所まで着いたのはほとんど同時であった。黒塗《くろぬ》りの馬車は、大きなトカゲのような生き物が牽《けん》引《いん》していたようだ。

……馬車ではなかったのか。まぁ便宜上《べんぎじょう》馬車と呼ぶことにして、その馬車の脇《わき》には剣が二本交わった紋章《もんしょう》が刻まれていた。確か、この間読んだ本によると冒険《ぼうけん》者ギルドの紋章だったはずだ。馬車の中からは革《かわ》の鎧《よろい》を身に着けた男性二人と女性一人が降りてきた。

白髪《はくはつ》で整った髭《ひげ》を蓄《たくわ》えており柔和《にゅうわ》な顔つきの男性の後ろに、若い男性と女性が追随《ついずい》する形で玄関《げんかん》へ向かって歩いていく。三人とも作りの良い鞘《さや》に収まった剣を携《たずさ》えており、纏《まと》う気配が只者《ただもの》ではないことを告げていた。

『魔力感知《まりょくかんち》』で家の中には父さんしかいないことは分かっており、もしかして何かあった時に魔術師である父さん一人であのレベルの剣士《けんし》三人に対処できるのだろうかと冷や汗を流す。

意を決し、気力を纏いつつ三人に近づいていく。僕の気配を感知したのか後ろの若い二人がバッとこちらを向き、剣に手をかけるが僕が子どもであったせいか戸惑《とまど》いの表情を浮《う》かべていた。

一方髭を蓄えたダンディなおじ様は面白《おもしろ》そうに口角を上げながら、こちらをうかがっていた。

「失礼いたします。僕はこの家の住人なのですが、冒険者ギルドの方々が当家に何か御用《ごよう》でしょうか？」

三人と玄関の間にスッと身体《からだ》を滑《すべ》り込ませ、用件を伺《うかが》う。するとダンディなおじ様は優《やさ》しげな笑顔を浮かべながら、頭を下げてきた。

「突然《とつぜん》の訪問、失礼したのぉ。儂《わし》はセントラル冒険者ギルドのオリヴァーと申す者じゃ。君のご両親のレグルス君とミラ君に話があって参った」

いきなりの腰《こし》の低さに戸惑いつつ、自分も腰を折り礼を返す。

「こちらこそ、失礼いたしました。私はレグルスとミラの息子のシリウスと申します。父を呼んで参りますので少々お待ちください」

僕がドアを開けると、父さんが玄関へ歩いてくるところであった。

「オリヴァーさん！　お久しぶりです。まさかわざわざこんな辺境の村にいらっしゃるとは……どうぞお入りください。シリウスも応対ありがとうな」

父さんは気さくにオリヴァーさんを家に招き入れ、わしゃわしゃと僕の頭を撫《な》でて家に入っていく。父さんの知り合いだったことに安堵《あんど》し、僕は警戒《けいかい》を解いた。その様子を見て、オリヴァーさんは優しげに微笑んだ。


「お邪魔《じゃま》するよ。それにしても良い息子じゃないか、レグルス君」

「「お邪魔いたします」」

オリヴァーさんに続き、若い男性と女性の剣士が軽く挨拶《あいさつ》をして家に入ってくる。

「はは、自慢《じまん》の息子ですよ。ミラももう少しで帰ってくると思うので、どうぞお寛《くつろ》ぎください。後ろのお二人も、どうぞ座ってください」

オリヴァーさんと向かい合って座り、二人にも席を勧《すす》める父さん。母さんがいないため、僕は代わりに紅茶を淹《い》れて四人に差し出した。

「ふむ、本当に子どもとは思えないほど良くできた子じゃ。中々腕《うで》も立ちそうだしのう？」

お茶を一口啜《すす》り、オリヴァーさんは目を細めながら僕をじーっと見つめていた。

「俺らの子ですからね。この間の騒動《そうどう》では、一人でゴブリンロードを倒《たお》したんですよ」

「「なっ⁉」」

父さんの暴露《ばくろ》に後ろの二人の剣士が信じられないといった表情を浮かべ、僕の顔を見る。

僕は苦笑《くしょう》しつつ、口を開く。

「両親の教えのお陰《かげ》でギリギリ倒せたに過ぎません……」

あれは『瞬雷《ブリッツアクセル》』という奇襲《きしゅう》で運良く倒せただけであって、真っ向からぶつかっても完全に力負けしていた。それをまるでゴブリンロードより強いと勘違《かんち が》いされるのは気持ちが悪かったので、否定しておく。

「ほっほっほ……それは大したものじゃ。最近の若い者は軟弱《なんじゃく》だからのう……どうじゃ、うちのギルドに入らないかの？」

微笑《ほほえ》みながら僕を誘《さそ》うオリヴァーさんの言葉を、父さんは素早《すばや》く遮《さえぎ》った。

「オリヴァーさん、シリウスはまだ七歳です。流石《さすが》に十二歳になるまで家からは出すつもりはありませんよ」

「ふむ……レグルス君とミラ君のもとにいれば才能が腐《くさ》ることもないか……気が変わったらいつでもおいで、歓迎《かんげい》するぞい」

「ありがとうございます。まだ将来のことは分かりませんが、もし冒険者ギルドにお世話になる時はよろしくお願いします」

オリヴァーさんにそう返すと、満足そうな笑みを浮かべながら頷《うなず》いていた。

その後、母さんが帰宅した後の会話を聞いていたが、ゴブリンキング騒動についての話をしに来たようであった。

「追《つ》い詰められたゴブリンキングが使った黒い水晶《すいしょう》は、やはり転移石じゃろうな。しかしミラ君が定期的に間引きしている地域にこれだけ短期間で災害級が発生するというのは、中々拙《まず》い状況《じょうきょう》じゃの……」

「はい。しかも転移石を持っているというのも普通では考えられません。これだけで断定はできませんが、これは兆《きざ》しではないかと……」

「魔王……じゃな……」

魔王……前に読んだ父さんの本によると、百年間隔《かんかく》程度で発生する超《ちょう》災害級の魔族だそうだ。人語を解し、あらゆる種族の魔物、魔族を指揮下に置く存在であるとか。またその魔力は下位の魔物の成長を促《うなが》すため、短期間に上級の魔物が発生した今回の騒動はその影《えい》響《きょう》が原因だと考えられる。

「前回の魔王発生から九十八年じゃから、時期的にもほぼ確実じゃろうな。魔王の力によってゴブリンが急速に成長してゴブリンキングが発生したのじゃろう」

「念のため警戒態勢は取っておりましたが……やはりそうですか……」

「うむ。引き続きこの地域はミラ君とレグルス君に任せるぞい。シリウス君も鍛錬を積んで是非《ぜひ》冒険者になってくれると嬉《うれ》しいのう」

チラリとこちらを見ながら笑みを深めるオリヴァーさん。恐《おそ》らく、これから魔王関連で冒険者ギルドが忙《いそが》しくなるので猫《ねこ》の手も借りたいのだろう。

世界を見て回ると考えると冒険者くらいしか選択肢《せんたくし》がなさそうだし、正直冒険者ギルドには将来お世話になりそうな気がしてならないんだよな。ここでオリヴァーさんと顔繋《つな》ぎができたのは幸運だったかも知れない。

父さんと母さんからの報告を聞いたオリヴァーさんたちは、急ぎギルド本部に報告するために一泊《いっぱく》もせずに村を去っていった。嵐《あらし》のような人たちだったな……。

「さて、シリウス。魔王の影響で魔物が活性化しているのは、ある意味都合がいいわよ。あなたの修行《しゅぎょう》が捗《はかど》るのだもの。うふふ……大丈夫《だいじょうぶ》、魔王も斬《き》れるくらいまで鍛《きた》えてあげるからっ！」

魔王復活がほぼ確実となったことにより一層厳しさを増した二人の鍛錬は、転生前の会社の繁忙《はんぼう》期を思い出させるほど命を削《けず》るものであった。

第四章 ◆ 邂逅

「それでは、本日でシリウス君、ルーク君、ローガン君、グレースさん、クロエさん、ラさんはこの教会学校を卒業です。成長した君たちなら、どのような道でも負けずに進んでいけると思っています。相談でもお茶を飲みにでも構いませんので、またいつでも教会にいらしてください。君らにアルテミシア様のご加護がありますように、祈《いの》っていますよ」

「「「「「ありがとうございました!!」」」」」

僕らも十二歳になり、教会学校を卒業する歳《とし》になった。

僕はあれから父さん、母さんと鍛錬を積みながら、エトワール村周辺で魔物狩《が》りをする日々を送っていた。ゴブリンキングが発生してからは災害級の魔物も発生せず、比較的《ひかくてき》平和なものであった。せいぜい魔物の数と強さが少し上がってるかな、というくらいだ。

「皆《みんな》はこれからどうするんだ？」

「ローガンは牧場の手伝いをして、継《つ》いで行くんだったっけか？　俺は勿論《もちろん》冒険者になるぜ！　俺は剣士を目指して、スードの冒険者学校に行くつもりだ」

「私もルークと同じってのは癪《しゃく》だけど、スード冒険者学校に行くつもりよ」

南部都市スードは剣《けん》や槍《やり》といった肉体派の戦士が活動拠点《きょてん》としており、剣士といえばスード冒険者学校といわれるほどである。その代わり魔術の授業は本当に少なく、脳筋ばかりという噂《うわさ》でもあるが……。

「僕も、冒険者学校に行こうと思っています。剣と魔術両方を学びたいのでセントラルに行くつもりですけど」

「カーッ！　金がある奴《やつ》はいいよなぁ……。シリウスの実力ならセントラルでも合格できそうだし、羨《うらや》ましいぜ……」

「はは、コツコツ魔《ま》核《かく》を集めてただけなんですけどね」

王都セントラルの冒険者学校は剣も魔術も最高レベルの指導を受けられるが、学費が高いため貴族が多いそうだ。

僕はこの六年間の狩りで得た魔核を父さんが換金《かんきん》してくれていたため、余裕《よゆう》で学費を払《はら》える金額を稼《かせ》げていた。

「私はヴェステン癒術《ユジユツ》学校に……シリウスくんについて行きたかったけど……」

西部都市ヴェステンは癒術《ユジユツ》局本部が設置されており、癒術《ユジユツ》学校が唯一《ゆいいつ》ある都市でもある。

ララちゃんのように癒術《ユジユツ》師になりたい者は癒術《ユジユツ》学校で規定のカリキュラムを修了《しゅうりょう》し、癒術《ユジユツ》局で修行しなければいけないため選択肢がないのだ。

「私はイステン冒険者学校に行く」

東部都市イステンには魔術局本部があり研究者、魔術師が多く活動している都市だ。イステン冒険者学校も魔術の授業が非常に充実《じゅうじつ》しているという。魔術師を志すクロエさんにはピッタリの場所だ。

ちなみに話に出なかった北部都市ノルドだが、一年中非常に厳しい寒さに包まれており住むのには中々に過酷《かこく》な地だ。その厳しい寒さのお陰で厳しい規律のもと生活しなければならず、規律正しい軍人の教育に適している場所だと言われ国軍の訓練所がある。また冒険者ギルドもあるが、余程《よほど》のマゾかストイックな人しか来ないため、所属人数が少ないらしい。

「皆、冒険者になったらパーティ組みたいな！」

「あんたはまず学校を卒業できるかの心配した方がいいわよ……」

「ははっ！　確かに！」

「みんなが怪我《けが》したら私が治すよ！」

「……魔術でシリウスを超《こ》える」

「僕ももっと強くなりますよ！」

「お前らたまには村にも帰ってこいよ！　うまい飯を食わしてやるから！」

僕らは将来の夢を語りつつ、別れを惜《お》しむようにゆっくりと帰り道を歩く。一人ずつ別れていき、最後には僕とララちゃんだけになった。二人の家に着き別れようとすると、ララちゃんが僕の裾《すそ》を掴《つか》んで俯《うつむ》いていた。

「シリウスくん……いつか、いつか私が癒術師《ユジュツ》になれたら、シリウスくんの冒険についていきたい!!……ダメかな？」

つぶらな瞳《ひとみ》を濡《ぬ》らして、ララちゃんはまっすぐに僕を見つめていた。僕はララちゃんの髪《かみ》を優《やさ》しく撫で、ゆっくりと微笑んだ。

「ララちゃん……勿論《もちろん》だよ。僕も立派な冒険者になるから、卒業したら一緒《いっしょ》に冒険しよう」

「……うんっ!!」

ララちゃんは目元を拭《ぬぐ》い、弾《はじ》けるような笑顔で頷いた。

■

「ちゃんと携帯食《けいたいしょく》持った？　回復薬《ポーション》は？　お財布《さいふ》も持ってるわよね？」

母さんがドタバタと家の中を行ったり来たりしている。もうそんな子どもでもないのに……こんな母さんを見たのは初めてかもしれない。

そんな僕らを見て、父さんは苦笑いを浮《う》かべつつ淋《さび》しげに目を細めていた。

「全部持ってるよ。母さん、心配しすぎ」

「シリウスがもう家を出るなんて、時間が経《た》つのは早いな……魔術《まじゅつ》の鍛錬《たんれん》は毎日欠かさずやるんだぞ。すぐ鈍《なま》るからな」

「父さん、分かってるよ」

「剣術の鍛錬も忘れちゃダメよ。あとはこれ、私たちからの餞別《せんべつ》よ」

母さんはそっと僕の両手を握《にぎ》り、一振《ひとふ》りの刀を置いた。シンプルながら高級感ある拵《こしら》えの鞘《さや》、一目見るだけで業物《わざもの》であることがうかがえた。鞘から刀を引き出してみると刀身は美しく輝《かがや》き、薄《うっす》らと魔力を帯びていた。

「これは昔、レグルスが私に贈《おく》ってくれた刀、『雷薙《ライナギ》』よ。レグルスの雷《かみなり》属性魔術との相《あい》性《しょう》がピッタリに作られているの。レグルスから雷魔術適性を受け継いだあなたなら、私以上に使いこなせるはずよ」

【名前】雷薙《ライナギ》
【ランク】S

【説明】雷神龍《らいじんりゅう》の魔石が内蔵されており、雷魔術との相性が非常に良い。

刀身は高純度ミスリル、鞘は世界樹の枝でできている。


とんでもない代物《しろもの》じゃないか⁉

魔力伝導率が非常に高いミスリル性の刀ってだけで超高価なのに……。雷神龍の魔石？

世界樹の枝⁉　伝説級の素材では⁉

「こんな貴重なもの本当に貰《もら》っていいの？　二人の思い出の品だし……」

「いいのよ、私はもう現役《げんえき》冒険者じゃないし、シリウスなら私以上に使いこなせるわ。私は他《ほか》にも沢山《たくさん》武器を持っているから、気にしないで」

「あぁ、ミラにはもっと良い剣を贈ってやるから心配するな」

「あなた……」

息子の前であるにも拘《かか》わらず、二人はいい雰囲気《ふんいき》を醸《かも》し出していた。

二人共、格好よすぎるよ……。やっぱり二人は僕の目標だ！

「父さん、母さん、ありがとう……！　大事に使うね！」

「あぁ。シリウス、元気でな。お前は強くなった。しかし、冒険者としての経験はほとんどゼロだ。自らの力を過信しないで、学校で冒険者としての働き方を学んでくるといい。

何かあったらいつでも戻《もど》ってきていいからな」

「そうよ、無理はしないでね」

「うん、ありがとう！　それじゃあ、行ってきます！」

「「いってらっしゃい！」」

雲一つない晴天の日に愛する両親に見守られる中、僕はエトワール村を旅立った。

■

木々を避《さ》け山の中を疾走《しっそう》する。

僕の生まれたエトワール村はイステンの外れに位置しており、セントラルに向かうにはいくつもの山々を越《こ》えなければならない。

山を迂回《うかい》するような街道《かいどう》もあるのだが、修行と金策も兼《か》ねて山の中を突《つ》っ切ってショートカットすることにした。魔物を倒《たお》すと内包した魔力を微量《びりょう》に吸収でき身体能力の成長が早くなるため、出会った魔物は片《かた》っ端《ぱし》から片付けることにした。

結構な頻度《ひんど》で襲《おそ》いかかってくる魔物を通りすがりに斬り伏《ふ》せ、『亜空間庫《アイテムボックス》』で亜《あ》空間に収納していく。

『亜空間庫《アイテムボックス》』は父さんに教えてもらった時空魔術の一つで、物を亜空間に収納することができる魔術だ。生きた生物以外ならなんでも収納でき、非常に便利である。

容量は精神力と魔力に依存《いぞん》するらしいのだが、どれだけ入れれば一杯《いっぱい》になるか確認《かくにん》できていない。試《ため》しに池の水を収納してみたら底を突いてしまって限界が分からなかったのだ。まぁこれだけの容量があれば一杯になるほど物を入れることもないだろうと、気にしないことにした。

ちなみに亜空間内の時間の流れは停止させられるように術式をアレンジしたため、狩った魔物を新鮮《しんせん》なまま冒険者ギルドまで運ぶことができる。分子や原子の動きを停止できないかと思って色々試していたら、亜空間内だけであれば時間を完全に停止できるようになってしまったのだ。

これには父さんも驚《おどろ》き、絶対に誰《だれ》にも言うなと釘《くぎ》を刺《さ》された。

村を出発してから狩った魔物は最初は自分で解体していたのだが、山越えで討伐《とうばつ》する魔物の数があまりに多すぎて面倒《めんどう》だったので、そのまま亜空間に収納して冒険者ギルドで解体してもらうことにした。

そして旅立ってからとても驚いたのが、『雷薙《ライナギ》』の凄《すご》さだ。

名刀だとは思っていたけれど予想を超えるほどの切れ味で、今のところ出てきた魔物は全《すべ》て一刀で首を切り落とせている。切れ味が良すぎるため、余程手加減ができないと対人では使えないほどだ。

無数の魔物を斬《き》ったことである程度手に馴染《なじ》んできてはいるが、それでも中々手加減は難しく当面の課題といえるだろう。


村を旅立って七日目の夜。野宿にも慣れてきており、手早くテントを張って夕食の支度《したく》をする。支度といっても旅立つ前に作り置きしておいたおにぎりと野菜のごった煮《に》を『亜《アイ》空間庫《テムボックス》』から取り出して、捌《さば》いた魔物の肉を焼くだけの簡素なものだけれど。

肉を噛《か》みちぎりつつ地図を見ると、セントラルまでもう目と鼻の先という所まで来ていることが分かった。明日の夜は久々にまともな食事にありつけそうだと思うと、つい頬《ほお》が緩《ゆる》む。

サクッと夕食を済ませ、もぞもぞとテントに入り込む。毛布を取り出して敷《し》いていると、遠くで一瞬《いっしゅん》だけ大きな魔力を感知した。魔物ではない……人……か……？

普通《ふつう》の人の魔力よりも澄《す》んでいるような感じがしたけれど……。

感知した方角へ意識を向け、『魔力感知』に集中する。

うん、やはり人だろう……。そしてこれは、魔物の魔力……数十匹《ぴき》もの魔物が何人かの人を取り囲んでいるようだ。人の中に一人だけ強そうな者がいるが、魔物の中にはそれを遥《はる》かに凌《しの》ぐほど突出《とっしゅつ》した魔力を持つ個体がいるようだ。

……今夜は寝《ね》られないかもなぁ。

テントを素早《すばや》く『亜空間庫《アイテムボックス》』に収納し、魔力を感知した方角であるセントラルとは反対側の山へ走り出す。魔力の移動速度的に、馬車で街道を走っているようだ。

感知した魔力に近づけば近づくほど、ウルフ系の魔物がうじゃうじゃと湧《わ》いてきていた。もしかして巣があるのかもしれない。すれ違《ちが》いざまに首を斬り飛ばし、トップスピードで木々を躱《かわ》しながら進む。

人間の魔力が一つ、薄《うす》くなり消滅《しょうめつ》した。

先程まで強く魔力を発していた者も、大分魔力が微弱《びじゃく》になってきている。焦《あせ》る気持ちを抑《おさ》え冷静に、しかし全速力で森を駆《か》け抜《ぬ》ける。

木々を抜け街道へ身を躍《おど》らせると、そこには惨状《さんじょう》が広がっていた。

横転した馬車、身を投げ出されて倒れ伏す恰幅《かっぷく》のいい男性、喉仏《のどぼとけ》を嚙みちぎられた冒険者風の男性が二人、そして血に塗《まみ》れ剣《けん》を支えに頽《くずお》れる寸前の女性と、それを取り囲み牙《きば》を剝《む》き涎《よだれ》を垂れ流す無数のウルフとダークハウンド。

初めて人間が魔物に命を奪《うば》われた現場を目撃《もくげき》し、急速に頭に血が上っていく。

「アァァァッ!!　『雷槍雨《ライトニングレイン》』ッ!!」

高く跳躍《ちょうやく》し、宙から魔物たちに雷　槍《ライトニングスピア》の雨を降らせる。取り囲む魔物を消し飛ばし、彼女の前に降り立つ。それと同時に崩《くず》れ落ちた女性をソッと受け止めた。

「っと……酷《ひど》い傷だ……」

受け止めた女性を見ると、遠目で見た以上に酷い傷であった。身体の至るところが奴《やつ》らの牙や爪《つめ》で傷つけられ、血を流していた。まずは血を止めなければ……。

「だ、め……に、にげて……」

彼女は顔を歪《ゆが》め、涙《なみだ》を流していた。

「大丈夫《だいじょうぶ》ですよ、『治癒《ヒール》』」

女性を抱《だ》いたまま魔術を行使すると、ぼんやりとした光が彼女を包み込み表面の傷を消滅させた。失った血は戻らないが、とりあえずはこれで大丈夫だろう。

「……え……?　き、傷が……!?」

原理さえ分かれば癒術《ユジユツ》も魔術の一種であるし魔術師が使えるのは当然なのだけれど……。一般《いっぱん》的には神の奇跡《きせき》って事になっているせいか、彼女は目を瞠《みは》っていた。僕はどう見ても癒術《ユジユツ》師には見えないしね。

「応急処置はしましたが、血は戻っていません。こいつらは僕が片付けるので、休んでいてください」

『亜空間庫《アイテムボックス》』から毛布を取り出し、その上に彼女を横たわらせる。彼女は驚いて起き上がろうとするも、貧血《ひんけつ》で力が入らないようだ。

「ダメよ……！　あいつが、地獄の番犬《ヘルハウンド》が……！」

「地獄の番犬《ヘルハウンド》……？　――ッ⁉　これは……」

僕を警戒《けいかい》し、唸《うな》りながら徐々《じょじょ》に包囲を狭《せば》めているウルフとダークハウンドの後ろ、森の奥から強大な魔力が接近してきていた。これは、中々の上客だな……。

「上客が来る前に、玄関《げんかん》の掃除《そうじ》をしておかないといけませんね」

周囲に一つ、二つ……無数の小さな光の弾《バレット》を構築する。

『雷弾《サンダーバレット》』、僕の開発した魔術であり、初級魔術『雷球《サンダーボール》』の小型版だ。

消費魔力は『雷球《サンダーボール》』の半分以下の超《ちょう》省力魔術でそれ自体の威力《いりょく》は大したものではないのだが、高速回転を加えることでコントロールと貫通《かんつう》力を補っている。

無数の小さな光は紫電《しでん》の尾《お》を引いたかと思うと、魔物たちの眉間《みけん》を貫《つらぬ》いた。

「嘘《うそ》……」

魔術を行使した数秒後には、五十匹以上の魔物が全て地面に倒れ伏していた。

彼女はそこら中に倒れている魔物を見て、口を開けて放心状態になっている。

しかし強大な魔力の持ち主が森から跳躍してきたことで我に返ったのか、顔一面に恐怖《きょうふ》を貼《は》り付けた。

「グルルルルルゥゥ……」

漆黒《しっこく》で艶《つや》のある毛皮を身に纏《まと》った、巨大《きょだい》な体躯《たいく》を持つ狼《おおかみ》がこちらを睥睨《へいげい》していた。

狼は闇《やみ》属性魔力を周囲に撒《ま》き散らしながら、腹の底まで響《ひび》くような恐《おそ》ろしい唸り声を上げている。

ゴブリンロードと同じか、それ以上だな……。確実にAランクは超《こ》えているだろう。

こんな街に近いところでAランクの魔物に出会うとは、やはり魔王の影響《えいきょう》が強まっているのだろう。

「地獄の番犬《ヘルハウンド》……！　む、無理よ！　私はいいから、もう逃《に》げてっ!!」

彼女は心底心配そうな表情で僕にそう叫《さけ》んだ。僕は困ったように頬を掻《か》く。

「そういう訳にはいきませんよ……。それに、大丈夫です。これでも多少は戦えるので」

『雷薙《ライナギ》』に手を添《そ》え、腰《こし》を落とす。同時に母さんとの鍛錬《たんれん》で何度も繰《く》り返したように、無意識に『雷光付与《ライトニングオーラ》』を発動し身体能力を強化した。

「ガァウゥッ!!」

僕が構えた途端《とたん》、速攻《そっこう》で地獄の番犬《ヘルハウンド》が地を蹴《け》り凄《すさ》まじい速度で突っ込んできた。突進に合わせてカウンターに居合を放つ。

「ギャウッ！」

しかし地獄の番犬《ヘルハウンド》はそれを見切り、物凄い反射神経で後ろに飛び退《の》いた。僕の前には切断された爪の先が落ちているだけであった。

今の居合を避けるとは、中々の反射神経と脚力《きゃくりょく》を持っているようだ。だが……。

今度は僕が一足飛びに地獄の番犬《ヘルハウンド》へ詰《つ》め寄る。刀を振《ふ》るうと、残像を残すほどの速度で地獄の番犬《ヘルハウンド》はサイドステップを踏《ふ》む。ワンパターンだな。

『瞬雷《ブリッツアクセル》』

眩《まばゆ》い雷光《らいこう》を纏うと、途端に世界が緩やかに流れ出す。

そのまま地獄の番犬《ヘルハウンド》が避けている方向に跳躍し、ゆっくりと動く地獄の番犬《ヘルハウンド》の首を一太刀《ひとたち》で斬り飛ばした。

着地し鞘《さや》に刀を仕舞《しま》うと同時に『瞬雷《ブリッツアクセル》』を解除する。

世界は動きを取り戻《もど》し、地獄の番犬《ヘルハウンド》の首がドサリと大地に落ちた。

ふぅ、と息を吐《は》いて彼女の方を振り返ると、安心した顔で毛布に倒れ込み気を失ってしまった。これだけ満身創痍《まんしんそうい》だったんだ、むしろよくここまで頑張《がんば》ったよ。

そう思い近づくと、先程《さきほど》までとは何かが違う、違和感《いわかん》を覚えた。なんだろう、何が……。

あれ……？　こんな耳してたっけ……？

先程までとは異なり、彼女の耳は細く尖《とが》っていることに気がついた。エルフだったのか。

今までは魔術で隠蔽《いんぺい》してたってことかな？

綺麗《きれい》な形をした耳をツンとつついてみると、確かに本物のようだ。

彼女は擽《くすぐ》ったそうに身を捩《よじ》りつつ、スヤスヤと安らかな寝息《ねいき》を立てていた。

■

静かな夜に、ときおりパチパチと薪《たきぎ》が爆《は》ぜる音が響く。こうやって焚《た》き火《び》をいじりながら月を見ていると、不思議と眠気《ねむけ》は感じずに豊かな気持ちに包まれる。

エルフの女性と馬車から投げ出されて気絶していた男性を側《そば》に寝かせ、僕は不寝番《ふしんばん》をしていた。

実はこの男性、死んでしまっていると思っていたのだが意外なことにほとんど無傷で気絶していただけであった。魔力《まりょく》があまりに微弱だったので咄嗟《とっさ》には気が付かなかったのだ。

恐らくそのお陰《かげ》で魔物にも死んでいると思われていたのだろうと思うと、本当に幸運であった。

ちなみに、エルフの女性の頭には包帯を巻いておいた。傷は治っているのだが、エルフ耳を隠《かく》すためだ。既《すで》に見てしまった僕はともかく、他《ほか》にも人がいる以上隠しておいた方が良いだろう。

また服もボロボロになっており様々な部分が顕《あら》わになっていたため、僕の予備のシャツを上から着せていた。

それでも僕の方が背が低く身体《からだ》が小さいため女性の双丘《そうきゅう》は窮屈《きゅうくつ》そうにシャツを押し上げ、更《さら》には丈《たけ》も足りずに、目に毒な姿となってしまっていた。なんとか気持ちを落ち着けて目を逸《そ》らしながらシャツを着せるのは結構な難儀《なんぎ》であった。

二人の寝顔を見ていると、ふと風が頬を撫《な》でた。

その風は不思議な魔力を帯び、彼女の周囲をそよそよと吹《ふ》いているようであった。

何かが、いる……？

当該《とうがい》魔力現象を『精霊《せいれい》』と判定。

『解析《かいせき》』により精霊『シルフィード』の可視化に成功。


目を凝《こ》らしていると『解析』が発動し、彼女の周りに漂《ただよ》う魔力に輪郭《りんかく》が浮《う》かび上がってきた。その輪郭は女性を型取り、エルフの女性の頭を愛《いと》おしそうに撫でていた。

「精霊……？」

僕が呟《つぶや》くと精霊はこちらを向き、嬉《うれ》しそうに微笑《ほほえ》んだ。

■

空が白み、鳥系の魔物の鳴き声が聞こえてくる。朝食でも用意しようかなと『亜空間庫《アイテムボックス》』から鉄板と卵を取り出し焼いていると、エルフの女性がゆっくりと半身を起き上がらせていた。

「うぅ……ん……ここは……私は……」

混乱しており状況《じょうきょう》が摑《つか》めていない彼女に、ソッと冷たい水を差し出した。

「どうぞ、お水です。ここは昨日の街道《かいどう》から少しだけ森に入ったところですよ」

彼女は僕の顔を見ると目を開けたまま固まってしまった。彼女の流麗《りゅうれい》なプラチナブロンドが朝日をキラキラと反射し、その美しい顔立ちを引き立たせている。

昨夜は暗かったし血だらけだったしでそれどころではなかったため気がつかなかったがこの女性、今まで見たことがないほど均整のとれた顔立ちをしている。どこか幼さを残しつつも、意志の強い瞳《ひとみ》が彼女の魅力《みりょく》を最大限に引き出していた。

彼女は暫《しばら》く固まった後ハッと何かに気づき、おずおずと水を受け取った。

「あ、ありがとう……。水もだけど、命を助けてくれて、本当にありが――ッ!?」

彼女は水を一口飲むと、自らの頭に巻かれた包帯を触《さわ》り、鋭《するど》い瞳をこちらに向けてきた。

「君……」

「申し訳ありません、貴女《あなた》の秘密を見るつもりはなかったのですが……」

僕が困ったように笑うと、精霊がそっと彼女の耳元に顔を近づけた。

「シル、何を……。え……？　君、もしかして……」

「……精霊のことですか？」

風の精霊シルフィードが彼女に何か伝えてくれたのだろうかと思いそう言うと、彼女は驚《おどろ》きのあまり目を瞠《みは》った。

「なんで……!?　君、一体……」

「貴女がエルフ族であることも、精霊のことも誰《だれ》にも言わないとお約束します……。だから、そんなに睨《にら》まないでください」

　僕は彼女の耳元で小さく囁《ささや》き、微笑みかけた。女性は急速に顔を真っ赤に染めて、柔《やわ》らかになった瞳で僕を真《ま》っ直《す》ぐに見つめた。

「……そうね。君は私たちの命の恩人だし、耳まで隠してくれたのに……。警戒《けいかい》して悪かったわ、改めてありがとう。感謝しているわ。でも、さっきのことは……本当に秘密よ？」

　彼女は包帯を解き、深々と頭を下げた。『隠蔽』スキルにより、尖った耳は既に人族のそれに変化していた。

「ええ、誰にも言わないと大精霊シルフィード様にも誓《ちか》いましょう」

　僕がシルフィードを見てそう言うと、シルフィードは楽しそうにくるりと宙を舞《ま》った。それを見た彼女も、嬉しそうに微笑んでいた。

「ありがとう……。それにしても、あれだけの魔物に地獄の番犬《ヘルハウンド》まで……君って一体何者なの？　地獄の番犬《ヘルハウンド》を単独討伐《とうばつ》しちゃうし、精霊は見えてるし、まさか長命種ではないわよね？」

「いえ、僕は人族ですよ。ただの冒険《ぼうけん》者学校受験希望の田舎者《いなかもの》ですよ」

「えっ⁉　君も冒険者学校を受験するの⁉　わ、私も冒険者学校に入りにセントラルまで来たの！　あっそうだ、私の名前はエア。エア・シルフィードよ」

「僕はシリウス・アステールです、よろしくお願いします」

「シリウス、良い名だわ。こちらこそよろしくね」

エアさんの柔らかくひんやりとした小さな手と握手《あくしゅ》をし、ようやく打ち解けられた気がした。

ん？　エアさんの顔が少し赤い気がするのだけれど、まだ体調が戻っていないのかな？

エアさんに声をかけようとしたところで、突然《とつぜん》後ろから大きな声が聞こえてきた。

「うぅーん……ふっふがっ⁉　おぉー……おはようさん、エアちゃん。うん？　そちらの子は？　……というかわい、何しとったんやっけ？」

後ろで恰幅のいい男性が起き上がり、寝ぼけ眼《まなこ》のぼーっとした様子で僕らに話しかけてきた。その様子を見て、僕とエアさんは思わず笑い合った。

■

「なんと、わいらを助けてくれたお方やったとは……。シリウスはん、ほんまにありがとさん！」

ふくよかなエセ関西弁の商人、トルネさんは太陽のような笑顔で僕の背中を盛大《せいだい》に叩《たた》く。

トルネさんは意識を取り戻《もど》した後、大量の肉を食べてすっかり元気になっていた。

実は夜の内に魔術《まじゅつ》で木を切り出して馬車の応急処置をしており、中身もほとんど無事であったのだ。それを見たトルネさんは感涙《かんるい》を流し、僕に何度も頭を下げた。

謝礼として大金を渡《わた》されそうになったのだが、本格的な修理費や壊《こわ》れた商品の補塡《ほてん》などでお金は入り用だろうと思いお断りした。

馬車を引く地竜《ちりゅう》も無事にどこかに隠れていたようで、トルネさんが目を覚ますと共に戻ってきていた。逞《たくま》しい子である。

最後に死んでしまった護衛の二人を氷魔術で凍《こお》らせて木箱に横たわらせて馬車に収め、僕らはセントラルへ向けて出発した。

「シリウスはん、何から何まですんまへんなぁ……。王都に着いたらごっつうお礼させて貰《もら》いますさかい」

「いえ、お気になさらないでください。僕も馬車に乗せてもらって助かりますから」

「ほんまできたお人ですわ……。ちなみにシリウスはんは冒険者様で？」

こんな子どもを一人の冒険者と扱《あつか》ってくれるとは……見た目で人を判断しない観察眼を

持っている人だな。エセ関西弁は凄《すご》い気になるけれど……。

「いえ、冒険者学校に入学するためにセントラルを目指していたんです」

「ほぉ、では将来の冒険者様やな！　シリウスはんほど優秀《ゆうしゅう》なお方ならば、セントラルの冒険者学校でも簡単に入学できますやろ！　将来有望なお二人と縁《えん》があったのは不幸中の幸いですわ」

トルネさんはあんなことがあったのにも拘《かか》わらず、明るく僕らに話しかけてくれていた。お陰で空気が明るく、セントラルまでの道は楽しい時間であった。


日が傾《かたむ》き始めた頃《ころ》、僕らはセントラル正門前に到着《とうちゃく》した。

「おぉー、大きな関所……流石《さすが》アルトリアの王都ですね……」

転生してからはずっと田舎の村にいたので、久々に大都市というものを見て興奮してしまった。都市部では文化もちゃんと発達していたんだな……。

関所を通過し大広場に着いたところで、僕らは馬車から降りた。

「エアはん、シリウスはん、ほんま助かりましたわ！　何かあればわいの商店に来てくれはったら力になるで！　そんで、冒険者になってもご贔屓《ひいき》にしてくれると嬉しいですわ」

「トルネさん、長い道のりを運んでくださってありがとうございました。それなのに守りきれず馬車をこんなにボロボロにしちゃって……本当にごめんなさい」

「いやいや！　わいが今生きているのも、シリウスはんが来るまでエアはんが諦《あきら》めずに守ってくれとったからやで。ほんまにありがとさん」

「僕もここまで同乗させてもらってありがとうございました。今度買い物に行きますね！」

「あぁ、待っとるで！」

そうして商業ギルドに向かうトルネさんと別れ、エアさんと二人きりになった。

さて、これからどうしたものかな……。

セントラルは広すぎて宿一つ探すのにもどこを見ればいいのか全然分からない。そういえばエアさんはセントラルに何回か来たことあるって言っていたな。

「エアさん、入学試験までどこかの宿に泊《と》まろうと思ってるんですが、もしオススメの宿とかあったら教えていただけないでしょうか？」

「んー、安宿でもよければいつも使ってるところがオススメかしら。まぁまぁ綺麗《きれい》だしご飯も美味《おい》しいところよ。私も泊まろうと思ってるんだけど……案内しましょうか？」

「それは良いですね！　是非《ぜひ》、お願いします！」

「それじゃ、ついてきて！」

エアさんはニカッと笑い、張り切って先導して歩き出した。

案内された宿屋にはネココが描《えが》かれた看板が下がっており、『月夜のネココ亭《てい》』と書いてあった。

故郷で違《ちが》う道に進んだネココ好きな小さなあの子を思い出しつつ中に入ると、猫耳《ねこみみ》の子どもが駆《か》け寄ってきた。

「いらっしゃいませ！　にめいさまですね！」

よく見ると猫耳はぴくぴくと動いており、尻尾《しっぽ》も生えているようだ。

もしかして獣人《じゅうじん》かな？　本では読んだことあったけれど見るのは初めてだ。

それにしても庇護欲《ひごよく》を誘《さそ》うというか、とても可愛《かわい》らしい……。耳と尻尾がもふもふとしており、すごく触り心地が良さそうだ。

「どうしたの、入るわよ？」

エアさんは猫耳に気を取られてしまっている僕を怪訝《けげん》な目でチラリと見て、先に進んでいった。咳払《せきばら》いをして誤魔化《ごまか》し、エアさんの後を追う。

「いらっしゃいませ。一泊《いっぱく》三千ゴールド、朝食付きだよ。一部屋二名様でいいかい？」

中に入ると大人の獣人が受付をしていた。先ほどの子どもはお手伝いのようだ。

「う……ふ、二部屋に決まってるじゃないの!!」

どうやらパーティメンバーとでも思われたようだが、出会ったばかりの男女が同じ部屋に泊まるというのは色々と問題がある。エアさんは余程《よほど》嫌《いや》だったようで、顔を真っ赤にして即刻《そっこく》否定していた。

そこまで嫌がられるのも少しショックだなぁ。

「僕たち、たまたまここまでの馬車が一緒《いっしょ》だっただけなんですよ。それでオススメの宿屋ってことで彼女にここを紹介《しょうかい》していただいたんです」

「あらあらそうなの、おばちゃん勘違《かんちが》いしちゃったわ、ごめんなさいねぇ。それじゃあ上の階の二部屋使ってね」

「……シリウスは随分《ずいぶん》と冷静なのね……。私だけ馬鹿《ばか》みたいじゃない……」

エアさんはサッと背中を向けて、なにやら呟《つぶや》いていた。

「ふぅ、流石に疲《つか》れちゃったし私はもう休むわね。おやすみなさい」

「エアさん、ありがとうございました。良い夢を」

エアさんと別れ自分の部屋に入ると、部屋にはシングルのベッドと机と椅子《いす》だけが置いてあった。まるで木造のビジネスホテルだな。建物は築年数が結構経《た》っていそうだが、清《せい》掃《そう》は行き届いているため清潔感があり、過ごしやすそうな部屋であった。

ちなみにこの世界の通貨であるゴールドは、大体前世の日本円と同等の貨幣《かへい》価値のようであった。そう考えると、この部屋で朝食付き三千ゴールドは非常に良心的だろう。

こんなコスパの良い宿を紹介してくれたエアさんには感謝だ。

軽く筋トレをして身体を拭《ふ》き、久々のベッドに身を預ける。

前世では会社の椅子で寝ることに慣れていたから寝袋《ねぶくろ》でも横になれるだけ楽な方だと思っていたけれど、やっぱりちゃんとした寝床《ねどこ》は最高だな。

ふかふかの布団《ふとん》に身体を沈《しず》めると、すぐに夢の世界へ誘《いざな》われていった。


翌朝、早朝の鍛錬《たんれん》を終えて一階の食堂に座ると、すぐにエアさんも現れ対面の席にゆっくりと座った。

「ふぁ……シリウス、おはよ。朝から元気そうね」

「エアさん、おはようございます。エアさんはまだまだ眠《ねむ》そうですね」

アホ毛になっているエアさんの寝癖《ねぐせ》が目に入り、思わずクスリと笑《え》みが溢《あふ》れる。エアさんは僕の視線に気づき、耳を赤く染めながらそそくさと寝癖を直しはじめた。

席につくと割とすぐに小さな猫獣人の子がプレートを運んできてくれた。

朝食は目玉焼きにソーセージ、野菜スープ、パンといったオーソドックスなものであるが、この安さでこのクオリティの高さは破格だ。

「シリウス、今日は何か予定あるの？」

「今日は冒険者ギルドに行ってみようかなと思ってます。エアさんは何かご予定はあるんですか？」

冒険者学校の入学試験まであと三日であるが、今更《いまさら》ジタバタしても仕方ないし、特にしなければいけない試験準備といったものはない。

手紙を送るのすら高額の費用がかかるため父さんと母さんからの仕送りを断ったので、やることがないのならばこれから王都で暮らしていくためにも早速《さっそく》働きはじめたい。

働かざるもの食うべからず、だ。

冒険者ギルドは規定上十二歳から登録が可能であるため、もう登録ができるはずだ。

そして何より冒険者ギルドに登録をすれば、討伐依頼《とうばついらい》や素材売却《ばいきゃく》でお金を稼《かせ》ぎつつ鍛錬もできるという素晴《すば》らしい仕事にありつけるというわけだ。

ここに来るまでに狩《か》った魔物の素材も売ってしまいたいしね。

「そう……私も特に予定ないし一緒に行こうかしら。これでも一応冒険者だから、ギルドまで案内するわよ」

「ありがとうございます、エア先輩《せんぱい》！」

「うっ……先輩はやめなさいよ！」

「あはは、考えておきます」

楽しい朝食を終え、試験日までの三日分の宿泊費《しゅくはくひ》を支払《しはら》いエアさんと宿を出る。宿を出て三分ほど歩くと、すぐに剣《けん》が二本交わった紋章《もんしょう》が刻まれた看板が見えた。

……予想以上に近かったな。これだけ職場が近ければ遅《おそ》くまで働いてもすぐ帰って寝られるし、本当に素晴らしい宿だ。

ギィと立て付けの悪い扉《とびら》を開けると、むせ返るような酒の臭《にお》いが鼻を突《つ》いた。

入口の脇《わき》は酒場のようになっており、厳《いか》ついおっさんたちが談笑《だんしょう》している。まだ一日が始まったばかりなのにも拘わらず、結構な人数の酔《よ》っ払《ぱら》いが豪快《ごうかい》に笑ったり胸《むな》ぐらを掴《つか》みあったりしていた。

そんな無法地帯の中、奥の方で一瞬《いっしゅん》火柱が立ち上がり、何かが焦《こ》げたような臭いが部屋に漂《ただよ》いはじめた。

「うあっちィ!! お、お前! こんな場所で炎《ほのお》魔術使うなんてイカレてやがるのか!?」

「おい、もう関わるのやめようぜ……」

人が多くよく見えないが、誰《だれ》かが喧嘩《けんか》で炎魔術を放ったようだ。

室内で炎魔術を使うなんて加減ができないヤバイ人か、余程腕《うで》に覚えがある人かだろう。

どっちに転んでも恐《おそ》ろしい人だ。冒険者《ぼうけん》ギルド、怖《こわ》い……。

　気を引き締《し》めつつ、酒を飲む冒険者たちを横目にバーの脇を通り過ぎ受付に向かおうとすると、一際《ひときわ》顔が赤いゴリラのような顔をしたおっさんが進路を塞《ふさ》ぐように現れた。

「おーう、坊《ぼっ》ちゃんよぉ、こんな所になんの用だ？」

「ギャハハハ！　ゴルディ、あんまり子どもを怖がらせんなよ！」

　……絡《から》み酒か。

　こういう輩《やから》は無視するのが一番ではあるが、完全に進路を塞がれている上に、一応これから先輩となる人間だ。あまり無下にはできない。

　エアさんは呆《あき》れたように半眼でゴルディを見据《みす》えていた。

「冒険者登録をしに来ました。そこを通ってもよろしいでしょうか？」

「ギャハハハ‼　あの坊ちゃん、冒険者になりにきたんだってよ！」

　下卑《げび》た笑いが、バーにいる野次馬たちから聞こえてくる。素面《しらふ》の利用者は呆れたような顔をしつつ、こちらをチラチラと窺《うかが》っていた。

「ブハッ！　冒険者って何をするか分かってんのか？　ガキの使いじゃねぇんだぞ、坊ちゃんにゃ十年ははえーよ！」

「……これでも一応十二歳になったので、規定では冒険者登録できる年齢《ねんれい》です」

「あ？　十二歳も十分ガキだっつの！　死にたくなけりゃ冒険者なんてやめとけ！　ひょろっちい坊ちゃんは商業ギルドにでも行って金勘定《かねかんじょう》でもしてる方がお似合いだぜ！」

一応心配でもしてくれているのだろうか。確かにこんな子どもが魔物と戦うなんて自殺行為《こうい》に等しいだろうと、客観的に見れば思うかも知れない。ここは魔物を問題なく狩れるってことを伝えた方がいいかな。

「街の外でウルフを狩ってきたので、それを売るためにもギルド登録はしたいんですよ」

袋《ふくろ》に手を突っ込み、『亜空間庫《アイテムボックス》』からウルフの毛皮を一つ取り出す。

わざわざ袋に手を突っ込んだのは、目立たないよう『亜空間袋《アイテムバッグ》』に偽装《ぎそう》するためだ。

「あぁ⁉　『亜空間袋《アイテムバッグ》』にウルフの毛皮だぁ？　お前、親父《おやじ》からこんなものパクってまで冒険者になりたかったってか？」

あー……そうなるか……。それにしてもしつこいな、ちょっと苛々《いらいら》してきた。

「自分で狩ったウルフですし、『亜空間袋《アイテムバッグ》』も自分の物です。ところで、あなたはギルド職員なんですか？　そうでなければいい加減通していただけませんか？」

「ガキが調子こいてんじゃねーぞ！　仕方ねぇな、ちっとは痛い目見りゃ冒険者の厳しさが分かるだろ」

指の関節をバキボキと鳴らしながら近づいてくるゴルディ。

実力行使か、むしろ手っ取り早くていいかもしれない。

一方、エアさんは憐《あわ》れみの目でゴルディを見つめていた。なんでそんな目をしてるの？

至近距離《きょり》まで近づいてきたゴルディは、その丸太のような腕から拳《こぶし》を放つ。

子どもが相手だから手加減しているのだろうか？　蝿《はえ》が止まるほどの遅さだ。

合気《あいき》で拳を受け流し、ゴルディのバランスを崩《くず》す。ゴルディはそのまま僕の後方へバランスを崩しながら倒《たお》れ込み、膝《ひざ》を折った。

「は⁇」

店内は静寂《せいじゃく》に包まれ、ゴルディと野次馬たちは唖然《あぜん》としていた。

「これでいいですか？　通していただきますね」

そのままゴルディを放置して受付に向かおうとすると、ゴルディが気力を練り始めた。

「ガキが……舐《な》めんじゃねーぞ‼」

今度は気力を漲《みなぎ》らせ、先ほどよりも速度を増した拳が背後から放たれる。

それでもやはり遅い。

拳を往《い》なし、ゴルディの腹に手を当てて軽く『雷撃《スタンボルト》』を放つ。

掌《てのひら》から小さく紫電《しでん》が瞬《またた》き、小さい放電音と共にゴルディの身体がビクリと大きく跳《は》ねた。

「がァッ⁉」

雷撃《スタンボルト》で立てなくなったゴルディは跪《ひざまず》き、息を荒《あら》らげていた。

威力《いりょく》を抑《おさ》えたとはいえ気絶してもおかしくないくらいの威力だったはずなのだけど……。跪くだけで倒れもしないとは意外とタフだな。

「ハァ……ハァ……。小僧《こぞう》、何しやがった……。今のは、魔術《まじゅつ》か……？」

男は汗《あせ》を滲《にじ》ませながらも僕を睨《にら》みつけてくる。やはりこの人、相当タフだ。

ゴルディの問いに答えようとすると、後ろから幼く無機質な声が聞こえてきた。

「今のは雷《かみなり》魔術……しかも『詠唱破棄《えいしょうはき》』。この子、かなりの腕の魔術師」

いつの間にか僕らの後ろには小さな少女が佇《たたず》んでいた。

少女は感情のうかがえないクールな瞳《ひとみ》をしている一方、印象とは真逆の燃え盛《さか》るような真紅《しんく》の髪《かみ》と瞳が輝《かがや》いていた。ララちゃんと同じくらい幼く見え、年齢的には僕と同じかちょっと下くらいに思える。

「おい、さっきお前を焦がした嬢《じょう》ちゃんじゃねーか……」

「今日はやべぇガキばっかくるな、どうなってんだ……」

僕と少女を遠目で見ている野次馬の話が耳に入ってくる。まさかこの子が、さっきの火柱を放った張本人⁉

内包する魔力量から察するに、中々の魔術師であることは窺えるが……。

「あなたも、冒険者学校受験者？」

少女は小さくつぶやき、上目遣《うわめづか》いで僕を見つめてきた。小動物みたいで可愛《かわい》いな。

「はい、そうですが……もしかして、貴女も……ですか？」

幼く見えるが、もしや僕と同い年なのだろうか。

僕が自信なさげに尋《たず》ねると、彼女は少しムッとした顔をした。

「……私はもう十四。あなたには、負けない」

えっ⁉　二つも年上⁉

僕がびっくりした顔をすると、少女はサッと背を向け依頼《いらい》ボードの方へ歩いていってしまった。怒《おこ》らせちゃったかな……。

仕方ない、ゴルディも動けないようだしもう受付に行くか。

僕も受付に歩き出すと、隣《となり》でエアさんが胡乱《うろん》な目でこちらをじーっと見つめていた。

「シリウス、モテモテね。色んな意味で」

「それはちょっと違《ちが》うでしょう？」

「ふふっ、冗談《じょうだん》よ」

僕が苦笑しつつ突っ込むとエアさんはクスリと笑みを零《こぼ》した。

受付につくと、優《やさ》しげな顔立ちのお姉さんが微笑《ほほえ》みながら立っていた。

「すいません、冒険者登録をお願いしたいのですが」

「はい、冒険者登録ですね！　私、受付のセリアと申します。それでは登録いたしますのでこちらの魔石に手を翳《かざ》してください」

セリアさんが差し出してきた球状《ボール》の魔石に手を翳すと魔石は淡《あわ》く光り、中から一枚のカードが浮《う》き出てきた。

「はい、シリウス・アステール様ですね。Ｆランクからのスタートで……えっ⁉」

セリアさんは淡く光る魔石を見つめ、目を見開いたまま動きが停止していた。

「えっ？　何か問題でもありますか？」

「え……え⁇　えーと……シリウス様の魔物討伐履歴《とうばつりれき》からギルドポイントを付与《エンチャント》したところ、Ｄランクまで引き上げられました。本当はそれ以上のポイントが溜《た》まっていたのですが、一度に上げられるランクは二段階までと決まっておりまして……。Ａランクの魔物討伐……しかも六年前、六歳……？　まさか、ギルド石の故障？」

「六歳⁉」

セリアさんがギルド魔石に顔をくっつけて唸《うな》っていると、エアさんも驚《おどろ》きながらギルドカードを覗《のぞ》き込んできた。

ちょ、近い近い！

ギルドでは過去の魔物討伐履歴が閲覧《えつらん》できるようになっているのか……。便利だけど個人情報も何もあったものじゃないな。

「偶然《ぐうぜん》村に現れたゴブリンロードをたまたまですね……たまたまなので気にしないでください」

「たまたま……？　ゴブリンロードってたまたまで倒せるものなんですかね……？」

セリアさんは首を傾《かし》げているが、ゴリ押しで突《つ》き通す。

エアさんが横でやれやれといった風に首を横に振《ふ》っているが、気にしてはいけない。

「ラッキーで倒せちゃいましたね」

「倒せちゃいましたって……シリウスさんって一体何者……ハッ⁉　ゴホンッ！　い、いえ、失礼しました！　冒険者の過去の詮索《せんさく》はご法度《はっと》でした、申し訳ありません。それではギルドカードのご説明ですが、ギルド内の施設《しせつ》であればカードを提示していただければすぐに受け付けが可能になります。また、素材の売却費《ばいきゃく》の引き出しやギルド内の飲食代、ギルド公認《こうにん》の武器防具屋、道具屋、宿屋などの支払《しはら》いもギルドカードで可能ですので、くれぐれもなくさないようにお気をつけください。何かご不明な点はございますか？」

なるほど、身分証兼《けん》キャッシュカード兼クレジットカードのような感じか。

この世界、科学的には未発達だけど魔術や魔道具のお陰《かげ》でこういうところは異常にハイテクだな。

「ありがとうございます。あ、オリヴァーさんという方がこちらにいらっしゃると伺《うかが》っているのですが、お会いすることはできますか？　以前に冒険《ぼうけん》者ギルドを紹介《しょうかい》してくださったので、ご挨拶《あいさつ》しておきたいのですが」

「えっ！　ギルドマスターのお知り合いだったんですか⁉　わ、分かりました、少々お待ちください！」

セリアさんは驚いた表情を浮かべ、受付の奥に走っていった。ていうか、オリヴァーさん、偉《えら》い人っぽいとは思っていたがまさかギルドマスターだったとは……。

セリアさんを待っていると、ギルド内のざわめきが耳に入ってくる。

「アステール……どこかで聞き覚えがねぇか？」

「確か【雷神《らいじん》】がアステールとかいってなかったっけか……？」

「【雷神】って、十年ちょっと前に引退したあの？」

「【天剣《てんけん》】との子どもが出来て、二人とも引退したとかいう噂《うわさ》を聞いたことあるぞ」

「……おい、あの小僧、十二歳って言ってたよな……まさか……」

「よく見ると小僧が下げているあの細い剣、刀とか言って【天剣】が使っていた記《き》憶《おく》があるぞ！」

「さっきゴルディを痺《しび》れさせたのって、雷魔術だったよな？」

「刀と雷魔術……。おい……やっぱり……」

所々しか聞こえないが、【雷神】とか【天剣】とか何の話だろうか？　首を捻《ひね》っていると、すぐにオリヴァーさんとセリアさんが奥から姿を現した。

「シリウス君、久しぶりじゃのう。早速《さっそく》冒険者ギルドに来てくれたんじゃな、ありがとう。ミラ君とレグルス君は元気かね？」

「「やっぱり【雷神】と【天剣】の息子《むすこ》だーー!!!」」

ギルド内のおっさんたちが急に叫《さけ》び、吃驚《びっくり》する。【雷神】と【天剣】の息子？　まさか【雷神】が父さんで【天剣】が母さん……？

思いがけず両親の厨二《ちゅうに》な二つ名を知り、吹《ふ》き出してしまった。今度会った時に詳《くわ》しく聞いてみよう。

「え、えぇ……。元気すぎるくらいですよ」

「ほっほ、それは良かった。冒険者学校の入学試験まで後三日じゃが……まぁ、シリウス君なら何の問題もないじゃろ。頑張《がんば》るんじゃぞ」

「はは、それならいいんですが……。ありがとうございます、頑張ります！」

その後、簡単に冒険者の話を教えてくれ、オリヴァーさんは去っていった。

「シリウス様は今度の冒険者学校の入学試験を受けられるんですね。頑張ってください！」

ニッコリと微笑みながらガッツポーズをするセリアさん。潰《つぶ》されて強調される胸から思わずサッと目を逸《そ》らす。油断すると顔よりも下の方に目が行ってしまいそうで困る。

そしてエアさんからの視線が痛い……。エアさんも十分なモノをお持ちではないですか……エルフは貧乳《ひんにゅう》っていうのはただの噂だったんですね……。

「僕はまだ子どもですし、様付けなんてしないでください。敬語もいりませんよ」

「そうですか？　それではこれからシリウス君って呼ばせてもらいますね」

そう言ってウインクしてくるセリアさん、あざとかわいいです。

セリアさんにお礼を言いエアさんの元へ戻《もど》ると、ジト目でこちらを見つめていた。

「シリウスってあの【雷神】の息子だったのね、ビックリしたわ」

「エアさんは父さんをご存じなんですか？　僕は、正直その【雷神】ってのも初めて聞いたんですよ」

「あら、そうだったの……。私が直接知っているわけじゃないんだけど、私の父様が友人の【雷神】の話をよくしていたの。なんでもセントラル冒険者学校では同級生だったらしいわよ。父様の友人の息子とたまたま出会うなんて、なんだか不思議な感じじね」

「不思議ですねー……」

たまたま助けた少女が父さんの友人の娘《むすめ》だったとは、本当に不思議な縁《えん》ってあるものだ。

■

冒険者登録が済んだため、今度は山越《やまご》えで溜まった魔物《まもの》の素材を売却するために売却カウンターに向かおうと思い振り返ると、ゴルディが復活して立ち塞《ふさ》がっていた。

「……小僧《こぞう》、いや、シリウス……。さっきは悪かった!!　酔《よ》っ払《ぱら》っていたとはいえお前らの実力も見抜《みぬ》けず、予想以上にやるからってムキになっちまった。しかも恩人の息子に手を上げるなんて……本当に情けねぇ。頼《たよ》りねぇ先輩《せんぱい》かも知れないが、何かあったら聞いてくれや。これでもBランク冒険者だからよ」

「僕は構わないんですが、今度からは新人冒険者に手荒《てあら》な真似《まね》をするのは止《や》めてください。それに、あまり酒に呑《の》まれすぎないように気をつけたほうが良いと思いますよ。……ゴルディさんも両親のことをご存じなのですか？」

「違《ちが》いねぇ、本当に申し訳なかった……！　若い頃《ころ》に無謀《むぼう》にも格上のダンジョンに挑《いど》んじまってな、怪我《けが》をして引き返せないわ食料も尽《つ》きるわで死を覚悟《かくご》した時にお前の両親に助けられたんだ。それから、俺も若い冒険者を助けられるような男になりたいって思ったんだ。結果、調子に乗ってその息子に諫《いさ》められてんじゃ世話ねぇけどな……」

「僕なんてまだ子どもですし、冒険者なんて無謀だって思われても仕方ないとは思いますけどね。ただ、見かけだけで判断しちゃ駄目《だめ》ですよ」

「その発言が子どもじゃねぇんだよなぁ……」

まぁ中身は元おっさん……お兄さんだからな、さもありなん。

ゴルディさんと和解し、今度こそ売却カウンターに向かう。売却カウンターの受付には、凛《りん》とした顔立ちをした狼獣人《おおかみじゆうじん》と思われる女性がいた。

「すいません、魔物の解体と売却をお願いしたいのですが」

「かしこまりました。解体する魔物は『亜空間袋《アイテムバッグ》』に収納されているのでしょうか？」

「はい、そうです。ちょっと量が多いので一度に渡《わた》せるか不安なんですが……」

「地下に解体所と冷蔵倉庫がございますので大丈夫《だいじょうぶ》ですよ。ただ、お預かりした魔物の量が多い場合は数日に分けて解体する形となりますがよろしいでしょうか？」

なるほど、冷蔵倉庫で素材の鮮度《せんど》を保つわけか。確かに食肉にできる魔物とかだと、冷蔵倉庫がないと解体なんて頼《たの》めないな。

「はい、特に急いでもいないので、後日でも大丈夫です」

「かしこまりました。では、解体所へご案内します」

そうして、売却カウンター脇《わき》の地下への階段に案内される。地下に降りると解体台がいくつも並んでおり、そこかしこで魔物が解体されていた。

「兄貴、客だよ」

受付のお姉さんがその中の一人に声をかける。すると奥から受付のお姉さんに似た、クール系のイケメン狼獣人がこちらへ来た。

「いらっしゃい、魔物の解体か？」

「あぁ、『亜空間袋《アイテムバッグ》』持ちで結構な量があるそうだ」

「へぇ。しかしそんな量溜《た》め込んで鮮度は大丈夫なのかね？　あまりに腐《くさ》ってる魔物を持ってこられても困るぜ？」

普通《ふつう》の『亜空間袋《アイテムバッグ》』は時間停止できないから当然の心配であろう。『亜空間庫《アイテムボックス》』は時間が停止できるから鮮度の心配はないけれど。

「あー……鮮度は大丈夫だと思いますが、とりあえず見てもらってもいいですか？」

「あぁ、分かった。奥に広間があるからそこで出しな」

そうして奥の広間に連れてこられたが……この広さに収まるかな……？　何匹《びき》の魔物を入れているかもはや覚えていないけれど、とりあえず端《はし》から並べていく。

「ほぉ、綺麗《きれい》な切断面だ、兄ちゃんやるな。しかも鮮度抜群《ばつぐん》じゃねーか。ここら辺は狩《か》りたてのやつか？」

「あー……そんな感じですね」

時間停止しているわけだから、本当に狩りたての状態なんだよね。鮮度については誤魔《ごま》化《か》しつつ、魔物をどんどん並べていく。

「……おい。まだあるのか？　そんな小さい『亜空間袋《アイテムバッグ》』でこんな容量はおかしくねぇか？」

「あー……たまたま容量が大きい『亜空間袋《アイテムバッグ》』だったんですかね」

「たまたま……？　しかもどいつもこいつもまるで狩りたてなんだが、どういうことだ？」

そうこうしている内に広間にギッシリ魔物が埋《う》まった。実はまだ少し残っている。

「おかしいだろぉぉぉ!!　こんな馬鹿《ばか》みてぇな容量の『亜空間袋《アイテムバッグ》』なんて見たことねぇぞ!!　しかもすべて鮮度抜群!!　まるで時間が止まってるみてぇだぞ!?」

「シリウス、君……これは流石《さすが》にないよ……」

ついに狼獣人兄が切れた。エアさんも呆《あき》れ返った顔をしている。普通の『亜空間袋《アイテムバッグ》』はそんなに容量がないのか……勉強になったな。

それにしても、流石に説明しなければ話が進まなそうだ。ギルド職員は簡単に顧客《こきゃく》の情報流出をしないと信じて、正直に話すか。

「ごめんなさい、実はこれ、ただの袋《ふくろ》なんです。本当は魔術で違う空間に収納してて、時間も停止させてます。ただ、あまり目立ちたくないのでこの話は他言無用でお願いしたいのですが……」

「……なるほどな、それなら納得《なっとく》だよ。ったく、それにしても凄《すさ》まじい魔術だなおい。確かにこれはあんまり公《おおやけ》にしない方がいいな」

「当然ね……こんなの公にしたら大変なことになるわよ？　まぁそもそも時間を停止させるなんて伝説級の話、誰《だれ》にも信じられないでしょうけど……」

「すいません……ちなみに、まだちょっと魔物が残ってます」

「……これ以上は冷蔵倉庫にも収まんねぇよ。時間止まってるってんなら明日また持ってきてくれや。それまでにある程度捌《さば》いとくからよ」

「はい、お願いします」

「こりゃ今日明日は休めねぇな……こりゃ戦争だぜ」

早速魔物を解体し始めた狼獣人兄。申し訳ないですが、よろしくお願いします……。

苦笑いする狼獣人妹と疲《つか》れた表情のエアさんと一緒《いっしょ》に上の階へ戻る。

「あなたは良いお得意様になりそうですね。兄は大変そうですが、私たちの懐《ふところ》は暖かくなるので大歓迎《だいかんげい》ですよ。今後ともよろしくお願いします」

「こちらこそ、これからもよろしくお願いします」

ニカッと笑う狼獣人妹と握手《あくしゅ》をし、売却《ばいきゃく》カウンターを後にした。

「シリウス、君は本当になんというか……はぁ、もうそろそろ驚《おどろ》かなくなってきたわ。さて、シリウスの冒険《ぼうけん》者登録も終わったし、早速依頼《いらい》をこなしていく？　試験まで腕《うで》をなまらせないよう、短期に終わる簡単な討伐《とうばつ》依頼《らい》をやっておきましょうか」

「そうですね、この街周辺の魔物の間引き依頼なんてよさそうじゃないですか？」

「うん、そうね。街からの依頼だから安心だし、ノルマも少ないから日程に縛《しば》りもない。良い依頼だと思うわ」

「じゃあこれにしましょうか」

セリアさんに依頼書を渡し、依頼を受注してギルドを後にする。僕らは念《ねん》の為《ため》持ち物を確認《かくにん》し、西門へ向かった。

西門を出て、最近ウルフが多く発生していると報告が上がっている森へ歩を進める。ウルフの発生を放置しすぎるとダークハウンド、更《さら》には地獄の番犬《ヘルハウンド》の発生を促《うなが》すため早期の間引きが必要なのだ。

森に入るとすぐに、燃え盛《さか》る爆炎《ばくえん》と宙を舞《ま》うウルフが目に入った。

燃え盛るような激しい魔力を纏《まと》いつつも、冷静な表情で爆炎を放ちウルフたちを殲滅《せんめつ》する一人の少女。その少女の放つ魔術は、激しくも美しさを感じさせるような洗練されたものであった。

炎《ほのお》舞《ま》う中に佇《たたず》む少女は、先程《さきほど》ギルドで出会った少女であった。

彼女は高威力《いりょく》の魔術で取り囲んでいるウルフたちを片付けていたが、ウルフよりも身体能力の高いダークハウンドが素早《すばや》く少女に接近し襲《おそ》いかかるところであった。

「ッ!?　『反炎爆《カウンターブレイズ》』！」

飛びかかったダークハウンドに容赦《ようしゃ》ない爆炎が襲いかかり、その巨軀《きょく》が軽々と吹《ふ》き飛ばされる。しかし味方の陰《かげ》にもう一匹《いっぴき》のダークハウンドも肉薄《にくはく》していた。少女は魔術を放とうとするも、焦《あせ》りのせいか術式を上手《うま》く構築できないようだ。ダークハウンドの鋭《するど》い爪《つめ》が迫《せま》り、少女の顔は焦燥《しょうそう》に染まる。

流石に見ておられず、咄嗟《とっさ》に『瞬雷《ブリッツアクセル》』を発動しダークハウンドに紫電《しでん》を纏った掌底《しょうてい》をブチかます。ダークハウンドは黒い煙《けむり》を上げながら吹っ飛び、樹木に衝突《しょうとつ》し絶命した。

他の冒険者の獲物《えもの》を横取りするのは本来マナー違反《いはん》なのだが、そうも言っていられない。

少女をチラリと横目でうかがうと、涙目《なみだめ》になりつつ頰《ほお》を膨《ふく》らませて僕を睨《にら》みつけていた。

そして僕の死角では、精霊《せいれい》魔術により風を纏い身体強化を施《ほどこ》したエアさんがダークハウンドを斬《き》り伏《ふ》せていた。

精霊の力を借り行使する魔術、『精霊魔術』。基本的に精霊は肉体を持つ生物よりも圧倒《あっとう》的に魔術への適性が高い。エアさんが契約《けいやく》しているシルフィードはその中でも大精霊と言われる高位の精霊であり、その魔力量は父さんをも凌駕《りょうが》している。シルフィードの力を借りているエアさんは、自らの魔力を一切《いっさい》消費することなくシルフィードの魔力でシルフィードの魔術を放つことができる。自らの技量以上の魔術を放てる、正しくチート魔術だ。

その代償《だいしょう》として自らの魔力容量を全《すべ》て捧《ささ》げてしまっているため、自らの魔力を使っての魔術を使うことは一切できないのだが……。

高位精霊との契約はそのデメリットを甘受《かんじゅ》する価値は十分にある。

とりあえず安全を確保してから、横殴《よこなぐ》りの文句でもなんでも受け付けよう。

少女の視線を気にしないように、そのまま『雷矢雨《サンダーレイン》』で周囲のウルフを殲滅する。そして木々によって魔術の死角になっていたウルフをエアさんが素早く片付け、近くから魔物の魔力反応がなくなった。僕は『魔力感知』を維持《いじ》しつつ、涙目の少女に頭を下げた。

「獲物を横取りしてすいませんでした。危なかったように見えたので……。素材はお渡《わた》ししますから」

「…………助かった、ありがとう。素材はあなたたちの物」

僕が謝ると、少女は拗《す》ねたような顔で目を逸《そ》らしながら小さくそう呟《つぶや》いた。

それにしても、確かに少女は凄《すご》い魔力を持っているけれど、最近の魔物は大量発生の傾《けい》向《こう》が非常に強いし魔術師のソロはかなり厳しいんじゃないだろうか……。

魔術は集中力が必要だから、本来はパーティの後方支援《しえん》がメインだしね。

どうしたものかと考えていると、エアさんが心配そうな顔で少女に近づいていった。

「君、一人なの？　魔術師でソロは危ないわよ。良かったら私たちと組まない？　ねぇ、シリウス」

「えぇ、僕は良いと思いますよ。……どうですかね？」

エアさんも僕と同じ気持ちだったようだ。

実力があるがその分反骨心もあり見た目も幼いこの子は、中々素直にパーティを組めるような性格ではなさそうに思える。きっと仲間にしてくれと言い出せない性格だ。

その分僕たちなら歳《とし》も実力も近いから丁度いいのではないだろうか。お互《たが》い学校に合格できれば同級生にもなるしね。

僕とエアさんが少女を見つめると、少女は目を瞠《みは》り驚き、徐々《じょじょ》に顔を朱《しゅ》に染めていった。

「う………組む。私はロゼ・クリムゾン。これからよろしく」

ロゼさんはフイと目を逸らしたが口元は僅《わず》かに緩《ゆる》んでおり、それを見た僕とエアさんも思わず笑《え》みを零《こぼ》した。

第五章 ♦ 入学試験

セントラル冒険者学校、このアルトリア国の中でも最難関と謳《うた》われる冒険者学校である。入学者には、剣術《けんじゅつ》、魔術《まじゅつ》、もしくはその両方に高い素質が求められる。

そして、セントラル冒険者学校の入学試験に落ちた者は、他地方の学校の転入試験に回されることになる。セントラルを諦《あきら》めた者はそうして他地方の学校へ行き、どうしても諦められない者は次の年に再受験するらしい。

異世界でもこんな受験戦争があるなんて、少し切ない気持ちになる。そしてそんな国内トップの冒険者学校は、勿論《もちろん》設備も最高であった。

「凄い……。一体どれだけの敷地《しきち》があるんだろう……」

学校の外周には高い壁《かべ》が遠くまで続いている。そして正門の奥には、この世界では珍《めずら》しい高層の校舎が屹立《きつりつ》していた。

「訓練場がいくつもあるらしいし、魔物が発生する森も所有しているらしいわよ。それも合わせたら、凄《すさ》まじいことになるでしょうね」

「魔術障壁《しょうへき》も、ものすごく強固。ここの学長は魔術師の頂点と呼ばれる人だから授業が楽しみ」

思わず呟いた独り言に、冷静にエアさんが返してくれる。エアさんは去年も受験しているのではじめてではないそうだ。

ロゼさんは心なしか期待に満ちた表情をしていた。

ここ数日は三人でパーティを組んで依頼《いらい》を受けていたため、徐々にロゼさんの無表情の中から少しだけ表情を読み取れるようになってきた気がする。

「改めて凄い学校ですね。これだけの受験生がいるのも頷《うなず》けます」

「私たち結構早く来たつもりなのに受験番号九八六って、どれだけのライバルがいるのか嫌《いや》になっちゃうわね……」

恐《おそ》らく二千人くらいはいるのではないだろうか。日本では通勤ラッシュで慣れてはいたがこちらの世界ではあまり人混《ひとご》みがなかったため、あまりの人の多さに試験が始まる前から疲《つか》れてしまった。

隣《となり》のエアさんも心なしかぐったりとしているようだ。

二人ととりとめもない話をして緊張《きんちょう》を解《ほぐ》しつつ試験開始を待っていると、突然割れるような男の怒声《どせい》が聞こえてきた。

「おい貴様ッ！　この服は九十万ゴールドもするんだぞ！　土埃《つちぼこり》を付けてくれたな、どうしてくれる⁉」

「ご、ごめんなさいっ……。こ、このハンカチで拭《ふ》かせていただけないでしょうか……」

「このゲルリッツ子爵《ししやく》家のザンド様の服を、貴様の汚《きたな》い布切れで擦《こす》るだと？　ふざけるな‼　万死《ばんし》に値《あたい》するところだが……安心せよ、俺様は女には優《やさ》しい。貴様の身体《からだ》で払《はら》えば不問としてやろう。今すぐ受験を取りやめて俺様の奴隷《どれい》となるがよい」

「えっ⁉　そ、そんな……！」

……なんだ、あの理不尽《りふじん》な男は？

金髪《きんぱつ》の吊《つ》り目《め》の男が、綺麗《きれい》な水色をしたロングヘアーの女の子の腕《うで》を捕《つか》まえて受験会場から引きずり出そうとしていた。男は子爵家を名乗っているため貴族の諍《いさか》いに巻き込まれたくないのか、はたまたライバルが減るためか、皆《みな》目を逸らし見て見ぬ振《ふ》りをしている。

「黙《だま》って俺様の物になれ、乳女が。素直にすれば可愛《かわい》がってやるぞ」

「い、いやぁ……」

何かがへし折れるような乾《かわ》いた音が響《ひび》き、ざわめいていた会場が水を打ったように静まりかえる。

あまりの酷《ひど》さに見ておられず、僕は女の子の腕を摑《つか》んでいた男の手首に手刀を放ってしまっていた。

手首を押さえ涙目になっている男を睥睨《へいげい》しつつ、男と女の子の間に身体を滑《すべ》り込ませた。

「……こんな人混みで、人にぶつからないなんて不可能ですよ。ちょっとぶつかったくらいで奴隷になれとか、貴方《あなた》正気ですか？」

「き、貴様ッ!!　俺様が誰《だれ》だか分かってるのか!?」

「貴方が何様かは存じませんが、器《うつわ》の小さい男ってことだけは見ていて分かりましたよ」

理不尽な上司の命令を受けても怒《おこ》ることなんてなかった温和な僕だが、流石《さすが》にこいつは見逃《みのが》せなかった。何が貴族だ、下らない。

「ゲルリッツ子爵家のザンド様だぞ!!　貴様の首など一瞬《いっしゅん》で飛ばせるぞ!!」

ザンドは豪奢《ごうしゃ》な装飾《そうしょく》が施《ほどこ》された鞘《さや》から剣《けん》を抜《ぬ》き放ち、上段に振り上げながら駆《か》け寄ってきた。蝿《はえ》が止まりそうな遅《おそ》さだ。こんな実力でセントラル冒険《ぼうけん》者学校を受験しようと思ったのか？

「そうですか。では、僕の首が飛ばされる前に貴方の首を飛ばしておきましょうか？」

一瞬で高めた気力をザンドに向けて放ち、威圧《いあつ》する。剣を抜いても上手く手加減できそうにもないし、何より試験官に目を付けられたくなかった。

「あば……ば……お、おまおま……」

幼児の頃《ころ》から気力の鍛錬《たんれん》をしていた僕は、気力の量だけなら相当なものになっていた。そしてその気力を威圧として一身に浴びたザンドは、膝《ひざ》をガクガクと震《ふる》わせ顔面を蒼白《そうはく》にしていった。

「この子に、謝れ」

威圧を解くことなく、ザンドに一歩ずつ歩み寄る。

ザンドは威圧に耐《た》えきれず、遂《つい》に地面に蹲《うずくま》り、更《さら》にはズボンを濡《ぬ》らしてしまった。

「あ、ご、ごめん……なさ、い……もう、しません……ご、ごめんなさいぃぃぃっ……」

ザンドは謝りながら受験会場から走り去ってしまった。

そして静まりかえる空気と、僕に突《つ》き刺《さ》さる無数の視線。

「えっと、じゃあ、僕ももう行きますね、失礼しました！」

何もなかった風に立ち去ろうとするも、後ろからグッと裾《すそ》を引かれた。思わず振り返ると同時に何か柔《やわ》らかいものが顔を包み込む。温かく柔らかい二つの膨らみは僕の頬《ほお》を圧迫《あっぱく》し、呼吸すらままならない状態となっていた。

……色んな意味で死ぬ！

「あの……あ、あ、ありがとうございました!!　ほ、ほんとに怖《こわ》くて……。助けてくれて、本当にありがとうございました……」

僕が何とか巨大《きょだい》で柔らかな凶器《きょうき》から脱出《だっしゅつ》すると、女の子は目を潤《うる》ませていた。

そりゃ、お貴族様にあんなふうに怒鳴《どな》られたら怖かったよな……。

「いえ、無事で良かったです」

安心させるよう微笑《ほほえ》みかけると、女の子はその潤んだ目で僕の目を真《ま》っ直《す》ぐに見つめてきた。

「私、アリアって言います！　……その、お名前を教えていただけませんか⁉」

「アリアさんですね、僕はシリウスです」

「シリウス様……このご恩は忘れません……！」

「いや、様付けはちょっと……。そんな大したことではないので気にしないでください。気を取り直して、お互《たが》いに試験頑張《がんば》りましょう」

「はい‼　助けていただいたご恩を返せるように、絶対に頑張ります‼」

気合いを入れて胸の前で拳《こぶし》を作るアリアさん。彼女の強調された一部分に向けて、周囲の男性の目線が一斉《いっせい》に注がれていたのは言うまでもなかった。

僕は咄嗟《とっさ》に目を逸《そ》らし、そのまま人の目を避《さ》けるようにそそくさとその場から離《はな》れる。

二人の元に戻《もど》ると、何故《なぜ》かジト目で睨《にら》みつけられていた。

「シリウスって問題事に首を突っ込むのが趣味《しゅみ》なの？」

「本当は平穏《へいおん》に過ごしたいんですけどね……。あんなの放っておけないじゃないですか？」

エアさんは少し困った顔をしながらそっぽを向いた。

「……まぁ、そこがシリウスの良いところだとも思うけどね」

「……ありがとうございます」

ツンデレな雰囲気《ふんいき》を醸《かも》し出すエアさんと話をしていると、訓練場の中に声が響いた。

『それでは、筆記試験会場へ移動していただきます。係員の案内に従って移動してください』

■

三時間ほどの筆記試験を終え、実技試験会場に向かう。

筆記試験はどうだったかというと、正直余裕《よゆう》だった。

内容は国の歴史、基本的な魔物の生態や種類、初級の魔術理論などで、どれもこれも子どもの頃に父さんの書斎《しょさい》で読んだ本に書いてあるようなことばかりであった。こんな内容ではきっと僕以外でも満点を取れてしまうだろう。実質的に合否を決めるのは実技試験ということかな。

実技試験会場はかなりの広さがある訓練場であり、所狭《ところせま》しと受験者が待機していた。

訓練場は射撃場《しゃげきじょう》や弓道場のように沢山《たくさん》のレーンとして縦に割られており、その先には球《ボール》状の的が目線くらいの高さに設置されていた。

試験官の話によるとこの的は攻撃《こうげき》や魔術《まじゅつ》の性質を読み取る魔導具で、威力《いりょく》、属性、追加効果などを計測することが可能なのだそうだ。

そのため攻撃が苦手な補助魔術師などでも的に補助魔術をかければその効果を判定し点数となる。また的は近距離《きんきょり》と遠距離の二種類あり、その両方の点数を考慮《こうりょ》して最終的に点数が付けられるのだ。

『解析《かいせき》』でその魔導具を解析しようとしたが非常に複雑な術式が組まれており、何処《どこ》かから魔力が供給されているということとメチャクチャ硬《かた》い素材でできているってことしか分からなかった。壊《こわ》れることはないので最大威力で攻撃を放って良いと試験官が言っていたが、あながち嘘《うそ》でもなさそうだ。

また、意外だったのが時間制限がないということだ。勿論《もちろん》常識的な範囲《はんい》内で……だとは思うが。

時間制限がないということは、実戦では隙《すき》がありすぎて不可能なほど大規模な術式に大量の魔力を注ぎこんだり、時間をかけて『練気』でじっくり気力を充填《じゅうてん》し続けたりできてしまう。技術が未熟な僕であるが、時間をかければある程度の力を引き出すことができる。

時間制限なしというルールは、実践《じっせん》力よりも潜在《せんざい》力を計測したいためなのだろう。

この年齢《ねんれい》まで来ると気力や魔力がこれから飛躍《ひやく》的に伸《の》びることはないが、技術はこれから身につけることができる。器さえでかければいくらでも強く育て上げることができるというわけだ。

――ズガァァァァァァン
考え事をして油断していると、いきなり凄《すさ》まじい爆発《ばくはつ》音が鼓膜《こまく》を揺《ゆ》らした。

音がした方向を見ると、炎《ほのお》に包まれる的と無表情でありつつも口角を少しだけ上げてこちらを見ているロゼさんが目に入った。うん、分かりづらいけどあれはドヤ顔だ。

爆炎が収まると、そこにはヒビだらけの的があった。

「うお、まじかよ!?　すげぇ子どもがいるぞ！」

「あの炎《ほのお》魔術、相当の練度だな……」

試験官はその的を見て目を瞠《みは》り、受験者たちはざわめき始めた。

「もう行ってもいい？」

的を観察して停止している試験管に、ロゼさんは冷静に問いかけた。

「あ、あぁ、行ってよし！」

焦《あせ》りつつ結果を記録する試験官たちをよそに、ロゼさんは興味なさげに去っていった。

「凄まじい魔術だったわね……」

「ですね……流石ロゼさんです」

森の中でしかも前衛がいると、魔術師は最大威力で大魔術をぶっ放すことは難しい。

僕らと依頼《いらい》をこなしている時は相当抑《おさ》えていたのだろう。ロゼさんの本気の魔術に驚《おどろ》いたのか、エアさんのこめかみには一筋の汗《あせ》が流れていた。


先ほどの光景を思い出しながら、自分はどうしようかと思案する。

単純に自分が放つことができる最上級の魔術を放とうと思っていたけれど、爆発したりする派手な魔術だと、ロゼさんのように目立ってしまう。ただでさえ先ほどの事件で変に目立ってしまったのだ、これ以上目立つのは恥《は》ずかしいし避けたいところだ。

またあの的も万能《ばんのう》ではないというところを見ると、貫通《かんつう》する魔術も危なそうな気がする。ないとは思うが万が一貫通した場合、訓練場を損壊《そんかい》させることにもなる。

よくアニメやライトノベルでは試験場を盛大《せいだい》に破壊《はかい》するといったお約束があるが、あんな迷惑《めいわく》で目立つことは絶対に避けたい。

それらのことを考えると、的にピンポイントに衝撃《しょうげき》を当てる魔術であり、なおかつ爆発しない、派手じゃない魔術が望ましい。悩《なや》ましいな……。

そんなことを考えていると、あっという間にエアさんの順番になっていた。

「エアさん、頑張ってくださいね！」

「あ、あぁ。ありがとう、とりあえず全力で挑《いど》んでくるわ！」

前に出て、試験官に近距離の的に誘導《ゆうどう》され、上段に剣《けん》を構えるエアさん。そして『練気』により気力を高めていく。気力の量自体はそこまで多くはないが、綺麗《きれい》と感じるほど繊細《せんさい》な気力の流れは彼女が積み重ねてきた今までの努力の結果を示していた。

エアさんが剣を振《ふ》り上げると、風の精霊《せいれい》シルフィードもソッと剣に手を添《そ》えた。

「ハァッ!!」

エアさんが剣を振り下ろすと同時に、一瞬《いっしゅん》だけ力強い風が頬《ほお》を撫《な》でた。

剣は火花と共に甲高《かんだか》い音を立て、的に小さな傷を付けた。

試験官は感心したような表情をし、すぐに遠距離の的へエアさんを誘導する。遠距離の的の前に立ったエアさんは、またもや上段に剣を構えて目を閉じ神経を集中させはじめた。

シルフィードがエアさんを包み込み、魔力を高めはじめる。エアさんが詠唱《えいしょう》を紡《つむ》ぎ、その強力な風属性魔力が術式へ一気に流れ込んでいく。

「『疾風剣《しっぷうけん》』!!」

エアさんが剣を振り下ろすと、半透明《はんとうめい》の刃《やいば》が風を纏《まと》い高速で射出された。

強風を放ちながらその刃は的に命中し、霧散《むさん》した。

会場からはどこからともなく、感嘆《かんたん》の声が聞こえてきた。

「おぉ……！」

「剣士があれだけの威力の遠距離攻撃《こうげき》を放つとは……やるな」

「あれ、魔術師と遜色《そんしょく》ないレベルじゃないか……？」

それらの声が耳に入ったのか、エアさんは誇《ほこ》らしげな顔をしながら試験場の脇《わき》に移動していった。そしてこちらを見て、頑張れ！　とでも言ってくれているのか、可愛《かわい》くガッツポーズをしている。

よし、次は僕の番だ。エアさんに負けないよう頑張ろう。

「次、受験番号九八七番、シリウス・アステール」

「はい！」

試験官に誘導され、近距離の的の前に立つ。近くで的をよく見ると薄《うっす》らと魔力を帯びているのが分かり、物理的に硬いだけではなく魔術的にも強化されていることが窺《うかが》えた。

「ふぅー……」

深呼吸をし、愛刀『雷薙《ライナギ》』の柄《つか》を握《にぎ》る。『練気』にて気力を高めると同時に、二つの術式に魔力を充填しはじめる。十分に気力と魔力を高め、術式を開放する。

『雷光付与《ライトニングオーラ》』『瞬雷《ブリッツアクセル》』

大量の魔力を込《こ》めた雷《かみなり》属性による強化が二重に掛《か》けられたことにより、激しい放電音を伴《ともな》いつつ紫電《しでん》が周囲を舞《ま》い踊《おど》る。電磁加速砲《レールガン》の要領で刀を超高速《ちょうこうそく》で射出するために、紫電を鞘《さや》の内に抑え込み磁場を制御《せいぎょ》する。

魔力制御を完了《かんりょう》させたところで、全神経を集中し抜刀斬《ばっとうぎ》りを放つ。

それは、刹那《せつな》の一閃《いっせん》。

――キュインッ

刀は、鞘に収まっていた。ただそこに漂《ただよ》う雷の残滓《ざんし》のみが、刀が振るわれたことを物語っていた。

――キンッ

納刀の音が鋭《するど》く響《ひび》き、両断された的が地面に落ちた。切断面は赤く溶解《ようかい》しており、超高温の斬撃《ざんげき》に的が耐《た》えきれなかったことを如実《にょじつ》に表している。

「…………」

試験官が目をひん剝《む》き無言で立ち尽《つ》くす中、僕は全身から噴《ふ》き出してくる冷や汗を必死に抑える。

「いやいやいや何だアレ⁉」

「……あの的、ダメージ受けすぎて弱まってたんじゃないの？」

「いや、俺、速すぎて斬ったことにすら気づけなかったんだが……」

「安心しろ、俺もだ……」

徐々《じよじよ》にざわめきが広がっていく様をひしひしと感じ、思わず頰が引きつる。

……やっべえええええ！　やりすぎた‼　いや、的は凄《すご》い硬いし、全力でやっても斬れないと思っていたのに……まさか斬れてしまうとは……。

流石《さすが》に電磁加速抜刀斬りはやりすぎだったか……？　いや、それとも強化魔術を『開《リベ》放《レイト》』で熱エネルギーに還元《かんげん》して斬撃に乗せたせいか……？　切断面が溶《と》けてたもんな……あんな馬鹿《ばか》みたいな魔力を込めたらいけなかったか……。

いや、一番の原因は『雷薙《ライナギ》』の切れ味だな。そうだ、Sランクの刀なんて使ったら誰《だれ》でもあの的斬れるんじゃないの？　いや、そうに違《ちが》いない。うん、僕は悪くない。

そんな現実逃避《とうひ》をしていると、試験官が現実に戻《もど》ってきたように頭を振っていた。

「……ハッ⁉　ま、的が……斬れただと……？　そんなことって……いや、とにかく急ぎ的を交換《こうかん》せねば……。シ、シリウス・アステール！　とりあえず君は次の遠距離の試験を受けなさい」

「了解《りょうかい》であります」

あまりの動揺《どうよう》に変な受け答えをしてしまいつつも遠距離試験の的へ向かう。

これ以上目立たないためには、手を抜《ぬ》くか……？

いや、先ほどのは『雷薙《ライナギ》』のせいだ、流石に魔術は大丈夫《だいじょうぶ》だろう。手を抜いて試験に落ちたら目も当てられない。

的の前に立ち、術式に魔力を充填しはじめる。使う魔術は派手に爆発したりせず、貫通もしない、的にピンポイントで衝撃を与《あた》える魔術である、アレだ。

術式に魔力が十分に充填される頃《ころ》には、漏《も》れ出した魔力が電気を帯び始め、周辺にバチバチと放電音が響く。

よし、いくぞ。

「『雷神鎚《トールハンマー》』！」

アッパーを打つかのような僕のモーションに追随《ついずい》し、的の下部に発生した雷の鎚《ハンマー》が上空に振るわれる。

――パァンッ

乾《かわ》いた破《は》裂《れつ》音を立てて粉々に砕《くだ》け散る的と共に、雷の鎚《ハンマー》が霧散する。計画通り大きな音や爆発を起こさず、建物に一切《いっさい》の被《ひ》害《がい》を与えず、地味に的を粉砕《ふんさい》した。

そう、唯一《ゆいいつ》計画違いだったのは的が粉々になったことだけであったが、それが一番の問題であった。

「…………は？」

顎《あご》が外れるかと思うほどあんぐりと口を開け呆然《ぼうぜん》とする試験官、そして一拍遅《いっぱくおく》れて周辺がドッと騒《さわ》がしくなった。

「ハァァァアッ!?　魔術《まじゅつ》で消し飛ばし――いや、あり得ねぇだろ!?」

「あいつ、さっき剣でも的を斬ってたよな……一体どうなってんだ!?」

「あの子、何者なの？　もしかして魔族じゃないわよね？」

会場が騒がしくなり様々な視線が僕に突《つ》き刺《さ》さる中、居た堪《たま》れない気持ちになり思わず試験が終わったエアさんとロゼさんの方に視線を向ける。

エアさんは呆《あき》れた顔で首を横に振っており、ロゼさんはフイと目を逸《そ》らした。

な、なんで……。

「あのー……これで実技試験、終わりですよね……？」

とりあえず早くここから去りたい一心で、試験官に声をかける。

僕の声に現実に戻ってきた試験官は、戸惑《とまど》った表情のまま口を開いた。

「あ、あぁ……一次試験合格者発表まで待っていなさい」

「はい、失礼しました」

立ち去る許可を得た僕は、そそくさと皆《みな》の視線から逃《のが》れるように、乾いた笑いを浮《う》かべながらエアさんたちの隣《となり》へ移動した。

「あははは……ちょっとやりすぎちゃいました……」

「あなた……本当に何者なのよ？」

「ただの田舎者《いなかもの》の剣士なんですけどね……」

「ただの田舎者の剣士があんな馬鹿みたいな威力《いりょく》の魔術を使えるなんて、たまったもんじゃないわね」

これ以上追及《ついきゅう》しても意味がないと思ったのか、エアさんはやれやれとため息をついた。

「シリウス、私は会場を壊《こわ》さないように手加減していた。私だって本気を出せば……」

一方ロゼさんは僕をライバル視しているのか、鋭い目をして僕を見上げていた。

あ、ちょっと目が潤《うる》んでる。

周囲では未《いま》だにザワザワと皆口々に先ほどの事件のことを噂《うわさ》しており、いたたまれなくなった僕はそそくさと会場を後にした。

皆好き勝手なこと言って……。誰が化け物だ誰が。僕程度が化け物だったら父さんや母さんは何なんだ、魔王か？

■

その後試験は滞《とどこお》りなく進み、一次試験の合格者発表となった。的をぶっ壊したのでどうなることかと若干《じゃっかん》心配していたが、問題なく合格していて一安心だ。エアさんとロゼさんも合格しており、三人で二次試験に進むことができることを喜ぶ。

ちなみに一次試験では二千人近い受験者から二百人程度まで絞《しぼ》られた結果となった。

次は実戦形式の二次試験である。実戦試験は教師と実戦を行い、戦闘《せんとう》での総合力が評価される。そしてその結果で合否が決められると共にクラス分けが行われる。

クラスは実力別にS、A、B、C、Dの五クラスに分けられており、年末に行われる試験の成績によりクラスが変動するため、たとえ上のクラスに入れても入学後も怠《おこた》らず努力しなければすぐに転落してしまう。

また実技試験は武器や魔術の使用は可能となっている。なんでも魔導具で作り出した擬《ぎ》似《じ》空間で試験を行うそうだ。

そこで致命傷《ちめいしょう》相当のダメージを受けた場合は強制的にその空間から退場させられ、身体は戦闘前の状態に戻され怪我《けが》等のダメージは負わないのだ。ただし疑似空間から出るまでは痛みは感じるらしいので、戦闘中の体感は実際の戦闘と変わらないのだとか。

こういうところはオーバーテクノロジーだよなぁ。

そうこうしているうちにエアさんの順番となり、試験官から名前を呼ばれた。

『受験番号九八六番、エア・シルフィード。闘技場へ上がりなさい』

「エアさん、頑張《がんば》ってください！」

「エアなら余裕《よゆう》、がんばれ」

「うん、二人ともありがとう」

エアさんは若干緊張《きんちょう》した表情で、ぎこちなく笑い闘技場へ上がっていった。

「それでは実戦試験、開始!!」

開始の号令と共に、エアさんと試験官が『練気』により気力を高めはじめる。

「『風纏《ウィンディア》』」

シルフィードが風となりエアさんの周囲に纏われる。風魔術により加速したエアさんはまるで風のように軽《かろ》やかに地を蹴《け》り、一瞬《いっしゅん》で試験官に迫《せま》る。

接近と同時に凄《すさ》まじい強風を叩《たた》きつけられた試験官は目を開けておられず、思わず腕《うで》で目を覆《おお》ってしまう。エアさんはその隙《すき》を逃さず一瞬で背後に回り込み、流れるように剣《けん》を叩き込んだ。

剣と剣のぶつかり合う甲高《かんだか》い金属音が会場に響き渡《わた》る。

気配により位置を把握《はあく》していたのか、試験官はエアさんの攻撃《こうげき》に剣を滑《すべ》り込ませ攻撃を防いでいた。それのみならずエアさんの剣を上方に弾《はじ》き、空いた胴《どう》に強烈《きょうれつ》な蹴りを放った。

身に纏《まと》われたシルフィードが風の防御《ぼうぎょ》を展開していたが、威力を殺しきれなかったのかエアさんは苦しそうに呻《うめ》きながら後方に弾き飛ばされた。

「ぐっ……！」

すかさず地を蹴り、その着地に合わせて剣を振《ふ》る試験官。エアさんは速さでは若干上回っており、剣を躱《かわ》し試験官の死角に回り込みながら剣撃を放つ。

しかし試験官も凄まじい反射神経でエアさんの剣に難なく合わせていた。

──ガンッ　ギンッ　ギンギィンッ！

幾度《いくど》も交わる剣。防ぎ、返し、躱し、返す。

力で勝《まさ》る試験官、速さで勝るエアさん。互《たが》いに決定打が入れられずにいた。

――ッギインッ
幾度目かの剣の交わりで、エアさんが大きく距離《きょり》を取る。

「ハアッ！　『疾風連斬《しっぷうれんざん》』!!」

エアさんは実技試験で放った風の刃《やいば》を大量に放ち、それらの刃に紛《まぎ》れて一気に接近する。

「くっ……やるな！　『ラウンドスラッシュ』！」

試験官が剣を円形に振るうとその円の内側に気力の膜《まく》が張られ、無数の風の刃を防ぐ。

魔術も使わずあんなことができるのか……面白《おもしろ》い技術だな。

しかし試験官が前面から放たれる風の刃を上手《うま》く防いでいる隙に、エアさんは華麗《かれい》に空に舞《ま》い上がり狙《ねら》いを定めていた。

「『疾風剣』！」

試験官の頭上でエアさんが特大の風の刃を放つ。

「何ッ……!?　くッ!!　『グレイスラッシュ』!!」

風の刃が試験官に直撃するかと思われた瞬間、試験官が極大の気力を剣に込《こ》めて頭上に放った。凄まじい気力を纏い長大になった剣は、風の刃をのみ込みエアさんに迫る。

「ウィン……!!」

防御魔術を展開する間もなく剣撃はエアさんをものみ込み、エアさんは闘技場から退場させられていた。強制退場させられたエアさんは、地面に蹲《うずくま》って息を整えていた。

「ハァ……ハァ……」

やはり現実で死なないとはいえ、臨死体験は結構精神的にクるのだろう。

「エア・シルフィード、試験は終了《しゅうりょう》だ。まさか入学前のヒヨッコに『グレイスラッシュ』まで使わされるとは思わなかった。最後の攻撃は素晴《すば》らしかったぞ」

「ありがとう、ございます」

「試験結果は楽しみにしていて良いぞ」

確かに、素晴らしい戦いだった。

風魔術による身体強化と、攻撃速度。そして戦闘の中で正確にあの風の刃を放つ技量。パワー不足と剣技の練度不足は否《いな》めないが、それを補って余りある攻撃の多彩《たさい》さと素早さは、他の受験者より抜《ぬ》きん出ているように見えた。

試験官が全力を出していなかったとはいえ、入学前の若者が試験官をあそこまで追い込んだということは凄《すご》いことだと思う。

最後に試験官が放った『グレイスラッシュ』は試験官の内包している気力の半分近くが放出されており、必殺技《わざ》クラスのスキルだったと思う。危険を感じ、本当に咄嗟《とっさ》に放ったのだろう。

エアさんはそれでも納得《なっとく》がいかなかったのか、足取り重く帰ってきた。

「エアさん、お疲《つか》れ様《さま》です。大丈夫《だいじょうぶ》ですか？」

「……あの試験官、本当に強かった。もっとやれると思ったんだけどな」

「志が高いのは良いことだと思いますが、試験官相手にあそこまで立ち回れたのは凄いと思います！　絶対合格ですよ！」

「うん、よくやった。ここまで剣術と魔術の練度が高い魔剣士は中々いない」

「二人とも、ありがとう。二人は心配ないと思うけど、頑張ってね」

「はい、全力で頑張ります！」

「余裕」

「……試験官が可哀想《かわいそう》になってきた」

「え、今何か言いました？」

「プッ……なんでもないなんでもない。気にしないで」

「気になるなぁ……」

よく分からないけどエアさんに笑顔《えがお》が戻《もど》ってよかったとほっとしていると、背後から凄まじい魔力を感知し、即座《そくざ》に振り返る。

「!?」

エアさんとロゼさんも気づいたようで、あまりの魔力の大きさに少し震《ふる》えている。

その凄まじい魔力の発生源は、佇《たたず》む一人の幼女であった。異常なほどに顔が整った幼女は金髪《きんぱつ》ロングヘアーをたなびかせ、不敵な笑みを浮かべていた。

「ふふん。お主がシリウス・アステールじゃな。確かに、魔力の質が雷小僧《かみなりこぞう》と似ているの」

雷小僧……父さんのことか……？　幼女に自分の父親が小僧と呼ばれることに違和感《いわかん》を覚えつつも、そうであろうと変な確信があった。

「……あなたは、どなたですか？　父のお知り合いですか？」

そう尋《たず》ねると、幼女は意外そうに片眉《かたまゆ》を上げ、楽しそうに笑った。

「ふははっ。雷小僧の息子《むすこ》にしては随分《ずいぶん》と礼儀《れいぎ》正《ただ》しい子じゃな。一次試験で『解析球』を二つも壊したというからもっとヤンチャ坊主《ぼうず》だと想像しておったが……中々に良い。妾《わらわ》はベアトリーチェ・ウィザードリィ。お主の父親の試験官をした者じゃ。そして、お主の試験官でもある」

この幼女が、父さんの試験官だった……？　一体何歳なんだ？

様々な疑問が渦巻《うずま》く中、幼女は不敵に宣言する。

「さぁ、シリウス・アステールよ、闘技場に上がるのじゃ。試験《やりあおう》をしてやろう」

闘技場内に入るとベアトリーチェさんの濃密《のうみつ》な魔力が満ちており、冷《ひ》や汗《あせ》が頬《ほお》を伝う。

驚《おどろ》くことに、あの母さんを超《こ》えた威圧感《いあつかん》を放っている。

「では、これから試験を開始するぞ。遠慮《えんりょ》せず殺《ヤ》す気でくるんじゃな」

「……はい」

まずは『雷光付与《ライトニングオーラ》』と『練気』により、身体能力を強化する。そして牽制《けんせい》に、思い切り魔力《まりょく》を込めた『雷弾《サンダーバレット》』を大量に射出した。

小さな雷球《サンダーボール》が多方向から彼女を襲《おそ》う。

「ほう、『雷球《サンダーボール》』……いや違《ちが》うな、ただ小さいだけではないようじゃな」

彼女は勿論詠唱破棄《もちろんえいしょうはき》で片手間に発動した『風障壁《ウインドバリア》』で『雷弾《サンダーバレット》』を全《すべ》て防ぎつつ、こちらの攻撃《こうげき》を分析《ぶんせき》してくる。

「ふむ、『雷球《サンダーボール》』とは貫通《かんつう》力も射出精度も段違いじゃな。回転をかけておるのか……消費魔力を軽減した上で効果を上げるとは、これは面白い魔術じゃな」

そう的確に分析した彼女は手を前に突《つ》き出し、二十程《ほど》の極小の『雷球《サンダーボール》』を作り出した。

「これをこうして、こうじゃな」

そしてそれらを高速で回転させ、射出してきた。そう、『雷弾《サンダーバレット》』だ。

「初めて見た魔術を瞬時に再現……ッ!?」

自らに迫る『雷弾《サンダーバレット》』を刀で弾きながら、驚愕《きょうがく》に目を瞠《みは》る。いくら簡単な魔術とはいえその特徴《とくちょう》や術式を一度見ただけで捉《とら》え、それを再現するなんて尋常《じんじょう》ではない技量だ。

お返しに今度は『雷槍雨《ライトニングレイン》』を放ち雷の槍《やり》を降らせる。術式にはかなりの魔力を込めており、威力だけなら上級魔術並みのはずだ。

彼女は魔術師のようなのでまずは弾幕《だんまく》により隙《すき》を作り、そこを刀で切り込んで接近戦に持ち込みたいところなのだが……この程度で隙ができる相手ではなかった。

彼女は少し退屈《たいくつ》そうな顔をし、一歩も動かずに手を振《ふ》り何らかの魔術によって全ての攻撃を消滅《しょうめつ》させた。黒い魔力……闇《やみ》属性魔術か。また珍《めずら》しい魔術を……。

「確かにお主の魔力、精神力、共に凄《すさ》まじいものじゃ。しかしその程度の魔術が妾に通じるとでも思っておるのか？」

もとより魔術戦では敵《かな》わないと分かっているので、接近戦に持ち込むための牽制のつもりだったが……この程度では牽制にもならないということか。

「お主の攻撃はちと直線的すぎる。牽制するならこれぐらいはやらないとな」

そう言うと彼女は複数の『雷光《ライトニングレイ》』を放ってきた。貫通力が高いため障壁《しょうへき》や刀での防御《ぼうぎょ》は危険だと判断し回避《かいひ》すると、唐突《とうとつ》に目前で屈折《くっせつ》し僕の動きに追随《ついずい》してきた。

「な!?」

集中し魔力感知に意識を割《さ》くと、空中に隠蔽《いんぺい》魔術が施《ほどこ》された無数の魔術障壁が展開していた。

そうか、この小さな障壁で『雷光《ライトニングレイ》』を反射させて僕の動きに追随させていたのか！

それにしても、この数の『雷光《ライトニングレイ》』を的確にこちらに反射させるような角度へ瞬時に障壁を調整しているとは凄まじい技量だ。しかしそれなら対処が可能だ！

『瞬雷《ブリッツアクセル》』により思考を超加速《ちょう》させ、『雷光《ライトニングレイ》』をギリギリで回避《かいひ》。加速した思考の中『雷光《ライトニングレイ》』を縫《ぬ》うように避《さ》ける僕を狙《ねら》って障壁が構築されていく瞬間を見切る。

「そこだ！」

刀を一閃《いっせん》させ、僕の方向へ反射させる障壁を切断。障壁を失った『雷光《ライトニングレイ》』は彼方《かなた》へと消えていった。

後方の憂《うれ》いを断《た》ち、そのままの勢いで一足飛びに距離《きょり》を詰《つ》める。あまりの速さに視認《しにん》できていないのか、驚愕の表情を浮《う》かべた彼女を一刀で斬《き》り伏《ふ》せる。

……しかし振るった刀に手応《てごた》えはなく、彼女の姿が霧散《むさん》した。『虚像《イリュージョン》』か⁉

気付いた瞬間に足下《あしもと》に魔術発動を感じて咄嗟に飛び退《の》くと、大量の『土槍《グランドランス》』が足下から突き上げてきた。

空間全体に濃密な魔力が充満《じゅうまん》しているせいでほとんど機能していない魔力感知に神経を集中させると、上空からこちらを俯瞰《ふかん》している彼女に気がついた。

「ほう、今のを躱《かわ》すか……。くっくっくっ、中々面白《おもしろ》い小僧じゃ……」

とことん中遠距離を維持《いじ》する戦い方、やはり典型的な魔術師だ。この人に勝つためには距離を詰め、しつこく接近戦を仕掛《しか》けるしかない。

再び地を蹴《け》り接近しようとするが、魔術による弾幕に妨害《ぼうがい》され中々距離を詰めることができない。

「はははは！　ほら！　ほらほら！　こっちじゃぞ！」

ベアトリーチェさんは飛翔《ひしょう》魔術を駆使《くし》して上下左右を舞《ま》うように回避していく。

このままだと埒《らち》が明かない、まずは回避方向を限定させる。

本来は単体の敵に使う魔術ではないのだが、彼女に避けさせるにはこれくらいしないとダメだ！

『雷神の裁き《トールジャッジメント》』

父さんから受け継《つ》いだ上級広域戦術魔術である『雷神の裁き《トールジャッジメント》』は、広範囲《こうはんい》に強力な雷を降り注がせる魔術だ。その攻撃《こうげき》範囲はこの闘技《とうぎ》場全てを軽く網羅《もうら》する。

この雷の嵐《あらし》の中での飛行は自殺行為《こうい》であり、地を這《は》うように回避するしかあるまい。

予想通り高度を落とし回避方向が絞《しぼ》られた相手の動きを読むのは容易なことであった。

ひょいひょいと雷を躱すところへ高速で迫《せま》り、一閃。

彼女はバックステップで距離を取りつつ、いつの間にかその手に纏《まと》っていた鉤爪《かぎづめ》のような魔術で刀を往《い》なした。

――ギィンッ
「ふはっ！　やるではないか！」

バックステップで雷を避けつつ距離を取ろうとする彼女に追いすがるように連続で剣撃を叩《たた》き込む。速さに関してはほぼ互角《ごかく》、ならば。

『瞬雷《ブリッツアクセル》』で瞬時《しゅんじ》に超加速し、死角に踏《ふ》み込み必殺の一撃を叩き込む。

実技試験と同じように付与魔術を『開放《リベレイト》』した超高速の抜刀斬《ばっとうぎ》りである。死角に潜《もぐ》り込んでの一閃は、右手の鉤爪での防御では間に合わないはずだ。

――パキキキキキッギャリィィインッ
しかしその致命傷《ちめいしょう》を確信して放った一撃は、見えない壁《かべ》によって防がれていた。

五枚ほど薄《うす》い板のような物を切り裂《きさ》いた刀だったが、彼女の目前でその勢いは完全に止められていた。

「「なッ!?」」

僕と彼女が共に驚愕の声を上げる。

魔力による障壁……⁉　しかし、何の属性魔力も感じなかったぞ⁉　もしかして、属性を介《かい》さない魔術か……？

必殺の一撃をノーモーションで防がれ驚愕した一瞬を突き、ベアトリーチェさんが反撃の爪を振るう。咄嗟《とっさ》に後ろに回避した瞬間、鉤爪が急に延伸《えんしん》し射程が伸《の》びた。

「うぉぉぉっ！」

魔力で出来た鉤爪だ、伸びたり縮んだりしてもおかしくはなかった。

本来は想定できたはずのそれは、咄嗟の回避で考慮《こうりょ》できていなかった。

胸に鉤爪が食い込む感触《かんしょく》を感じつつ、『瞬雷《ブリッツアクセル》』を纏い超加速したバックステップで致命傷を避ける。鉤爪に胸を深くえぐり取られ急速に流れ落ちる血と時間が喪《うしな》われていくことを悟《さと》り、必死に思考を巡《めぐ》らす。

先ほどの魔術障壁は恐《おそ》らく、予《あらかじ》め張っておいたものだろう。全部で何層かは不明だが、先ほどの一撃で五層は突破《とっぱ》している。

恐らくそれは直《す》ぐに修復されるだろう。そしてこの傷ではもう、先ほどの一撃以上の攻撃を放つことは不可能だし、そんな隙を作るのも難しい。

今、この瞬間しかない。障壁が破られ、咄嗟に放った反撃が当たり、気が緩《ゆる》んでいる可能性がある今しか。

瞬《またた》きの思考の中で決断し、追撃のため残りの全魔力を絞り出す。

そして放つ、自身の持つ単体攻撃最強の魔術を。


「『雷極砲《アブソリユートスパーク》』」


前に突き出した両の手から、眩《まばゆ》い雷光《らいこう》が放たれる。その光は一瞬で彼女を包み込んだ。

光に包まれる瞬間、彼女の口角が吊《つ》り上がったように見えた。


「ハッ……ハァ……」

三十秒程経《ほどた》ち、彼女に叩きつけていた光の奔流《ほんりゆう》が霧散していく。

地に膝《ひざ》をつき、霧散していく魔力を見つめる。胸の傷口からは多くの血が流れ、魔力のほとんどを使い切り、もはや動ける状態ではなかった。

「ふ……ふふふ……ふははははは！　よもやこんなヒヨッコがここまでやろうとはな！

くふふふ……面白い、面白いぞシリウス！」

そこには虹色《にじいろ》の光を纏い、汚《よご》れ一つなく笑うベアトリーチェさんが立っていた。

あの光は……まさか、七属性合成──ッ!?

「誇《ほこ》るが良い。我が『虹《にじ》』をその身に受けることを」

次の瞬間には僕の視界は虹色の光に包まれており、為《な》す術《すべ》なく闘技場から退場させられていた。

「「うおおおおぉぉぉぉ!!」」

闘技場からはじき出されると、外は歓声《かんせい》に満ちていた。

「凄《すご》かったぞ!!」

「いい戦いだった！」

「こんな戦い見れるなんて俺、それだけで満足だ」

「ロリババァハァハァ」

「シリウスー！　よくやったー！」

試験官、受験生が共に大規模な魔術戦に見入っており、試験会場内は白熱していた。

そんな大歓声が耳に入るが、それよりも傷一つつけられず負けたことの悔《くや》しさ、そして魔力の枯渇《こかつ》により大の字に横たわって動けないでいた。

「一丁前に悔しそうな顔しとるの。勿論《もちろん》妾《わらわ》には敵うはずもないが、まぁそれなりではあったぞ。妾の『七重衣《セブンスドレス》』を五層も破ったのじゃ、そんなに落ち込むことはない」

「……それでも、悔しいですよ。傷一つつけられないなんて」

「ふっ、男の子じゃの。まぁ試験結果を楽しみにしとるんじゃな」

ベアトリーチェさんがポンポンと頭を叩いて去っていく。それと入《い》れ替《か》わりにエアさんがやってきて、手を差し伸べてくれた。

「いつまで寝《ね》てるつもり？　ほら、立たせてあげるから」

「……エアさん、ありがとう」

「あんな凄い戦いしてそんな辛気《しんき》臭《くさ》い顔してんじゃないわよ。か、かっこよかったわよ」

そう言って顔を赤らめるエアさん。慰《なぐさ》めるために無理してお世辞を言ってくれているんだろう。

「はは、そうですね、ありがとうございます。もう大丈夫《だいじょうぶ》です、行きましょうか」

「な、なによその反応！」

「え？　何がですか？」

「もう……なんでもないわよ！　ほら、先に行くわよ！」

エアさんはフイと顔を背《そむ》け、足早に歩いていってしまった。

■

数日後、エアさんとロゼさんと一緒《いっしょ》に試験結果発表を見に、再び学校を訪《おとず》れていた。

「はぁ……受かってるかしら……」

「……私たちが受からないわけがない」

「受かってるといいですねー」

心配そうなエアさんと自信満々なロゼさん、正反対の様子で結果発表会場へ向かう。きっと僕ら三人は受かっているだろうと思いつつも、やはり心配な気持ちは残る。

「……九八五、九八六、九八七……あった！　あったわよ!!」

「やりましたね！」

やはり三人とも受かっており、ハイタッチをする。

「クラスは……Sクラスね。まさか私までSクラスになるなんて……」

「Sクラスかぁ……実感ないですね。それに六人しかいないんですね」

「……当然の結果」

エアさんは顔を赤く染めてはしゃぎ、ロゼさんも平静を装《よそお》いつつ口元が少し緩んでいた。

それにしても、二人と同じクラスになれたのは幸運だった。クラスの人数が少ないから、友達を作りそこねると地獄《じごく》だからな……。

「さて、宿に帰って移動の準備をしましょ。今日から寮《りょう》に移動しなくちゃいけないし」

「そうですね」

そう、セントラル冒険《ぼうけん》者学校は完全寮制なのだ。

ちなみにSクラスとAクラスのみ個室となっており、それ以下はルームシェアと中々にシビアだ。Aクラス以上は人数が少なく、それ以下のクラスは人数が多いためらしい。

ちなみに今年のSクラスは六人、Aクラスは十人であった。


ロゼさんと別れてエアさんとネコ亭《てい》に帰り、荷物をまとめて寮へ移動する。

寮母さんに案内された部屋は、高級ホテルの一室のようであった。風呂《ふろ》トイレが部屋に付属しているのは勿論《もちろん》、キッチン・ダイニング、リビング、寝室《しんしつ》、そしてトレーニング室と凄《すさ》まじい充実《じゅうじつ》っぷりであった。

「これが国内トップの冒険者学校の設備か……」

あまりの部屋の広さにひとりごちる。正直、一人でこれだけの広さを与《あた》えられても……と戸惑《とまど》いを感じなくもない。トレーニング室があるのは嬉《うれ》しいが、ネコ亭くらいの広さでちょうどよかったなぁ。

一人部屋にいても退屈《たいくつ》なので学内を探索《たんさく》してみようと部屋を出ると、廊下《ろうか》で見たことがある女性と遭遇《そうぐう》した。

「あっ！　あなたは……！」

「アリア……さん？」

そう、入学試験で高慢《こうまん》な貴族に絡《から》まれていた透《す》き通った空のような色のロングヘアーを持つ女の子、アリアさんであった。アリアさんは目を見開き口を押さえ、こちらを凝視《ぎょうし》して固まっていた。

「入学試験合格おめでとうございます。と、この階にいるということはもしかしてアリアさんも？」

「シ、シリウス様、先日はありがとうございました。はい、シリウス様と同じくSクラスに入ることができました！」

「そうですか！　これからよろしくお願いしますね」

「……はいっ!!」

アリアさんは花が咲《さ》いたようにパッと笑顔《えがお》になった。

「シリウス様の試験、拝見しました。あの……とてもかっこよかったです……！」

頰《ほお》を赤らめながらお世辞を言ってくれるアリアさん。

お世辞とは分かっていても可愛《かわい》い女の子に直球で褒《ほ》められると照れてしまい、なんとも言えず頰を搔《か》きながら軽く微笑《ほほえ》む。

「あ、ありがとうございます……。ところで、その様付けはやめませんか？　僕ら同級生になりますし、呼び捨てでも構いませんよ」

「えええっ⁉　私を助けてくださったシリウス様を呼び捨てなんて恐れ多いです……！」

アリアさんがあまりに恐縮《きょうしゅく》しており、思わず苦笑いが漏《も》れる。でも同級生だし、様付けは上下関係があるみたいで嫌《いや》なんだよなぁ。

「そっかぁ……アリアさんはそんなに距離《きょり》を取りたかったんですね……寂《さび》しいですが、仕方ないですね……」

「え⁉　いやその‼　ううぅ……シリウス……くん……」

「ふふ、ありがとうございます」

計画通り！

ニヤリと笑う僕を、アリアさんは少し恨《うら》めしそうな嬉しそうな複雑な表情で見つめてはにかんでいた。

「あっごめんなさい、今荷運び屋の方をお待たせしているんでした……。シリウス……くん、明日からよろしくお願いします！」

「はい、こちらこそよろしくお願いします」

アリアさんは笑顔を咲かせ、軽くスキップしつつ去っていった。

第六章◆迷宮探索

「これから一年、諸君の担任教官を務めるディアッカ・オーディナルだ、よろしく。Sクラスである諸君は、今年の受験者の中では上位の能力を持つ者たちだ。しかし個の能力の高さと冒険者としての優秀《ゆうしゅう》さは別物だ。諸君には優《すぐ》れた冒険者、具体的にはSランク冒険者を目指して成長していってもらいたいと思う」

背中に剣《けん》を背負い、引き締《し》まった肉体に自然と流れるような気力を身に纏《まと》う担当教官は、エアさんの実戦試験の試験官をしていた人であった。

佇《たたず》まいだけで、その近接戦闘《せんとう》での練度の高さがうかがえる。

「さて、俺は担当教官兼《けん》武術教官だ。魔術師《まじゅつし》志望の者も、一年目だけは武術授業を受けてもらう。逆に剣士志望の者も一年目は魔術授業を受けてもらう。パーティを組む時に他のメンバーの動き、強み弱み等を理解していないと連携《れんけい》なぞとれんからな。それでは、初日だが簡単な自己紹介《しょうかい》をしたらすぐに授業に入ろう」

前世の学校では初日は大概《たいがい》授業なしでホームルームだけとかであったが、こちらの学校ではそんなことお構いなしのようだ。

まぁ個人的には効率的で嬉しいから問題ない。

「では、右前のアリアから順番に、サクッとな」

ディアッカ教官が指名するとアリアさんはすぐに立ち上がり、緊張《きんちょう》した様子で袖口《そでぐち》をぎゅっと摑《つか》んで顔を上げた。

「ア、アリア・ファルマシオンですっ。薬術師ですが、水魔術も多少は使えます。よろしくお願いします……！」

アリアさんが透き通る水色の髪《かみ》をサラリと流しつつ小さく頭を下げ着席すると、ロゼさんは相変わらずのクールな表情でゆっくりと立ち上がった。

「ロゼ・クリムゾン。炎《ほのお》魔術師。よろしく」

非常にシンプルな自己紹介。というか自己紹介自体に興味がなさそうである。本当にストイックな子だな。

ロゼさんがさっさと座り、代わって隣《となり》のエアさんが颯爽《さっそう》と立ち上がった。

「エア・シルフィードよ。風魔術と剣術が使えるわ、よろしくね」

凛々《りり》しくサクッと自己紹介したエアさんを、アリアさんは憧《あこが》れの眼差《まなざ》しで見つめていた。

エアさんはコミュ力高いもんなぁ、かっこいいよね。

エアさんが座り、その隣の僕が立ち上がる。

「シリウス・アステールです。雷《かみなり》魔術と剣術がメインです、よろしくお願いします」

小さく頭を下げ席に座ると、隣の席にいる凄まじい筋肉量を誇《ほこ》る金髪《きんぱつ》の男性が立ち上がった。あまりの質量にブワッと小さく風が頬を撫《な》でる。

……この人、本当に新入生？

「我が名はムスケル・アブドミナルである！　戦闘手段はこの肉体のみである！　よろしく頼《たの》み申す」

ムスケルはバッキバキのポージングをキメ、筋肉をこれでもかと主張してからゆっくりと席に座った。あまりの質量にまたもや風が頬を撫で、椅子《いす》が軋《きし》みを上げている。

一人だけキャラ濃《こ》すぎるだろ。

そんなムスケルの様子をみてうんざりしたような表情をしつつ、細身長身で赤髪の青年が気だるげに立ち上がった。

「あー、ランスロット・ヴァンデラー。見ての通りの槍術士《そうじゅつし》だ。まぁ、よろしく頼むわ」

ランスロットはポリポリと頭を掻き、どかっと席についた。一見やる気がなく隙《すき》だらけのようであるが、気力の流れを見るに油断なく周囲に気を張っているようであった。

背負っている槍《やり》からも濃厚《のうこう》な魔力が感じられる、恐《おそ》らく魔槍というやつだろう。

「よし、それでは授業を始める。本日は近接戦闘の初歩、気力について授業を行う」

ディアッカ教官は、丁寧《ていねい》な文字で黒板に書き込みはじめた。

「まず気力というのは周知の通り人によって大小の違《ちが》いはあるが、必ず存在するものだ。魔力との違いは、自らの身体《からだ》から生成する力であるということだな。身体から生み出される気力は、特に身体への影響《えいきょう》、身体能力の強化に非常に適した力だ。そして気力の扱《あつか》いは近接職には勿論、魔術職の者もある程度身に着けるべき技能といえる。非常事態に少しでも気力を扱えるかどうかで任務の成否が大きく変わってくる。ということで、まず純粋《じゅんすい》な魔術師であるロゼとアリアについては気力の感知と操作を身に着けてもらう」

ロゼさんとアリアさんは近接戦闘を全くしてこなかったため気力の操作ができず、また気力も非常に少ないようであった。

一般《いっぱん》的な魔術師は魔術の鍛錬《たんれん》のみを行うため、仕方ないことなのであるが……きっちり魔術師にも気力の扱いを身に着けさせるとは、流石《さすが》セントラルだ。

その後、魔術師のロゼさんとアリアさんは簡単な気の説明を受けた後、補助教官に授業を引き継《つ》がれていった。

一方近接戦闘を行う残りの四人はディアッカ教官の講義が続いていく。

「さて、次は近接職の諸君だ。先日の模擬《もぎ》戦である程度の力を測らせてもらったが、今回は各々《おのおの》の限界を測るぞ。それによってトレーニングの方向性も変わってくるからな」

ディアッカ教官はそう言うと、小さめのベルトのようなものを取り出した。

「こいつは放気鉱という鉱石を素材に作った、纏った気力が発散する装備『放気枷《ほうきかせ》』だ。こいつを腕《うで》や脚《あし》につけて『練気』を行使したり、組み手をしたりすれば気力を底上げするトレーニングとなる。今回はそうだな……とりあえず両手両足につけて『練気』を行ってもらおうか。これで気力の限界値を計測するぞ」

放気枷を手に持つとずっしりとした重さを感じられた。

普段《ふだん》から身に纏っている僅《わず》かな気力も吸収されていく。これは中々面白《おもしろ》い装備だな……。

普段遣《づか》いに欲《ほ》しいくらいだ。

皆《みな》おずおずと放気枷を装着すると、教官は砂時計を机の上に置いた。

「よし、それでは『練気』を開始しろ」

皆それぞれに気力を練り上げ、身に纏い始める。しかし身体に纏った途端《とたん》にドンドンと放気枷に吸収され発散されていく。

僕とムスケルは放出量が多いからか若干《じゃっかん》纏った状態を維持《いじ》できているが、エアさんとランスロットはほとんど纏えていないところを見るに、恐らく放出量が少ないんだろうな。

「うっ……くっ……結構、きついわね……」

「あぁ、しっかしお前らは随分余裕《ずいぶんよゆう》そうだなッ……」

ランスロットが恨《うら》めしそうにこちらを眺《なが》めてくる。

うん、正直まだまだきついって程《ほど》ではないんだよな。むしろ母さんとの鍛錬の方が気力がガンガン削《けず》られていたくらいだ。

「お二人は筋肉が足りないのではないですかな？」

一方ムスケルも余裕そうな表情である。気力と筋肉は関係ないが。

そして砂時計の砂が全《すべ》て落ちる頃《ころ》、恐らく三分程度だろう、エアさんとランスロットは玉のような汗《あせ》を噴《ふ》き出し膝《ひざ》をついて息を荒《あら》げていた。

「ハァ、ハァ……もう……無理ィ……」

「俺も、もうきついぜ……」

ディアッカ教官が砂時計をひっくり返すと共に二人は『練気』を解き地面に横たわった。

「ふむ、毎年のSランク生徒の平均と同程度だな。しかし近接一人構成で迷宮《ダンジョン》に潜《もぐ》るのはちょっと厳しい気力量だな。気力は近接職の土台だ、もう少し気力の基礎《きそ》鍛錬に時間を割《さ》いたほうがいいな。そしてムスケル、シリウス、お前たちはあと二つ追加だ」

ディアッカ教官はエアさんとランスロットから放気枷を外し、僕らに二つずつ渡《わた》してきた。両手に追加でつけるとすぐに、ムスケルが呻《うめ》き声を上げ膝をついた。

「む、おぉ……これは中々……」

ムキムキの筋肉達磨《だるま》が膝をつくという異様な光景に思わず吹き出しそうになるのを堪《こら》える。ランスロット、倒《たお》れたまま腹を抱《かか》えるな。

ムスケルは苦しそうだが、正直僕はまだまだ余裕である。

身体に一定の気力を纏わせておくよう気力の調整をしていると、ディアッカ教官とふと目線が交差した。

「……シリウス、お前は更《さら》に四個追加だ」

「えっ⁉」

どういうこと⁉　いきなり四個⁉

ディアッカ教官は真面目《まじめ》な表情のまま余った放気枷を四個渡してくる。その様子を他の皆は目を丸くして見ていた。

仕方なく受け取った放気枷を装着。これで両腕に二個ずつ、両足に三個ずつの放気枷が装着された状態である。僕がそれらをつけた頃には、ムスケルは大の字になって地面に寝《ね》転《ころ》がっていた。

「むっふぅぁああ！　これは、中々に辛《つら》いであるな……！　気力の枯渇《こかつ》がここまで辛いとは思わなかったのである！」

え、気力の鍛錬って基本的に気力を失うまで消費するものじゃないの……？

最近は枯渇するのにも時間がかかるからあまりやらなくなっているけど、子どもの頃から枯渇させていたから慣れてしまったんだけど……。

うんうんと頷《うなず》きあう三人を見て疎外《そがい》感を感じつつ、気力を纏い続ける。これくらい装着すると、まぁまぁ激しい戦いをしている時ぐらいは消費するな……。まだまだ枯渇する気配はないけど……。

「ところで、シリウス殿《どの》は辛くないのであるか……？　全く表情に変化がないように思えるのであるが……」

「そうですね、もうちょっと行けそうです」

僕がそう答えると皆が驚愕《きょうがく》の表情を浮《う》かべた。

「嘘《うそ》でしょ……？　強いとは思ってたけど、ここまで違うものなの……？」

「あんなに気力が吸収されるってのに、それで平然としてるって流石におかしいだろ⁉」

倒れたまま盛り上がるクラスメイトたち、皆まだまだ余裕あるのでは？

そしてそのまま砂時計が数度裏返った頃、ディアッカ教官は眉間《みけん》に皺《しわ》を寄せて僕を睨《にら》んでいた。

「シリウス……今、調整して放出しているだろ？」

「はい、そうですね」

僕が答えると、ディアッカ教官は眉間を揉《も》みほぐし目を細めた。時間をかけすぎて疲《つか》れてしまったのだろうか。

「……だよな。もう調整はしないでいい、全力で放出してくれ」

「分かりました」

今まで、戦闘《せんとう》で最低限必要な気力量を身に纏うように調整していたが、出力を最大にして『練気』を行う。身体から気力が噴き出し、最大の身体強化が発動。

「――ッ!?　ここまでか……!?」

ディアッカ教官は口に手を当て、見極《みきわ》めるような厳しい視線をこちらに向けていた。

これでも時間がかかりそうだな、どうしようか……と思っていると、放気枷からミシミシと軋むような音が鳴り始めた。

「あの、教官……」

教官に報告しようと手を上げた瞬間《しゅんかん》、手足に装着していた放気枷が一斉《いっせい》に粉々になり宙を舞《ま》った。

その様子を、目を瞠《みは》り眺める一同。

「う……とりあえず、シリウスについては気力量が十分だってことは分かった……」

ディアッカ教官はそう言うと、放気枷の粉を集めハンカチに包んでいた。

「貴重な放気鉱が……。こんなこと教官会議で信じてもらえるか……？」

小さくそう呟《つぶや》くディアッカ教官の声と同級生たちからの視線は、目を逸《そ》らして気づかなかったことにした。

■

「今年一年、諸君の魔術《まじゅつ》教官を務めるアレキサンダー・グラウマンだ、よろしく頼む。さて、諸君の中には魔術師もおれば剣士《けんし》もおるが、今年一年は関係なく魔術の授業も必修科目になっておる。どんな戦闘方法でも最低限の魔術技能と知識は必須《ひっす》だからの。気力が枯渇した時、魔術を使う魔物と対峙《たいじ》した時に、魔術の基礎知識があるかが生死を分けることがとても多い。魔術師じゃないからと気を抜《ぬ》くんじゃないぞい」

皆《みな》真剣な表情で頷いている。

ムスケルが隣《となり》で「筋肉があれば、気力が枯渇しても或《あ》いは……」とか悩《なや》ましげな表情で呟いているが、本当になんとかしてしまいそうで怖《こわ》い。

「一般的に知られている属性魔術はお主らも知っておろう。しかし本日、お主らに教えるのは属性魔術ではない。無属性魔術である」

無属性魔術……家の魔術教本にはなかった魔術だ。しかし最初の授業で教えるということは基礎的なものなのだろうか？

「無属性魔術は最近学長がこの学校で広めはじめている新しい魔術系統だから知らない者も多いと思うが、そんなに難しいものではないから安心しなさい。今まで無意識に使っておった者もおるくらいだからの。それをようやく生徒に教えられるように学長が体系を創《つく》ったのだ。では、早速《さっそく》だが無属性魔術の基礎、『身体強化《ブースト》』を教えよう。ふむ……ムスケル君、前に来たまえ」

「承知しましたぞ！」

アレキサンダー教官はムスケルを教壇《きょうだん》に呼び、向かい合った。筋肉隆々《りゅうりゅう》のムスケルと腰《こし》が曲がったアレキサンダー教官が向かい合うとギャップが凄《すご》い。

「儂《わし》は見ての通りペラッペラの魔術師だからの。気力量も少ないし、筋力もほとんどない」

笑いながらアレキサンダー教官はシュッシュッと軽くジャブを放つ。確かに遅《おそ》く、威力《いりょく》もほとんどないように見える。

「『身体強化《ブースト》』は身体に魔力を巡《めぐ》らせて身体能力を強化する魔術である。気力が切れてもこれを使えば多少は戦うことができる。ただし常時魔力が消費されていくから長時間の使用には向かないがの。あくまで緊急時《きんきゅう》や瞬間的な強化が必要な時に使うものだの」

「ふむ。我は何をすればよいであるか？」

「儂が『身体強化《ブースト》』を発動させるから、全力でぶん殴《なぐ》ってくれるかの？」

「全力……であるか……？」

「あぁ、全力での」

ひ弱そうな魔術師に全力で殴れと言われ、訝《いぶか》しげな表情を浮かべるムスケル。そりゃムスケルが全力で殴ったら逝《い》ってしまいそうなご老人が相手である、困惑《こんわく》もするだろう。実際、他の同級生も心配そうな表情を浮かべている。

「では、最初なので省略せずに詠唱《えいしょう》するから聞いておくこと。覚醒《めざ》めよ、深奥の力『身体強化《ブースト》』」

アレキサンダー教官から、魔力の高まりを感じる。静かな魔力の流れだが、その身から漂《ただよ》う威圧感は内包する魔力の強大さを物語っていた。

「さぁ、ばっちこい!!」

「む、むぅ……いくであるぞ？」

ムスケルは納得《なっとく》がいかない様子を見せながらも、構えを取る。

「フンッッヌゥア！！！！！」

先程の遠慮《えんりょ》はどこへ行ったのか。アレキサンダー教官の指示通りに、ムスケルは容赦《ようしゃ》のない右ストレートを放つ。

思わず目を覆《おお》いたくなる光景であるが、アレキサンダー教官が両手でムスケルの拳《こぶし》を包み込んだかと思うと凄《すさ》まじい轟音《ごうおん》と共に余波が生徒たちを襲《おそ》った。

「きゃあっ⁉」

あまりの風圧により咄嗟《とっさ》に瞑《つぶ》った目を開くと、そこにはムスケルの凄まじい右ストレートを受け止めたアレキサンダー教官が無傷で立っていた。

一方生徒たちは、ムスケルの拳の余波により髪《かみ》がボサボサになっている。

「ぬぅ⁉　全力で放ったのであるが本当に受け止められたである‼　『身体強化《ブースト》』とは凄まじいものであるな！」

「ほっほっほっ。とまぁ、『身体強化《ブースト》』を極めればこのようにひ弱な魔術師でも、この程度の防御《ぼうぎょ》力は発揮できるということだの。まぁ最初はここまでの強化は難しいと思うがの」

ドヤ顔で魔術の素晴《すば》らしさを語るアレキサンダー教官であるが、よく見ると手足が若干《じゃっかん》震《ふる》えているように見える。……見なかったことにしておこう。

魔術師の身で障壁《しょうへき》も張らずにアレを正面から受け止めただけでも尊敬に値《あたい》する。

「さてこれからお主らにも実践《じっせん》してもらうわけだが、『身体強化《ブースト》』発動中は継続《けいぞく》的に魔力を消費するため、最初から思い切り魔力を込《こ》めるとすぐ魔力枯渇《こかつ》になるから気をつけるのだぞ。最初は弱めに魔力を込め、感覚を摑《つか》んでから強さの調節をすると良いだろう。では、各自『身体強化《ブースト》』を行使してみよ」

教室の各所で皆が詠唱をはじめる。久々の詠唱に若干の恥《は》ずかしさを感じつつも、新たな魔術の習得に胸を躍《おど》らせ、魔力を控《ひか》えめに集中させる。

「覚醒めよ、深奥の力『身体強化《ブースト》』」

『身体強化《ブースト》』を発動すると、魔力が身体《からだ》の奥から噴《ふ》き出すような感覚を覚えた。

スキル『初級無属性魔術』を獲得《かくとく》しました。

久々に新たなスキルを獲得したな。

身体の奥から湧《わ》き出す魔力には表層に留《とど》まるような力が働いており、魔力で身体の表面に薄《うす》い膜《まく》が張られているようだ。身体の内側から力が湧き上がるような気力での強化に対し、魔力での強化は外側からパワードスーツで身体の動きを補助しているような感覚だ。下手したら気力での身体強化より強いのではないかというくらいであるが、継続的に魔力を垂れ流すため気力の代替《だいたい》として使うのはあまり現実的ではなさそうだ。

そこでふと、気力の身体強化を上乗せしたら凄まじいことになるのではないかという考えが浮かぶ。単純に考えると二倍近い強さを発揮できるのではないか。

すぐに実践に移すべく、『身体強化《ブースト》』を発動したまま『練気』で高めた気力を身体に行き渡《わた》らせようと試みる。

――パァンッ!!

その瞬間、何かが弾《はじ》けたような乾《かわ》いた音が大きく響《ひび》き、身体に纏《まと》わせていた魔力と練り上げていた気力が霧散《むさん》した。

鳩《はと》が豆鉄砲《まめでっぽう》を食らったような表情の同級生の視線が一斉に突《つ》き刺《さ》さる。

……デジャブだな………。

「……ほっほっ、言い忘れておったの。魔力と気力は反発する性質を持っておる、水と油のようなものと考えれば良い。体内では同居している二つの力だが、体外に同時に放出すると混ざらずに反発してしまう。つまり、残念なことだが魔術の『身体強化《ブースト》』と気力での強化を同時に発動することは不可能なのだよ。……そもそもその二つを同時に行使するということは右目で演劇を見て左目で本を読むようなもので、中々できるものじゃないんだがのぅ……」

最後よく聞こえなかったが、笑《え》みを浮《う》かべたアレキサンダー教官が説明をしてくれた。

「シリウス……まぁ、シリウスに常識が通用しないのは今更《いまさら》ね」

エアさんがため息をつきながら、やれやれと肩《かた》をすくめた。

「すいません。常識を知らず、大きな音を立ててしまって……」

魔力と気力が混ざらないという常識を知らなくて大きな音を立ててしまい、皆に迷惑《めいわく》をかけてしまった、申し訳ない。

「ち、違《ちが》うわよ！　私なんか『身体強化《ブースト》』を行使するのすら厳しいのに、いきなりアレンジしようとするほど余裕《よゆう》があるなんて、相変わらずとんでもないわねって思っただけよ！」

エアさんが頬《ほお》を少し赤らめながら凄い勢いで弁解してきた。

褒《ほ》められているのか貶《けな》されているのか判断に迷うが、嫌《いや》な感じはしない。


僕は、何度か『身体強化《ブースト》』を使っているうちにコツを掴み、授業の最後には無詠唱できるようになっていた。他のクラスメイトの様子をうかがうと、魔術組は発動のコツを徐々《じょじょ》に掴んできており、その弊害《へいがい》で魔力が枯《か》れはじめ疲労感《ひろうかん》を滲《にじ》ませている。

一方脳筋のムスケルは中々コツが掴めないようで、教室の隅《すみ》の方でフンヌッ!!　だとかフンヌッ!!　だとか、いきんでいる。ランスロットは器用なもので割とすぐにコツを掴んでいたようだが、魔力量が少なすぎてすぐにガス欠になり教室の隅で船を漕《こ》いでいた。

「ふむ。さすがSクラスだの、覚えが良いわい。こりゃあ一年間楽できそうだの」

約一名発動できていない脳筋から目を逸《そ》らしつつ、アレキサンダー教官は満足そうに白く長い髭《ひげ》をいじるのであった。

■

「それでは次は、Sクラスじゃな。ディアッカ、アレキサンダー、報告を」

放課後、職員室にて一学年の教官会議が開かれていた。

「は。本日は気力の限界値の把《は》握《あく》を行いました」

「ふむ、して何か特記事項《じこう》はあったかの？」

光を反射して紅《くれない》の瞳《ひとみ》をきらめかせながら、ベアトリーチェ学長は楽しそうに口角を吊《つ》り上げる。一学年の担当教官である俺は学長が何を期待しているかを察し、思わず苦笑いしつつ口を開いた。

「入学試験での試算どおり生徒は概《おおむ》ね現段階でもCランク相当、能力が高い者ではBランク相当の気力量はありました。例年より若干高水準であり、卒業時には少なくともAランク相当までは成長してくれるのではないかと期待しております。……一人の例外を除いて」

ここでいうランクとは、冒険者《ぼうけん》ランクである。強くなったからといってすぐに冒険者ランクが上がるわけではないが、学内では各ランクの平均的な強さを指標として生徒の能力を評価していた。

「ふむ。で、その例外とは？」

学長が怪《あや》しげに笑みを深める。識《し》っておられるだろうに……。

「は。ご存じかとは思いますが、学長が試験なさったシリウス・アステールです。彼は……正直なところ、彼の力は底が知れません。信じていただけないかもしれませんが、本日放気枷《ほうきかせ》を粉々にされてしまいました。しかもまだ余力を残しているようです……」

「そんな、まさか……」

「彼は十二歳だろう？　ディアッカ教官の買いかぶりすぎでは……」

俺の発言を聞き、他の教官たちが顔を見合わせざわめきはじめる。

「ふむ。妾《わらわ》が手合わせした感じだと、彼奴《きゃつ》は現段階で既《すで》にAランクに近い力は持っているとは思っとったが……」

学長は楽しそうにくつくつと笑いながらシリウスを評する。

他の教官たちが驚愕《きょうがく》する中、当然だとひとりごちる。そして学長と同じく楽しそうに笑う豊かな髭を顎《あご》に蓄《たくわ》えた老人、アレキサンダー教官が語りはじめた。

「魔術《まじゅつ》の授業の方もディアッカ君と同じような状況《じょうきょう》だったの。他の者も例年より若干高水準であったが、シリウス君の魔術の才能はもはや異常と言って良い。レグルス君も天才だったが、学生時代の彼を遥《はる》かに凌《しの》いでいると言っても過言ではないの」

彼の評価に、他の教官たちのざわめきが更《さら》に大きくなる。一方、学長は口角を吊り上げて楽しそうな笑みを受かべていた。

「くっくっ……レグルス坊《ぼう》もこんな楽しみを贈《おく》ってくれるとは、教官孝行な奴《やつ》じゃな」

「全くですの」

アレキサンダー教官とベアトリーチェ学長が笑い合う中、俺はこれからのことを思い頭を抱《かか》えつつ、その光景を眺《なが》めることしかできなかった。

■

学校は週に五日間授業があり、二日休みがある。この世界でも月や週という概念《がいねん》があり、一ヶ月が三十日、一週間が七日と地球とほとんど同じである。

この暦《こよみ》を作ったのは初代国王だというが、ここまで一致《いっち》していると地球との関係性を疑ってしまうな……。僕が転生してきているくらいだ、自分だけ特別だとはとても思えない。

初代国王は転生者の可能性も十分あるが、何百年も昔の人だから確かめようもないし気にしてもあまり意味はないだろう。

休日、いつものように朝の鍛錬《たんれん》を終え、寮《りょう》の食堂で朝食を摂《と》る。前世では週休二日どころか年休二日くらいだったお陰《かげ》か、未《いま》だに週に二日も休日があることに不安を感じる。

寮の食堂で朝食を摂り、エアさんとロゼさんは今日は休むそうなので簡単に身支度《みじたく》をして一人で冒険者ギルドへ向かう。

ギルドへ着くと冒険者登録をしてくれた綺麗《きれい》な受付嬢《じょう》セリアさんが目に入った。

「あっ！　シリウス君、おはよう！　シリウス君は働きものだね～。平日は学校で学びながらもモンスターを納品してくれて、休日もこんな朝早くから依頼《いらい》を受けにくるなんて……あれ!?　まさかお姉さんに会いたいからじゃ……!?」

セリアさんは流し目でこちらをチラチラとうかがいつつ、冗談《じょうだん》めかしながらもじもじとしている。

「寮にいても身体がなまっちゃうので。セリアさんに会いたいってのもありますけどね」

「もー！　シリウス君は社交辞令が上手なんだから！」

照れつつもバシバシと肩を叩《たた》いてくるセリアさん、可愛《かわい》い。

実際セリアさんは笑顔が素敵なお姉さんで、冒険者内でも高嶺《たかね》の花《はな》として人気の受付嬢だ。話してみると元気を分けてもらえるような気さくな人で、冒険者たちの癒《い》やしになるのも納得《なっとく》である。

「あはは。ところでセリアさん、この付近の森の魔物分布は大体分かってきたんですが、もうちょっと上位の魔物とも経験を積みたいと思っているんです。何か良い依頼ありませんかね？」

「うーん……確かにシリウス君の実力じゃ、この街の周りの魔物じゃ物足りないかもしれないわね。かといって学園があるから長期依頼はやめておいた方がいいわよね。そうなると、そろそろ迷宮《ダンジョン》に行ってみてもいいかしらね」

「迷宮《ダンジョン》!?　気になります!!　この近くにあるんですか!?」

「ええ。セントラルには大型の迷宮《ダンジョン》があるのよ。かなり探索《たんさく》が進んでいるから、上層から中層なら比較的《ひかくてき》安くマップも手に入るし、かなり安全に探索できるはずよ」

迷宮《ダンジョン》とは地下にアリの巣のように広がっている空間で、その中では魔物が自然発生しており豊富な魔物素材供給の場として有名である。しかし魔物が多発するため低ランク冒険者では深くまで潜《もぐ》れないということや、放っておくと集団暴走《スタンピード》が発生し迷宮《ダンジョン》から魔物が溢《あふ》れ出てくるといった危険もつきまとう。

過去に集団暴走《スタンピード》で滅《ほろ》びた国や街は数え切れないくらいあり、それを防ぐために国が兵士や冒険者に依頼し、迷宮《ダンジョン》の魔物を討伐《とうばつ》しているのだ。

上層では集団暴走《スタンピード》を防ぐために冒険者が魔物を間引き、下層では国の迷宮攻略《ダンジョンこうりゃく》兵団が最下層目指して日夜死闘《しとう》を繰《く》り広げている。最下層には迷宮核《ダンジョンコア》と呼ばれるものがあり、その所有権を得ると迷宮《ダンジョン》を支配することができるそうだ。

迷宮《ダンジョン》を支配できれば魔物の生成を止めることも可能だし、素材を得るために集団暴走《スタンピード》が起きない量の魔物を生成して迷宮《ダンジョン》を存続させることも可能だという。

迷宮核《ダンジョンコア》の入手は冒険者の夢の一つでありロマンとしてよく語られるが、未《いま》だ迷宮核《ダンジョンコア》を支配出来た迷宮《ダンジョン》はほとんどないのが現状だ。

「では、迷宮《ダンジョン》の魔物討伐依頼を受注します！」

「りょーかいよ！　といっても、魔物のランクによってポイントと報奨金《ほうしょう》が国から出るだけなんだけどね！　はい、迷宮《ダンジョン》は西門を出て真っすぐ行けばすぐに分かると思うわ。頑張《がんば》ってね！」

本では読んだことがあったが足を踏《ふ》み入れたことのない迷宮《ダンジョン》に胸を躍《おど》らせつつ、依頼を受注して冒険者ギルドを後にする。

西門を出ると少し先に迷宮《ダンジョン》の入口があり、その周りには簡易的な武器防具の店舗《てんぽ》や薬屋、雑貨屋、軽食屋台等の簡易テントが多く出ており、大勢の冒険者で賑《にぎ》わっていた。

そして入口に一番近い場所には受付らしき物があり、中に入る冒険者たちが受付の兵士にギルドカードを提示して迷宮《ダンジョン》に入っていっていた。

地図屋で上層と中層のマップを購入《こうにゅう》し、受付の兵士に話しかけてみる。

「すいません、冒険者ギルドで迷宮《ダンジョン》の魔物討伐依頼を受けてきました。迷宮《ダンジョン》に入ってもよろしいでしょうか？」

「ん？　坊主《ぼうず》、冒険者かい。ギルドカードを見せてごらん」

人の良さそうなお兄さんが、しゃがみこんで目線を合わせて対応してくれた。ギルドカードを懐《ふところ》から出して提示する。

「ほぉ、その歳《とし》でＤランクか。まぁそのランクであれば上層くらいなら大丈夫《だいじょうぶ》だろうけど……パーティは組んでないのかい？」

「はい、一人です。ダメでしょうか……？」

確かに周りを見回すと、あまり一人でいる冒険者はおらず大体パーティを組んでいるようであった。

「ダメってことはないが……まぁ、ギルドが依頼を出しているからなぁ……だが一人だと何かあった時危ないからな。あまり下の階層までは行かないように、お兄さん心配だからさ。坊主は一階層からのスタートだな」

お兄さんは僕の頭をポンポンと軽く叩き、少し困ったような笑顔《えがお》をした。

「一階層以外からもスタートできるんですか?」

「あぁ、坊主は初探索だからこの一階層の入口からしか入れないけどな。この迷宮《ダンジョン》は十階層ごとに迷宮《ダンジョン》転移盤《ばん》っていう魔導具が設置されているんだ。自力で到達《とうたつ》した階層まではここから転移できるって仕組みだ。勿論《もちろん》帰りにも使えるぞ」

「へぇー……転移魔術ってかなりの魔力を消費するって聞いたんですが、そんな凄《すご》い魔導具があるんですね!」

「あぁ、本来の転移魔術はそうらしいな。詳《くわ》しくは知らないが、この迷宮《ダンジョン》転移盤は迷宮《ダンジョン》の特定階層でしか使えないっていう制約を設けることで消費魔力を減らしているらしい。それでも国が支給している魔石を定期的に交換《こうかん》しないといけないけどな。昔は迷宮《ダンジョン》から見つかる古代魔導具しかなくて激レアだったんだが、つい最近に時空魔術を開発したお偉《えら》い魔術師さんが作ってくれて普及《ふきゅう》したらしいぞ」

時空魔術を開発した魔術師って、まさか……。

「へ、へぇー……それはすごいですね……い、色々と教えてくださりありがとうございました!」

「おう、気をつけていくんだぞ!! ほれ、これは初迷宮《ダンジョン》の坊主に餞別《せんべつ》だ、頑張れよ!」

そう言って回復薬《ポーション》を投げて渡《わた》してくれるお兄さん。本当に親切な人だ。

「ありがとうございます！　行ってきます！」

お兄さんに手を振《ふ》って迷宮《ダンジョン》へ入る。今回はそんな深くまで潜るつもりはないので安心してください。

■

ゼリー状の魔物が炎《ほのお》に包まれて蒸発する。

迷宮《ダンジョン》に入り、現在二階層を探索していた。出てくる魔物は今蒸発したスライム、そしてお馴染《なじ》みゴブリン、後はビッグバットというコウモリのような魔物、ラッタルというネズミの魔物、そんなところだ。

スライムは魔《ま》核《かく》を採取するためには魔術で倒《たお》さなくてはいけない面倒《めんどう》な魔物だが、あとは下級冒険者でも倒せるような弱い魔物ばかりだ。

あまり上層で時間を潰《つぶ》すのは効率が良くないと感じ、マップを見ながら次の階層への階段へまっすぐ進んでいた。

「うーん、迷宮《ダンジョン》の感じも分かってきたし、少し飛ばすか」

ここまで馬鹿《ばか》正直に出会った魔物を全《すべ》て倒して魔核を回収していたが、時は金なりだ。低級の魔物は放っておこう。

下層への階段へまっすぐ走り、出会った魔物はすれ違《ちが》いざまに切り伏《ふ》せていく。

迷宮《ダンジョン》であれば魔物の死体は迷宮《ダンジョン》に吸収されるか、運良く迷宮《ダンジョン》に吸収される前に下級冒険《ぼうけん》者が見つければ魔核を回収してくれるため放置しても問題ない。


そうこうしている内に、九層まで来たのだが……。十層への階段がある部屋に、ほんのりと発光した大きな扉《とびら》があった。今までは完全に普通《ふつう》の洞窟《どうくつ》という感じだったのだが、ここに来て人工的な扉とは不思議である。

扉の前には四人組の冒険者パーティが座って休憩《きゅうけい》していた。

冒険者パーティは僕に気づくと一様に驚《おどろ》いた表情をしていたが、その中の一人が少し怒《おこ》ったような顔をしてこちらに近づいてきた。

「君、こんなところで何をしているの？」

「えっ!?　えっと、冒険者ギルドの依頼を受けて迷宮《ダンジョン》の魔物討伐を行っています」

「君、一人なの？　君みたいな小さな子が一人でこんなところまで来て、危ないわよ!!」

どうやら子ども一人でこんなところに来たことに心配してくれているようだ。他のメンバーを見ると、困ったような表情をしつつも彼女を止めることはなかった。

「うーんと……僕はこれでも一応Ｄランクなので、この階層の魔物程度なら一人でも問題なく討伐することができるんです。なので、ご心配なさることはありませんよ」

彼女を安心させるためにギルドカードを提示する。いつも狩《か》っている魔物と比べても弱い魔物ばかりなので、Ｄランクと言えば問題ないだろう。

「えっ!!　Ｄランク!?　私たちと同じなの!?……でもあなた、この先にも行こうとしてたわよね。階層ボス部屋って知っててここまで来たの？」

「なるほど、ここはボス部屋だったんですね。十階層ごとにボス部屋があるんですか？」

「そうよ。ここのボスは、私たちＤランク四人パーティでやっとギリギリ推奨《すいしょう》レベルに達するような魔物なの、君一人じゃ危なすぎるわ」

なるほど……それは心配するのも仕方ないかも知れない。

しかし、ここまで来て引き返すつもりはさらさらなかった。時短のためにも最低でも次に来る時は十階層の迷宮《ダンジョン》転移盤を使いたい。

ここで誤魔化《ごまか》して帰る振りをして後で戻《もど》ってくるのも可能ではあるが……あまり無駄《むだ》に嘘《うそ》をつきたくはないな。

「でも、次来るときには十階層の迷宮《ダンジョン》転移盤を使いたいんです。正直、ここまでの魔物の強さから考えるとボスも普通に倒せると思うので……」

予想外の返しだったのか、驚きの表情を浮《う》かべる女の子。それを見かねたのか、戦士風の男の人がこちらに近づいてきた。

「俺はこのパーティ『ウルフファング』のリーダー、ウルフだ。この世話焼きがエイミーだ。落ち着け、エイミー。心配なのは分かるが、この子も運良くだとしても一応ここまで降りてくる技量はあるってことだ。あまり舐《な》めてやるな」

「ウルフさん、エイミーさん、ご心配おかけして申し訳ありません。僕はシリウスと言います」

「シリウス、エイミーはお節介《せっかい》だが、まぁ言ってることは間違っちゃいない。言っちゃ悪いがまだ子どものお前が階層ボスに一人で突《つ》っ込むってんだ、善良な冒険者なら誰《だれ》でも止めるぞ」

「そう……ですよね……。おっしゃりたいことは分かります……」

普通はそうだよなぁと思い下を向くと、ウルフさんは心配そうな目で僕を見つめた。

「だが、お前はどーせ止めたって行く感じだろ？　それなら、せめて俺たちと一緒《いっしょ》にボス部屋に入らないか？　俺たちもそんなに余裕《よゆう》はないがお前一人で行かせるよりは幾分かは安心できるし、戦力になってくれたら勿論素材の分け前は渡す。どうだ？」

いかつい見た目に反してとても優《やさ》しい人だ……子どもである僕を守ろうという上に、相手に敬意を払って冒険者として扱《あつか》ってくれる気遣《きづか》い。信頼《しんらい》出来そうな人だ。

「お気遣い、ありがとうございます。改めてこちらから同行をお願いしてもよろしいでしょうか？」

僕がそう答えると、ウルフさんはニカッと快活に笑った。

「あぁ、構わねぇよ！　エイミーやお前らもそれでいいだろ？」

「ええ、それでいいわ。シリウス君、よろしくね。危なくなったらすぐに私たちの後ろに下がるのよ？」

「俺も構わないぜ〜」

「問題ない」

「皆《みな》さん、よろしくお願いします」

快く受け入れてくれた他のパーティメンバーにも小さく頭を下げる。

「あぁ、改めて俺らの紹介《しょうかい》をしておくぞ。俺がリーダーで剣士《けんし》のウルフだ」

「同じく剣士のエイミーよ」

「斥候士《せっこうし》のファングだ」

「魔術師のマイル」

「僕は……魔剣士のシリウスです。改めてよろしくお願いします」

ウルフファングの皆は驚いたように眉《まゆ》を上げていた。

「へぇ、魔術と剣術両方使うって珍《めずら》しいな」

「大体、魔力を持っている人は魔術師になって剣なんて使わないものね」

「父が魔術師で母が剣士だったので、両方仕込まれまして……」

「そりゃー大変だったなぁ……」

そんな話をしていると、淡《あわ》く光っていた扉から光がスッと消えた。それを見たウルフファングは皆腰《こし》を上げ装備を調《ととの》え始めた。

「よし、前のパーティが終わったみたいだな。皆《みんな》行くぞ！　シリウスも、準備はいいな？」

「はい！　いつでも大丈夫です！」

パーティメンバーも皆頷《うなず》く。それを確認《かくにん》したウルフさんが大きな扉を開き、ボス部屋に足を踏《ふ》み入れた。

ボス部屋に入ると、中央に鎧《よろい》を身にまとった大柄《おおがら》のゴブリンが悠然《ゆうぜん》と屹立《きつりつ》していた。あれは……少し小柄に見えるが、装備はゴブリンロードの物に違いない。もしかして、ゴブリンジェネラルが進化したばかりとか？

そして周囲には取り巻きのゴブリンとゴブリンリーダー、そしてゴブリンマジシャンを従えていた。とにかくゴブリンの数が異常に多い。

　ボス部屋ということでどんな強くて新しい魔物が出てくるかとウキウキしていたが、地元の山で散々狩っていたゴブリンとは。一気にテンションが下《さ》がっていく。

　まぁ最初のボス部屋だしこの程度だろうと気持ちを切り替《か》えて周囲に意識を向ける。

「な……⁉　ゴブリンジェネラルではない……だと……⁉」

　しかしゴブリンを見たウルフは緊張感《きんちょうかん》のある声で呟《つぶや》き、他のメンバーも目を見開いて若干《じゃっかん》震《ふる》えていた。

「十階層のボスはゴブリンジェネラルのはずだ！　なぜロードが⁉」

　……そうか。確かに、Dランクパーティであればギリギリ倒せるレベルがCランクのジェネラルだ。それが唐突《とうとつ》にAランクのロードが出てきたとなれば焦《あせ》るのも当然である。

　体格はほとんどジェネラルに近いため実際はBランク程度の実力と想定されるが、それでもDランクパーティからしたら難敵であることに変わりはない。

　しかしなぜ……。魔王復活の影響《えいきょう》か、それとも単にボスの討伐間隔《とうばつかんかく》が空いていたせいで成長してしまったのか……？

「ボスは俺が抑《おさ》える！　その間にエイミーはリーダーを、マイルはマジシャンを、ファングとシリウスは取り巻きのゴブリンを頼《たの》む！　各自終わったらこっちに加勢してくれ！」

「「「「おう！」」」」

ウルフさんの指示により、それぞれ散開していく。

僕も現在のパーティリーダーであるウルフさんの指示に従いゴブリンに向かった。

他のメンバーへ意識を向けているゴブリンたちを狙《ねら》い、無造作に首を斬《き》り飛ばしていく。一緒にゴブリンと戦っているファングさんがギョッとした顔でこちらを見ているような気がしたが気のせいだろう。

機械的にゴブリンを処理しつつ、他のメンバーの様子に気を配る。マジシャンは三匹《びき》おり、同じく魔術師であるマイルさんを集中的に狙っているようであった。

「焔《ほのお》よ、我が槍《やり》となり其《そ》を貫《つらぬ》け『炎槍《フレイムランス》』」

マイルさんは『炎槍《フレイムランス》』でマジシャンを一匹貫《つらぬ》くも、その隙《すき》を突かれ『氷矢《アイスアロー》』がマイルさんに襲《おそ》いかかる。

すかさず僕は『炎矢《ファイアアロー》』を放ち、マイルさんに飛来する『氷矢《アイスアロー》』と共にマジシャンを灼《や》き焦《こ》がした。マイルさんは一瞬《いっしゅん》目を見開きながらこちらを見たが、僕がマジシャンを指差すとすぐに我に返り、戦いに戻っていった。

エイミーさんを見ると、リーダーを倒すところであった。ところどころ斬り傷はあったが致命的《ちめいてき》なダメージは受けていないようだ。エイミーさんはそのままロードと戦っているウルフさんの元へ合流する。

そしてウルフさんを見ると、所々から血を流し息を荒《あら》らげ満身創痍《まんしんそうい》であった。

いくら小柄とはいえ速度も力も負けてしまっているようで、なんとか時間稼《かせ》ぎをしている状態だ。

「ウルフ、ちょっと休んでなさい！　私がやるから!!」

「ハァッハァ……くっ、すまねぇ……ちょっとだけ息を整えさせてくれ、すぐに戻る……」

ウルフさんと入れ替わりにエイミーさんが前に出るが、すぐにジリ貧《ひん》になる。ウルフさんよりも腕力《わんりょく》が劣《おと》っているエイミーさんでは時間稼ぎすらも非常に厳しいものであった。

「ごめん、待たせた！　焔よ、我が槍となり其を貫け『炎槍《フレイムランス》』」

そこへマイルさんが合流し、『炎槍《フレイムランス》』をロードに放つ。しかしロードは剣を大振《おおぶ》りし、エイミーさんを弾《はじ》き飛ばすのと同時に魔術を霧散《むさん》させた。

「――ッ!?」

そしてロードは魔術師であるマイルさんが身体能力に劣ることを一瞬で見抜《みぬ》き、魔術を放ったマイルさんへと肉薄《にくはく》する。満身創痍であるウルフさん、弾き飛ばされ体勢が崩《くず》れているエイミーさんは共に動けず、マイルさんへ迫《せま》るロードを見送ることしかできなかった。

「あ……」

まるで鉄塊《てっかい》のような質量を持つ大剣を振りかぶるロード。マイルさんは呆然《ぼうぜん》とそれを見上げ、小さな声を漏《も》らすことしかできなかった。

これは拙《まず》い……！

一同が動けずに息を呑《の》む中、ロードの右腕《みぎうで》が剣を持ったまま宙を舞《ま》いボトリと地面に落ちた。

『瞬雷《ブリッツアクセル》』による紫電《しでん》を身に纏《まと》いつつ、雷薙《ライナギ》をそっと納刀する。

チラリと他のメンバーを見ると、エイミーさんは座り込んで呆然とこちらを見ており、ウルフさんも片膝《かたひざ》をついたまま呆然としていた。ファングさんは口をあんぐりと開けてナイフを落としている。

もう、やるしかないな。

「グギャアアアアア!!」

ゴブリンロードは自らの腕を切り飛ばされたことに気づいたのか、耳をつんざくような咆哮《ほうこう》を上げ、左腕を思い切り振り下ろしてきた。

愚鈍《ぐどん》な左腕を一蹴《ひとけ》りし、跳躍《ちょうやく》。ゴブリンロードの眼前に跳《と》び上がり一太刀《ひとたち》で首を斬り飛ばした。

振り向くと、カタカタと小さく震えながら涙目《なみだめ》になっているマイルさんと目が合った。

「大丈夫《だいじょうぶ》でしたか？」

安心させるよう微笑《ほほえ》みながら、手を差し伸《の》べる。

マイルさんは目に涙を一杯《いっぱい》に溜《た》め、思いきり抱《だ》きついてきた。突然《とつぜん》のことに受け止めきれず、そのまま後ろに倒《たお》れ込む。

「シリウスゥ……ありがとぉ……」

僕の小さな胸に顔を埋《うず》めながら、マイルさんがそう呟く。

どうしたものかと思いつつ、優しく頭を撫《な》でる。

しばらくマイルさんを慰《なぐさ》めていると、次第《しだい》にパーティメンバーが体力を回復してなんとも言えない表情で集まってきていた。

「で……だ」

バツが悪そうな顔をしながら、ウルフさんが頭をポリポリと掻《か》きつつ僕の胸に顔を埋めたまま動かないマイルさんと僕を眺《なが》めていた。

「シリウス……ありがとう、助かった。色々話したいことはあるが、とりあえず……マイル、そろそろここから出る準備するぞ。次のパーティもいるかもしれねぇし」

ポンポンとマイルさんの肩《かた》を叩《たた》くウルフさん。

「やだ、ここに住む……」

マイルさんはいやいやと頭を振る。

「マイル、馬鹿《ばか》なことやってんじゃないの！　ほら、離《はな》れなさい！」

「しりうすううう……」

エイミーさんがマイルさんの首根っこを摑《つか》む。剣士であるエイミーさんの膂力《りょりょく》に抗《あらが》うことはできず、マイルさんは僕から引き剝《は》がされていった。

「あー……うん。とりあえず、上級ゴブリンの素材だけでも剝ぎ取るか。ロードは……シリウス、お前のものだ」

「いえ、ロードを安全に倒せたのは、ウルフさんが押さえ込んでくれていたからです。僕はちょっとお手伝いをしただけですので、皆さんで分配してください」

「そんなわけにいくか!!　お前がいなければ！　俺たちは、マイルは……」

「……わかりました。それでは、マジシャンの魔核《まかく》をいただいてもいいですか？　ちょうど今日受けた依頼《いらい》の中に、必要素材として入っていたんです。いただけると非常に助かるのですが」

「おま……いや、わかった。……ありがとう」

ロードの魔核は結構な値段で売れる。それこそ、Dランクパーティからしたら相当なボーナスのはずである。

今回、身を挺《てい》して戦ったのは『ウルフファング』の皆《みな》だ。横から止《とど》めを刺した僕がそれを受け取るのは違《ちが》うだろう。回復薬《ポーション》の代金や防具の整備・交換《こうかん》、その間稼ぎが減ることも考えるとどう考えてもお金を必要としているのは彼らだ。

皆で倒した敵の魔核を回収し、ボス部屋から脱出《だっしゅつ》する。ボス部屋の先にある階段から降りるとちょっとした広間になっており、冒険《ぼうけん》者たちが休んでいた。

ここは安全地帯のような部屋なのだろうか？

なぜ迷宮《ダンジョン》にわざわざそんな攻略《こうりゃく》に都合のいい部屋があるのだろうか、謎《なぞ》である。

そんな疑問を頭の隅《すみ》においやり、広場の端《はし》で一息つく。ようやく皆の緊張《きんちょう》の糸が切れたようで、各々《おのおの》座り込んで水分補給をしていた。

「それにしても、ほんとに助かった。シリウス、改めてありがとう」

「シリウス……結婚《けっこん》して」

「ちょっとマイル！　でも、本当に凄《すご》かったわ。動きが全然見えなかったもの……見くびってごめんなさい」

「あぁ、ゴブリンの首を一太刀でスパスパ斬っていくんだもんよ。ビビったぞ」

「あ、あはは……」

各々目を輝《かがや》かせながら、戦いの感想を捲《まく》し立てる。

「シリウス、うちのパーティに入ろ？」

マイルさんが僕の腕を抱《だ》き寄せ、にじり寄ってくる。

ふよんと発展途上《とじょう》のふくらみに腕が包まれ顔が赤くなっていくのを感じる。正直、普通《ふつう》に綺麗《きれい》な人なので対応に困る。

「えっと……」

キラキラとした瞳《ひとみ》で見つめてくるマイルさんを直視できず、視線を彷徨《さまよ》わせる。

「待て、マイル。確かにシリウスがうちのパーティに入ってくれたら大助かりだが……こいつは、俺らのパーティに収まるような玉じゃねぇ。俺らではこいつの枷《かせ》にしかならねぇのは、お前も分かってんだろ？」

真剣《しんけん》な表情で冷静に語るウルフさんの言葉に、マイルさんは俯《うつむ》いてしまった。

僕もなんと答えたものかと逡巡《しゅんじゅん》する。

確かにパーティでの戦いは楽しかったが、正直力量差があるというのも事実であった。メンバー間の力量差がありすぎると、パーティに不和を呼ぶ。冒険者の常識である。

なにより、僕はまだ学生である。

基本的に迷宮《ダンジョン》には週末にしか入れないし、それも毎週できるかは分からない。エアさんたちとクエストを受けることもあるし、学校行事があったりするかも知れない。

そう考えると、やはり僕がこのパーティに入るというのは、中々難しい話であった。

「皆さんと過ごした時間はとても楽しかったです。でも実は僕、冒険者学校の学生なので本格的なパーティに所属するのは難しいんです……」

「あー……冒険者学校の学生だったのか。なら尚更《なおさら》だ。諦《あきら》めろ、マイル」

「むぅ……」

マイルさんはぷくーと頬《ほお》を膨《ふく》らませつつ、渋々《しぶしぶ》といった形で僕から手を離す。

「あの、でもまたこのように一緒《いっしょ》に依頼をしたりとか臨時パーティを組むことはあるかもしれませんし。同じ冒険者として、仲良くしていただけると嬉《うれ》しいです」

「あぁ、それは勿論《もちろん》だ。なぁみんな！」

「シリウス君なら大歓迎《だいかんげい》よ」

「あぁ、下手な奴《やつ》らと組むよりシリウスと組んだほうが絶対にいいしな」

「……毎日でもいいよ」

皆は肩を叩きつつ柔《やわ》らかな笑顔《えがお》を浮《う》かべていた。本当に、温かいパーティだな。

「……皆さん、ありがとうございます。では、僕はそろそろ先に進みますね」

「もう行くのか、流石《さすが》だな。俺らはこれで今日は戻《もど》ろうと思う。お前なら大丈夫だと思うが、あまり無茶はするなよ」

立ち上がると、マイルさんは僕の服の裾《すそ》をキュッと摑み、寂《さび》しそうな顔で僕を見上げていた。

「シリウス、またね」

「皆さんありがとうございました。では、また」

僕は『ウルフファング』の皆に一礼し、十階層の探索《たんさく》に歩を進めた。

その後は十階層以降もサクサクと進み、気づいたら眼《め》の前にはまた大きな扉《とびら》が立ちふさがっていた。そう、二十階層へのボス部屋だ。

正直十階層以降の魔物もそんなに強くはなっておらず、大した労力もなく二十階層まで到達《とうたつ》してしまっていた。ゴブリンリーダーをはじめとするゴブリン系がうようよおり、他にはウルフ系やスネーク系の獣《けもの》系の魔物が増えてきたように思う。まぁ珍《めずら》しい魔物もそういないよなと思いつつ、軽くボス部屋の扉を開く。

そこには三十匹程《びきほど》のウルフと、十匹のダークハウンドがいた。数だけはやたらと多いな……また森によくいる奴らかと、真新しい魔物が出ないことに残念な気持ちをいだきつつ『雷矢雨《サンダーレイン》』で瞬殺《しゅんさつ》。魔核を回収し、階段から二十階層へ降りていく。

二十階層の安全地帯は十階層より人は少なく、まばらに休憩《きゅうけい》しているパーティが見える程度であった。

僕が二十階層に到着すると、冒険者たちの視線が一斉《いっせい》に突《つ》き刺《さ》さる。若干《じゃっかん》の気まずさを覚えつつも端に座って水分補給をすると、不思議な空気が漂《ただよ》いつつも視線は散っていった。

やっぱり子どもがこんな場所にいるとどうしても目立ってしまうのだろう。

それにしても時計がない上に太陽も見えないから、迷宮《ダンジョン》に潜《もぐ》ってからどれくらいの時間が経《た》ったのか分からないな。水分と塩分を補給するためにチビチビと水とジャーキーを食べているため、腹時計も機能していない。

このまま無限に潜っていられそうではあるが、体感的にはそろそろ夕方くらいであろうか。服も大分埃《ほこり》っぽくなってきているため、風呂《ふろ》にも入りたい。そろそろ帰ろう。

部屋の隅に置いてある迷宮《ダンジョン》転移盤《ばん》と思われる装置に目をやり、使い方が分からないため他の人が使っているところを観察する。

使い方は意外と簡単で、転移盤の横にある魔石が置かれた台座にギルドカードをかざすだけのようであった。

利用者の列が途《と》切《ぎ》れたところを見計らい、転移盤の上に立つ。おずおずとギルドカードを魔石にかざすと足下《あしもと》から魔力が放たれ気づいたら迷宮《ダンジョン》の外、受付裏の転移盤の上に転移していた。

そして、転移盤の横に立つ暇《ひま》そうにしている兵士と目が合う。

迷宮《ダンジョン》に入る時に受付をしてくれたお兄さんであった。

「坊主《ぼうず》!!　お前さん、もしかして十階層まで行ったのか!?　危ないじゃないか!!　全然戻ってこないから心配してたんだぞ！　無事に戻ってきてよかった……」

鬼気《きき》迫《せま》った表情でお兄さんに迫られ、ガクガクと肩を揺《ゆ》すられる。本当は二十階層まで行ったが、そんなことを言える雰囲気《ふんいき》ではとてもなかった。

「あ、あ、の、だ、い、じょ、う、ぶ、で、す、か、ら」

「お前なぁ……運良く無事に戻ってこれたからよかったものの、命あっての物種だからな。ほんと無茶すんなよ？」

「わ、分かりました……ご心配をおかけして、すいませんでした」

真実は伏《ふ》せて、とりあえず素直《すなお》に謝っておく。

「はぁ、まぁとりあえず今日は帰ってゆっくり休めよ」

「はい、ありがとうございます」

兵士のお兄さんに迷宮《ダンジョン》から送り出され、その足で報告のために冒険者ギルドに戻った。

「あ、シリウス君！　お疲《つか》れ様《さま》。どうだった？　初迷宮《ダンジョン》は」

「楽しかったですよ！　あまり潜れませんでしたけど。報酬《ほうしゅう》を受け取りにきました」

受付嬢《じょう》のセリアさんにギルドカードを渡《わた》す。ギルドカードに記録された情報により、成果報酬が貰《もら》えるらしい。

「まぁ最初は手慣らしみたいなものよ。初日は一、二階層で様子見して、シリウス君なら数日の内に十階層くらいまでは余裕《よゆう》で行けそうよね」

「あ、あはは……」

迷宮《ダンジョン》探索ってそんな感じなのか？　初日で二十階層まで行ったとか、言わないほうがよさそうだ……。

「えーっと今回の報酬は……ん？　おっかしいなぁー……基準価格は変わってないわよね？　あれ……」

セリアさんがゴソゴソと資料とギルド石の情報を照らし合わせている。これは……。

「えっ!?　ちょっとシリウス君？　あなた今日、一体何階層までいったの？」

「えーっと……何階層だったかなぁ、あはは……」

セリアさんから鬼気迫るものを感じ正直に答えられず、思わず目を逸《そ》らす。

「はぁ……ギルド側ではね、冒険者が何階層まで進んだのか今日何を討伐《とうばつ》したのかをギルド石で見れるの。誤魔化《ごまか》しても無駄《むだ》よ。シリウス君、今日だけで二十階層まで行っちゃったの？」

「ま、まずかったですか？」

「そんな平然としちゃって……普通、二十階層っていうと、Cランクパーティがなんとか突破《とっぱ》できるようなレベルなの。Dランク冒険者《ぼうけん》がソロで行くようなところじゃないのよ。……まぁ六歳でゴブリンロードをソロ討伐しているような子だから、これくらい余裕なのかもしれないけど……あまり無茶しちゃダメよ？」

「……すいません、ありがとうございます」

うーん、やはり子どもだからか、皆に心配をかけてばかりだな。冒険者ランクがもう少し上がれば、そういうのも減りそうなんだけど。

「あのー……ちなみに、次の冒険者ランクへの昇格《しょうかく》にはどれくらいかかるものなんですかね？」

「大体DランクからCランクの昇格には早くて一年程度かかるものよ。Cランクは依頼《いらい》達成と魔物討伐によるギルドポイントのみで判定されるからね。シリウス君の魔物討伐数が多いといっても、Cランクに上がるのはまだ……まだ……あれ!?　昇格までもう少しじゃない!?　え……何この魔物討伐数……」

あー……素材を回収していない下位の魔物を合わせると、結構な数討伐したからなぁ。

流石迷宮《ダンジョン》、魔物の数はかなりのものであった。

「迷宮《ダンジョン》に結構魔物がいたので……あ、そういえば一緒に居たパーティの方から聞いたのですが、十階層のボスにゴブリンロードのなりそこないが出たのですがいつもはゴブリンジェネラルらしいですね。一応ご報告しておきます」

「えっ⁉　『ウルフファング』が助けられたっていう凄腕《すごうで》の冒険者ってシリウス君のことだったの⁉　さっきギルドに報告があったんだけど、原因は現在究明中なの……とりあえずは深層への冒険は控《ひか》えるよう周知することになったわ。シリウス君も本当に深いところに行っちゃダメよ？」

「はい、分かりました……」

心底心配そうに身を乗り出すセリアさんに思わずのけぞる。

魔王のこともあるし無茶はしない方が良いと思いつつも、魔王が完全に復活した時のために周りの人を守れる力を早くつけなければという焦燥感《しょうそうかん》を強く感じるのであった。

■

ある日の放課後、私服のエアさんと共に武器屋を目指して街を歩いていた。

淡《あわ》いグリーンを基調としたコーディネートで、ショートパンツからは白くスラリとした脚《あし》が覗《のぞ》いている。シンプルながらもポイントで小さいフリル等がついていたりと普段《ふだん》着ている戦闘《せんとう》用の服装とは印象が変わり新鮮《しんせん》で、思わず胸が跳《は》ねる。

今日は新しくサブの刀が欲《ほ》しくて街に繰《く》り出していた。エアさんに相談したところ、オススメの鍛冶屋《かじや》を教えてくれると提案があったのだ。

「それにしても、あえて斬《き》れ味の悪い武器を買いたいなんてね」

「両親から貰ったこの『雷薙《ライナギ》』は斬れ味が良すぎるんですよね……相手の剣《けん》を弾《はじ》こうと思ってぶつけたらそのまま切断しちゃうくらいの斬れ味ですから、模擬《もぎ》戦では使いづらすぎます」

「入学試験で『解析球《かいせきボール》』を斬っちゃうくらいだもんね。まぁシリウスの実力のせいってのもあると思うけど？」

「あれは『雷薙《ライナギ》』のせいです。絶対そうです」

僕が真面目《まじめ》な顔で弁明すると、エアさんは呆《あき》れた顔で可笑《おか》しそうに笑った。

そんなとりとめもない話をしていると、古めかしい、無骨な感じの店に辿《たど》り着いた。看板もなにもなく、知らなければ店と判断して入るのには非常に勇気の要《い》る建物だ。

「ここ……のはずよ。私の父の友人がやっている鍛冶屋。私も父に教わってはいたけど、

来るのははじめてね」

若干自信なさそうに話すエアさん。

見た目はただの小汚《こぎたな》……古めかしい民家だ。

しかし煙突《えんとつ》から立ち上る煙《けむり》と建物内から響《ひび》く金属を叩《たた》く音が、ここが鍛冶屋であると主張している。恐《おそ》らく間違《まちが》いないのであろう。

ノックをしても呼びかけても一切《いっさい》の反応がないため意を決して扉《とびら》を開くと、いきなり武器だらけの棚《たな》が目に入り、その奥には一心不乱に金属を叩く人影《ひとかげ》が見えた。

人影に近づくと、ずんぐりむっくりした体型のヒゲモジャのおっさんが居た。……これはどうみてもドワーフだな。

ドワーフ。よくアニメやライトノベルでも出てくる、お馴染《なじ》みの種族はこの世界にも存在していた。やはり例に漏《も》れず物づくりを好む種族で、職人や鍛冶師などといった職業に就《つ》く者がほとんどらしい。

こちらに気づかずに金属を叩き続けるドワーフに近づき、おずおずとエアさんが話しかける。

「あのー……すみません……」

金属を叩く音が非常に大きく、エアさんの声は全く届いていないようだ。それにしてもここまで近づいても気づかないとは、凄《すさ》まじい集中力だ。

「すみません!!!!　ガンテツさん!!!!」

ガンテツさんの耳元でエアさんが叫《さけ》ぶと、吃驚《びっくり》した表情を浮《う》かべたガンテツさんがこちらを振《ふ》り返り、首をかしげた。

「んお？　おまいさんら、誰《だれ》じゃ？　何しに来おった？」

「私は、エア・シルフィードと言います。父のフォレスに腕《うで》のいい鍛冶師だとガンテツさんを紹介《しょうかい》していただきました」

「あ？　シルフィード……フォレス？　……父？　……おまいさん、フォレスの娘《むすめ》っ子《こ》か？」

「えっと……はい、そうです」

「なんと!?　はぁー……あんな小さかった娘っ子が、もうこんなに大きくなったのか……時が流れるのは早いもんじゃのう」

「えっ!?　私……ガンテツさんとお会いしたことが……？」

「うむ。まぁおまいさんがまだこーんな小さかった頃《ころ》じゃからな、覚えとらんのも無理はないじゃろ。で、そのフォレスの娘っ子が何の用じゃ？」

「はい。私の友人に武器が欲しいという人がいて、ガンテツさんの武器はどうかと思って、見に来たんです」

エアさんの紹介を受け、ガンテツさんに一礼する。

「シリウスと申します。剣を探しており、是非《ぜひ》拝見したいのですが、よろしいでしょうか？」

「うむ。じゃがおまいさん、立派なカタナをぶら下げておるじゃな……カタナ……あ⁇」

急にガンテツさんの視線が鋭《するど》くなり、腰《こし》に下げている『雷薙《ライナギ》』を睨《にら》みつけているように感じた。

「おい……このカタナを何処《どこ》で手に入れた……？」

急に身体《からだ》から気力と殺気を垂れ流しながら、低い声で尋《たず》ねてくるガンテツさん。

炉《ろ》が燃え盛《さか》っているのにも拘《かか》わらず部屋の温度が急激に下がり、緊張《きんちょう》が走る。この人、刀にどんだけの恨《うら》みがあるんだ⁉　渇《かわ》いた口を開き、慎重《しんちょう》に回答する。

「これは母のミラ・アステールから譲《ゆず》り受けたものです。母は、父のレグルスから贈《おく》られたと言っていましたが……」

「ミラ……母……？　レグルス……？　おまいさん、まさか……ミラとレグルスの子どもか⁉」

「はい、そうですが……父と母のことをご存じなのですか？」

父さんと母さんの名前を聞いて、ガンテツさんは目を瞠《みは》っていた。

あの二人、ガンテツさんに一体何をしたんだ⁉　緊張感に冷《ひ》や汗《あせ》が頬《ほお》を伝ったところで、不意に頭をポンと撫《な》でられた。

「まさかこんな立派な子どもができてたなんてな。シリウスって言ったか、よく来たな」

ガンテツさんは、打って変わって優《やさ》しさに満ちた表情をしていた。

「実はそのカタナ『雷薙《ライナギ》』は、儂《わし》と師匠《ししょう》が打ったものなのじゃ」

「えッ⁉」

「ミラとレグルスはちょくちょく儂の工房《こうぼう》にきては、武器を見ながらイチャイチャしておった。気に食わない奴《やつ》らだった」

何やってんの父さん……母さん……。

「しかしある日、あやつらの実力では無茶な魔物討伐《まものとうばつ》の指名依頼が来てな。そんな時、レグルスはとんでもない素材を持って儂に土下座をしおった。妻を護《まも》る最高のカタナを作ってくれとな。しかしその素材はあの頃の儂にはまだ扱《あつか》いきれんかった。そこで師匠に頼《たの》み込み二人で創《つく》り上げたのがその『雷薙《ライナギ》』じゃ。未《いま》だに、儂が今まで打った武器の中では最高傑作《けっさく》じゃ。『雷薙《ライナギ》』を持ったミラは鬼神《きしん》の如《ごと》き強さで、その超《ちょう》難関依頼を無事に達成したそうじゃ。それを見知らぬ子どもが持っておったからの。盗人《ぬすっと》かと思って思わず殺気をぶつけてしまったわい、すまぬの」

そうだったのか……容疑だけの人間にぶつけるにはあまりに濃厚《のうこう》な殺気であったが。

「それが今、息子《むすこ》に受け継《つ》がれているとはの……嬉《うれ》しいもんじゃ……。ところでおまいさん、剣を探していると言ったの。『雷薙《ライナギ》』を持っていながら、それ以上何を求めておるんじゃ？」

こちらの心の内を探《さぐ》るようなガンテツさんの視線が突《つ》き刺《さ》さる。

「はい。斬れ味の悪い武器を探しています」

「……は？」

「あまり斬れない武器を、探しています」

「…………なんじゃって？」

「斬れにくい武器を……」

「いや、それは分かった。それは分かったんじゃが、何故《なぜ》わざわざ斬れ味の悪い武器をさがしておるんじゃ？」

ガンテツさんは悩《なや》ましげな様子で頭を振っていた。

「はい。『雷薙《ライナギ》』は非常に素晴《すば》らしい武器なのですが……斬れ味が良すぎるんです」

「斬れ味が良くて何が悪い？」

「僕は今学園に通っているのですが、例えば模擬戦で相手の武器と刃《は》を合わせると、そのまま相手の武器を切断してしまい稽古《けいこ》にならないんです」

「……ふむ」

「そのため、相手の攻撃《こうげき》を受け止められる程度に強度が高く、かつ斬れ味が悪い武器が欲しいんです」

「相手を殺さないために、手加減するための武器が欲しいということじゃな？」

「ぶっちゃけていうと、そういうことです」

「大分ぶっちゃけたわね……」

苦笑いするエアさん。ガンテツさんは疲《つか》れた様子で黒い鉱石を取り出した。

「それなら、『黒鋼《クロガネ》』じゃな」

「黒鋼《クロガネ》……？」

「黒鋼《クロガネ》は、主にハンマーなどの鈍器《どんき》系の武器に使われる金属じゃ。最高クラスの硬度《こうど》を誇《ほこ》り、黒鋼《クロガネ》のハンマーはミスリルすら叩き割ることが可能じゃ」

「ミスリルより硬《かた》いですって⁉」

エアさんは驚《おどろ》きに目を見開き、ガンテツさんの持つ黒鋼《クロガネ》を凝視《ぎょうし》した。

「まぁミスリルの強度は上等じゃが、一番の強みは魔力《まりょく》伝導率じゃからな。一方黒鋼《クロガネ》は魔力が全く伝わらん代わりに、凄まじく硬い」

「魔力が伝わらず、強度が高い……それ、戦士からしたら最高の素材じゃないですか？」

「そうじゃな……しかし黒鋼《クロガネ》には問題があっての、硬すぎるんじゃ」

「硬すぎならいいんじゃないの？」

「硬すぎて、加工が困難なのじゃ。じゃから、ほとんど塊《かたまり》で使えるハンマーくらいしか作れんのじゃ。ほれ、持ってみい。そんなに多く流通している金属ではないのじゃが、加工が困難すぎるお陰《かげ》で安価なのが皮肉じゃの」

黒鋼《クロガネ》を手に取ると、想像以上にずっしりとした重さが手に伝わった。

見た目は物凄《ものすご》く真っ黒である。恐らく光をほとんど反射していないと思われ、まるでブラックホールのように吸い込まれそうな黒だ。

コンコンと指で弾いてみるが、ほとんど音がしない。物凄く硬く、密度が高いのだろう。

『解析《かいせき》』を行使して特性を確認《かくにん》してみる。

【名前】黒鋼《クロガネ》
【説明】非常に硬度の高い黒い金属。魔力をほとんど通さない。他の金属との親和性が高い。

「僕が求めている武器に黒鋼《クロガネ》がピッタリなのは分かったのですが、ハンマーのような嵩張《かさば》る武器はちょっと……黒鋼《クロガネ》より強度が落ちてもいいので、できれば刀か剣《けん》がいいのですが」

「ふぉっふぉ……。実は今、この黒鋼《クロガネ》の活用方法を研究してるとこなんじゃ。そして最近ようやく、超高温ミスリルカッターでなんとか切断加工ができるようになったのじゃ！　それで作ったのが、この黒鋼《クロガネ》の板じゃ。これをそれっぽく形を整えて柄《つか》を作れば、ほとんど斬《き》れんが一応刀っぽい見た目にはなる。実際はただの金属の板みたいなもんじゃがな。どうじゃ？」

ドヤ顔で黒鋼《クロガネ》の板を見せつけてくるガンテツさん。黒鋼《クロガネ》を板状に加工できたというだけで凄いのだろうが、柄を付けてもどう見てもタダの板である……。しかし、確かに強度が高くて斬れないという条件は見事に満たしている。

「ちなみに、黒鋼《クロガネ》と他の金属で合金を作ったりはしたことありますか？」

「ぬっ？　合金……だと……!?　その発想はなかったのう……いや、しかし……」

ガンテツさんはぶつぶつと独り言を呟《つぶや》きながら自分の世界に入り込んでしまった。

黒鋼《クロガネ》の『解析』結果に、他の金属との親和性が高いという情報があった。そこから、黒鋼《クロガネ》を他の金属と合わせることで強度を増させるような活用方法があるのではないかと思って聞いてみたのだ。

「やってみる価値はありそうじゃ……。しかし、すぐに成果はでんじゃろうから、今回の武器に使うのは難しいぞ」

「そうですよね。今回は、先程《さきほど》ご提案いただいた黒鋼《クロガネ》で刀を作っていただいてもよろしいですか？」

「あぁ、任せろ！　世界初の黒鋼《クロガネ》刀になるじゃろうな！　腕がなるわい！　あぁ、持ってみて分かったと思うがかなり重くなるんじゃが良いかの？」

「はい、重さは気にしないでください」

黒鋼《クロガネ》は色々と研究の余地がありそうだ。そこに目をつけていたガンテツさんは流石《さすが》だ。

「もう既製《きせい》の黒鋼《クロガネ》板を形状加工するだけじゃから、今日中にはできると思うぞ。そうじゃなぁ、夕方すぎには完成しとるじゃろう」

「分かりました、ありがとうございます。お代はおいくらですか？」

「今回は試作品みたいなもんじゃからなぁ……。そうじゃ、この武器を使って使い心地や情報をこちらに流してくれんかの？　あと定期的に武器のチェックもしたいの……。それに協力してくれれば、武器自体は無料《タダ》で構わん」

「僕は助かりますが……せめて原価分だけでもお支払《しはら》いを……」

「あーあー構わん構わん。こんな斬れ味皆無《かいむ》の黒鋼《クロガネ》の武器をテストしてくれる物好きなんかおらんからな。本当に儂としても助かるんじゃ」

「……分かりました。ありがとうございます」

僕が頭を下げると、ガンテツさんは照れたように顔を逸《そ》らした。

確かにテスターということもあるが、両親の子どもだからサービスしてくれているってのもあるのかな、見た目とは裏腹に温かい心を持った人だ。

ガンテツさんの鍛冶屋《かじや》を後にし、エアさんと街に繰《く》り出した。

セントラルに来てからというもの学校と冒険者《ぼうけんしゃ》ギルドの往復ばかりだったので、こうやって街をブラブラするのは新鮮《しんせん》でとても楽しい。エアさんもウキウキとした様子で装飾品《そうしょく》を物色していた。

「これ可愛《かわい》い……って高ッ！　やっぱり見た目と機能を両立した装備って高いのよね……」

エアさんはぶつぶつと独り言を言いつつ緑色の魔石が埋《う》め込まれたバングルを物欲《ものほ》しげに眺《なが》めていた。この店の装飾品はオシャレなだけでなく、魔石が埋め込んである物が結構置いてあった。魔石に魔術付与できるため非常に便利なのだが、通常のアクセサリーに比べると数倍の値段となっていた。

今日の私服も可愛いもんなぁ……。流石女の子、冒険者であってもオシャレは忘れないようだ。

その後も服飾店やら道具屋やら色々と店を巡《めぐ》り足に疲労《ひろう》が溜《た》まってきたため、食事処《どころ》で休憩《きゅうけい》をとることにした。

「エアさん、今日は鍛冶屋を紹介《しょうかい》していただいて、ありがとうございました。お陰で良い武器ができそうです」

「いいのよ、もともと私も行きたいと思ってたし、街を見るのも楽しかったしね。私の実家は山の中の田舎《いなか》だから、都会の店に一人で入るのはちょっと怖《こわ》かったの」

「分かりますそれ！　僕も田舎村出身なので、ちょっと気後《きおく》れしちゃいますよね」

「そうなのよね！　……二人とも田舎者なのに一緒《いっしょ》なら入れるってのもちょっと可笑《おか》しいわね」

可笑しそうに微笑《ほほえ》むエアさん。エトワール村も相当田舎だと思っていたけれど、エアさんは本当に森の中に住んでいたらしい。まぁエルフだし、森の中に集落があるのはテンプレですかね。

二人で楽しくお茶をしていると、あっという間に日が落ち辺りが暗くなり始めていた。

「さて、そろそろ鍛冶屋で受け取って帰りましょうか」

「そうですね。その前に、今日のお礼を。大したものではないのですが……」

そういってエアさんに小箱を渡《わた》す。エアさんは驚いた様子でおずおずと小箱を見つめる。

「えっ⁉　いつの間にこんなもの……あ、ありがと。開けてもいいかしら？」

「どうぞ、開けてください」

エアさんが箱を開けると、小振りの緑色の魔石が一つ埋め込まれたシンプルなシルバーのバングルが顔を覗《のぞ》かせた。それを見たエアさんは表情をほころばせて口に手を当てた。

「『風障壁《ウインドバリア》』の魔術を付与《エンチャント》しておきました。いざという時に一度だけ自動発動するものです。お守り程度ではありますが……」

「シリウス、これ……あ、ありがと……」

エアさんは嬉しそうにバングルを箱から取り出して、腕《うで》にはめた。

「ど、どう？　似合うかしら？」

「うん、やっぱりよく似合ってますよ」

「……ありがと」

エアさんはさっと顔を逸らし、小さく呟いた。頬《ほお》と耳を赤く染めたエアさんを見て、僕も思わず照れてしまい目を逸らす。

「……こちらこそ、今日一日付き合っていただいてありがとうございました」

顔を見合わせるとお互《たが》い顔を赤く染めてることがおかしくて、思わず二人で吹《ふ》き出してしまった。

鍛冶屋に戻《もど》ると、ガンテツさんが満足そうな表情で待ち構えていた。

「おう、できとるぞ。初の黒鋼《クロガネ》刀『夜一《ヨイチ》』じゃ」

黒い鞘《さや》から夜一《ヨイチ》を抜《ぬ》く。刀のサイズからは想像できないような重量が手にのしかかる。雷薙《ライナギ》の五倍程の重さはあるだろう。腕力《わんりょく》的には余裕《よゆう》で扱《あつか》えるし、攻撃に重量が乗るから全然構わないのだが。

刀身は黒鋼《クロガネ》そのままで、吸い込まれるような漆黒《しっこく》を湛《たた》えていた。形状だけは刀であるが、刃はほとんどなく斬れ味が皆無《かいむ》であることがうかがえる。

うん、僕の求めている性能にピッタリだ。

「裏に試用場があるから使ってみると良い。恐《おそ》らく斬れんが」

「はい、ちょっと振《ふ》ってみたいです」

鍛冶屋の裏口から出ると、庭に巻き藁《わら》が設置してあった。『夜一《ヨイチ》』を腰《こし》に下げ、巻き藁の前で構える。

「ふっ!!」

巻き藁に抜刀斬《ばっとうぎ》りを放つ。腕に大きな抵抗《ていこう》が伝わり、やはり斬れ味はないのだと再確認《かくにん》できる。

……ただ、巻藁はへし折れて上下にちぎれていた。

「……のう、これ、斬れ味がなくても食《く》らったら死なないかの？」

「……私の剣で打ち合ったら、剣がへし折られそうね」

「んー……ムスケルさんのパンチなら巻き藁は粉々になってそうですし、彼らと打ち合うにはこれくらいの強度があってちょうどいいと思います。ガンテツさん、良い刀を作っていただきありがとうございます」

「これを刀と呼んでいいかは微妙《びみょう》じゃがな。黒鋼《クロガネ》と他金属の合金の件、もし上手《うま》くいったらまた試作品を使ってみてもらいたいんじゃが、どうかの？」

「はい！　是非《ぜひ》使わせてください！」

「うむ。できたら学校に連絡《れんらく》をいれよう。ではの、たまには武器の整備にくるんじゃぞ」

「分かりました。ありがとうございました」

新たな刀『夜一《ヨイチ》』を携《たずさ》え、エアさんと共に足取り軽く寮《りょう》に帰るのであった。

第七章 ♦ 闇と光

夜一《ヨイチ》を入手して数日後の休日、迷宮《ダンジョン》で夜一《ヨイチ》の試《ため》し斬《ぎ》りを行おうと考えていた。

朝の鍛錬《たんれん》を終えいつもどおり食堂へ行くと、エアさん、ロゼさん、アリアさんの三人が朝食をとっているところであった。

「おはようございます」

「シ、シリウス君、おはようございます……！」

慌《あわ》てて髪《かみ》を手ぐしで梳《と》かすアリアさん。朝からきっちりと綺麗《きれい》な服を着ており、女子力の高さがうかがえる。

「シリウス、おはよう」

シンプルで涼《すず》し気《げ》な装《よそお》いのエアさん。声音《こわね》ははっきりとしているけれど、時折眠《ねむ》そうに目を擦《こす》っていた。

「……おはよ」

パンを咥《くわ》えながら船を漕《こ》いでいるロゼさん。朝は弱いようだ。

三者三様の様子を微笑ましく横目に見つつ、朝食セットを受け取りエアさんの隣《となり》の席に着く。エアさんは呆《あき》れたように、若干乾《じゃっかんかわ》ききっていない僕の髪を見て口を開いた。

「今日も朝からトレーニングしてたの？　ほんと、その小さい身体にどれだけ体力あるのか不思議でならないわ」

一日四時間も寝《ね》ているのだ、そんなに大したものではないんだけどなぁ。

僕は苦笑《くしょう》しつつ、パンを頬張《ほおば》る。

「シリウス君は本当に凄《すご》いです、私も頑張《がんば》らなきゃ……ちなみに今日は何かご予定が？」

「いいえ、僕の場合はただの習慣というか、やっておかなくちゃ気持ち悪いってだけなのでそんな大したものじゃないですよ……。今日は迷宮《ダンジョン》に行って新しい刀の試し斬りをしようかと思ってます」

僕がそう言うと、先程までうとうとしていたロゼさんがすかさずこちらに視線を向けた。

「迷宮《ダンジョン》、私も行く」

ロゼさんは瞳《ひとみ》をパッチリと開け、完全に覚醒《かくせい》した様子で残りのパンを口に詰《つ》め込み始めた。それを見たエアさんとアリアさんは顔を見合わせて、身を乗り出してきた。

「私も行くわよ。夜一《ヨイチ》がどんな出来かも見たいしね」

「わ、私もついて行っちゃダメでしょうか……？」

「え、ええ、構いませんよ」

鬼気迫《ききせま》るような二人の勢いに押され、そう答えるしか選択《せんたく》の余地はなかった。

まぁこのメンバーなら十分な実力はあるし、十階層程度ならなんの問題もないだろう。

三人は競《きそ》い合うように朝食を食べ、準備のために駆《か》け足《あし》で部屋へ戻っていった。


寮の玄関《げんかん》で集合し、四人で冒険者《ぼうけんしゃ》ギルドへ向かう。迷宮討伐依頼《ダンジョンとうばついらい》を受注しにセリアさんに話しかけると、彼女は怪訝《けげん》な表情で僕を見つめていた。

「シリウス君、また女の子を増やしたの？　もう、私というものがありながら……」

セリアさんが冗談《じょうだん》交じりに口を隠《かく》しつつそんなことを言うと、剣呑《けんのん》な気配が背中に突《つ》き刺《さ》さった。恐る恐る後ろを振り向くと、満面の笑《え》みを浮《う》かべた三人がいた。

「へぇ～……二人ってそういう感じなんだぁ」

明るいのになぜか底冷えするような感情が込《こ》められたエアさんの問いに、急いで首を横に振る。

「セ、セリアさん、そういう冗談はお互いのためにならないかと……」

「ふふ、そんな困った顔しないで、冗談よ。……今はね」

「えっ今なにか……」

セリアさんが小さい声で何を呟《つぶや》いたのか聞き返そうとすると、セリアさんは手をパンと叩《たた》き話を中断した。

「はい！　依頼の受注手続きは完了《かんりょう》しました。皆《みんな》、無茶はしないでね。特に最近は魔物《まもの》の動きが活発になってるから」

「……ありがとうございます。今日は前回攻略《こうりゃく》した範囲《はんい》にしか入らない予定なので大丈夫《だいじょうぶ》だとは思いますが、気をつけますね」

「うん、それなら安心ね。気をつけて行ってらっしゃい！」

笑顔のセリアさんから手続きを終えた四人分のギルドカードを受け取り、四人で迷宮《ダンジョン》へ向かう。

今回は自分一人ではないし、あまり危険を冒《おか》さないよう前回クリアした十階層から二十階層だけでやめておこう。試し斬りするだけならそれで十分だ。

いつものお兄さんに挨拶《あいさつ》をし、迷宮《ダンジョン》転移盤《ばん》で十階層に転移。迷宮《ダンジョン》に入ると三人は目を輝《かがや》かせてきょろきょろと周りを見渡《みわた》していた。

やっぱり皆冒険者だな、迷宮《ダンジョン》が楽しみで仕方がない様子だ。

「この階層にはゴブリン系やウルフ系、スネーク系といった獣《けもの》系の魔物が分布してます。皆からしたら大したことない魔物かもしれませんが、セリアさんも言っていたように最近魔物が活発化しているので油断しないようにしましょう。きつそうならすぐに戻りますので、ちゃんと言ってくださいね！」

「うん、分かったわ」

「シリウス君、分かりました！」

「了解《りようかい》」

三人ともウキウキしてアトラクション気分のようであった。

何はともあれ、やる気満々なのは良いことだ。

「ハッ！」

「エア、右に跳《と》んで。『炎矢《ファイアアロー》』」

「『氷矢《アイスアロー》』！」

僕とエアさんが魔物を抑《おさ》え、ロゼさんとアリアさんが隙《すき》をつき初級魔術を叩き込み止《とど》めを刺す。初めての四人連携《れんけい》にしては上手く行っている方であろう。

今回はエアさんが前衛、ロゼさんとアリアさんは後衛、そして僕は前衛を務めつつ後衛である二人への敵の接近を防ぐ遊撃《ゆうげき》という構成で戦うことにした。敵が低級魔物であることもあり、サクサクと迷宮《ダンジョン》を進めていく。

暫《しばら》く進むと皆の息が切れはじめてきたため、十二階層の広間を殲滅《せんめつ》して一度休憩《きゅうけい》を入れる。広間は視界が開けているため奇襲《きしゅう》される心配がなく、出入口の二箇所《かしょ》に気を配ればいいだけであるため休憩に最適なのだ。

『亜空間庫《アイテムボックス》』から出したレモン水を飲みつつ、エアさんは汗《あせ》を拭《ぬぐ》っていた。

「それにしてもシリウスは全く疲《つか》れてなさそうね……。一番周囲に気を配ってくれてるし動いてくれているのになんでそんな平然としてるのよ？」

「そうですね、何か秘訣《ひけつ》があるなら教えてほしいです！」

エアさんとアリアさん、そして静かにロゼさんも期待に満ちた表情でこちらを見つめていた。

「うーん、そうですね……。メリハリをつけるように気をつけてるくらいですかね。連戦になりやすい迷宮《ダンジョン》では特に大事だと思います」

「メリハリ？　どういうこと？」

エアさんは可愛《かわい》く首を傾《かし》げた。

「例えば、四割程《ほど》の力で倒《たお》せる相手であればそれ相応の手加減をしても良いということです。常に全力で戦ってたらすぐ疲れちゃいますからね」

「うーん……私だったらどうすればいいの？」

「エアさんでしたら、低級のゴブリンやウルフ相手なら一太刀《ひとたち》にかける力はもっと少なくても良いかも知れません。それに気力を常に全身均一に張り巡《めぐ》らせていますが、攻撃力《こうげき》が低い魔物が相手なら身体《からだ》はもっと薄《うす》く、剣《けん》を持つ腕《うで》だけちょっと多めに気力を留《とど》めておけば、かなり気力を節約できるはずです。こんな風に」

先程言ったように気力を操作し、刀を軽く何回か振《ふ》ってみる。エアさんは僕の気力の流れや動きを真剣に観察していた。

「なるほど……。確かに、どんな敵にも全力で戦ってたわね。しかもそんな風に気力を節約するなんて、考えたこともなかったわ」

「強い敵と戦うときも同じように全身に纏《まと》う気力を攻撃の時に集中することで一撃の威力《いりょく》を底上げすることができるので、練習すれば色々なことに応用できますよ」

エルフは弓術士がほとんどで戦士が少ないから、近接戦闘《せんとう》はほぼ独学だったのだろう。エアさんはその持ち前の才能で上手く戦っていたけれど、こういう風に理論的に近接戦闘を習ったことはないように思える。

新しい知識が嬉《うれ》しいのかエアさんは『操気』で気力の強さの調整を練習していた。気の扱《あつか》いは十分に出来ているため、この分ならすぐに身に着けられそうだな。

僕がエアさんに近接戦闘についてレクチャーしていると、アリアさんとロゼさんの熱い眼差《まなざ》しが背中に突き刺さっていることに気づいた。

「シ、シリウス君、魔術師の私はどうすればいいの!?」

「アリアさんのような魔術師も同じように迷宮《ダンジョン》では節約が大事です。例えば初級魔術であっても魔力量を更《さら》に下げても倒せる相手ならば魔力量をもっと減らしても問題ないです。こんな風に」

『雷弾《サンダーバレット》』を指の先に生成し、クルクルと宙で回す。

二人は食いつくように小さな雷球《サンダーボール》を見つめていた。

「これは初級魔術『雷球《サンダーボール》』を小さくしたアレンジ魔術『雷弾《サンダーバレット》』です。体積が小さい分消費魔力も少なくて済みます。そしてこれを上手くコントロールして弱点に当てれば、ゴブリンやウルフ程度なら一撃で葬《ほうむ》ることが可能です」

丁度入口から迷い込んできたゴブリンに『雷弾《サンダーバレット》』を放つ。『雷弾《サンダーバレット》』は高速で回転しつつ真《ま》っ直《す》ぐにゴブリンの脳天に吸い込まれ、その命を絶った。

「術式はほとんど初級魔術と同じなので、きっとすぐ使えるようになると思いますよ」

『亜空間庫《アイテムボックス》』から黒板を取り出して術式をサラッと書いて二人に見せる。

魔力省力化と回転を加えているだけでほとんど『炎球《ファイアボール》』『氷球《アイスボール》』と変わらないため、この二人ならすぐに習得できるだろう。

「アレンジ魔術なんて凄いと思ったけど、術式だけみると確かに出来そうな気がしてきた」

「でも、これを思いついてアレンジするってのがまず凄いですよね……」

二人はじっくりと術式を読み暫く試行錯誤《さくご》を繰《く》り返したら、すぐに上達してしまった。

「『炎弾《ファイアバレット》』」

「『氷弾《アイスバレット》』」

『詠唱短縮《えいしょう》』で近くの岩に魔術を放つ二人。

放たれた魔術は岩を小さく穿《うが》ち、それを見た二人は顔を綻《ほころ》ばせていた。

「シ、シリウス君！　出来ましたっ！」

「確かに、これは魔力消費が少ないから凄い楽になりそう」

「二人とも流石《さすが》ですね！　ただ一つ注意として、弱点等の柔《やわ》らかい部位に当てないとダメージが通らないので気をつけてください。純粋《じゅんすい》な破《は》壊《かい》力はそんなに高くはないので」

二人は嬉しそうに頷《うなず》き、命中精度を確認《かくにん》するように何回か試《ため》し撃《う》ちをしていた。

■

十六階層、徐々《じょじょ》に魔物の強さが上がってきているが僕たちはテンポ良く歩を進めていた。

あれからエアさんは徐々に効率的な身体や気力の動かし方の要領を得ており、アリアさんとロゼさんは弾《バレット》系魔術で魔力を節約しつつ戦っていた。

三人とも色々と教えるとスポンジが水を吸収するかの如《ごと》く技術を身につけていき、魔物の強さが上がるとともにパーティメンバーの強さも上がっているため苦を感じることなく戦い続けられていた。

前回ソロだった時は飛ばしぎみに進んでいたので各階層の記《き》憶《おく》は薄いのだが、心なしか魔物が前回より強くなっていることと迷宮《ダンジョン》内の魔力濃度《のうど》が上がっているように感じるのは若干《じゃっかん》気がかりであった。

十七階層への階段で一度皆と相談し、このまま二十階層まで行けそうだと判断して下層へ降りる。まぁいざとなったら僕一人で全部片付けることも十分可能な階層だし問題はないだろう。

十七階層を歩きはじめるとすぐに、剣戟《けんげき》の甲高《かんだか》い音と爆音《ばくおん》が耳に入った。『魔力感知』により、少し先でパーティが戦闘していることがうかがえた。魔力が低下している人間が数人いるようだ。恐《おそ》らく壊滅《かいめつ》寸前のパーティが一つ、それを助けに入っているパーティが一つといったところか。

本来は他パーティの戦闘は邪魔《じゃま》をしないように回り道をするか終わるまで待つのがマナーであるが、そんな事を言っていられる状況《じょうきょう》ではなさそうだ。

「皆さん、この先で別パーティが戦っているようです。恐らく、壊滅寸前のパーティとそれを助けに入ったパーティかと思われます。念《ねん》の為《ため》、僕らもサポートに行こうと思うのですが構いませんか？」

振り返り皆の顔を見ると、全員が真剣な表情で即座《そくざ》に頷いた。

「勿論《もちろん》よ！」

「行きましょうシリウス君！」

「当然」

皆の顔を見て頷くと、すれ違《ちが》う魔物を全《すべ》て切り捨てながら感知した方向へ駆《か》け抜《ぬ》けた。開けた場所に出たので、瞬時《しゅんじ》に周囲を見渡す。

血を流し壁《かべ》にもたれ掛《か》かり呻《うめ》き声を上げている人が四人、その人たちを守るように魔物から守っている人が一人、前に出て魔物たちと戦っている人が三人。

よく見ると魔物と戦っているのは『ウルフファング』であった。

「アリアさん、怪我《けが》人の手当てをお願いします。エアさんとロゼさんはペアで周囲の魔物の殲滅を。僕はアレの討伐《とうばつ》に加勢します！」

僕らは散開し、それぞれの役割を果たすため動き出した。

ここで一番厳しいのは、ウルフさんが対峙《たいじ》している大蛇《だいじゃ》の魔物ヴェノムサーペント、Bランクの魔物だ。キングコブラを大型化したような魔物で、全長は五メートル程だ。

ウルフさんは溶解液《ようかい》を受け一部の防具が煙《けむり》を上げて溶《と》けて傷だらけではあるものの、致《ち》命傷《めいしょう》は受けることなく上手《うま》く注意を引きつけていた。

「ウルフさん、手伝います！」

僕が駆け寄るとウルフさんは一瞬驚《おどろ》き、すぐに嬉しそうに笑った。

「シリウス⁉　すまん、助かる！」

ウルフさんへぶっとい尻尾《しっぽ》を振り上げているヴェノムサーペントに『風衝撃《エアストライク》』を放つ。

ヴェノムサーペントはその巨体《きょたい》を仰《の》け反らせ、こちらを睨《にら》みつけた。

そのまま『雷槍《ライトニングスピア》』を放つもヴェノムサーペントは上手く身体を捩《ねじ》ってそれを回避《かいひ》。

直線的な魔術は当てにくい相手だから当然の結果ではあるのだが……回避したところにウルフさんの大剣が襲《おそ》いかかる。ヴェノムサーペントは咄嗟《とっさ》に尻尾を突《つ》き出すものの大剣の勢いに押され鱗《うろこ》が飛び散った。

ウルフさんに激昂《げきこう》したヴェノムサーペントは溶解液を吹《ふ》き付けようと口に魔力を集中させるが、そんな悠長《ゆうちょう》なモーションを待ってあげるほど僕は優《やさ》しくない。

溶解液が発射される瞬間を狙《ねら》い、大きく開いた口内に『炎球《ファイアボール》』を撃ち込む。

吐《は》き出される溶解液に直撃した『炎球《ファイアボール》』は爆発《ばくはつ》とともに溶解液を蒸発させ、ヴェノムサーペントの口腔《こうこう》内を焼き尽《つ》くした。そして口から煙を吐き出しながらよろめくヴェノムサーペントへ向け跳躍《ちょうやく》し、一太刀で首をはね飛ばした。

はね飛ばされた後も跳ねる首と身体を『雷矢《サンダーアロー》』で地面に縫《ぬ》い付けると、ヴェノムサーペントは完全に動きを停止した。

完全に沈黙《ちんもく》したヴェノムサーペントを確認し、ウルフさんは大きく息を吐いた。

「シリウス、また助けられちまったな、ありがとう」

「いえ、最初にあちらのパーティを助けたのはウルフさんじゃないですか」

僕はそう言うと後ろを振り返る。既《すで》に周囲の魔物は片付けられており、アリアさんとマイルさんが怪我人の手当てを終えるところであった。

アリアさんの調合した回復薬《ポーション》により怪我をしていた男性たちはある程度回復したようで、顔に血色が戻《もど》ってきていた。

マイルさんは手当てを終えた途端《とたん》にこちらに駆け寄ってきた。

「シリウス!! また会えたっ!」

マイルさんは勢いのまま僕に思い切り抱《だ》きついてきた。柔らかい感触《かんしょく》に、思わず耳が赤くなるのを感じる。

『ウルフファング』のメンバーは温かい目で、僕のパーティメンバーは鋭《するど》い視線をこちらに向けており気まずい空気が漂《ただよ》う。

僕が苦笑いしているとエイミーさんが呆《あき》れた顔でマイルさんを引き剝《は》がしてくれた。

「マイル、今はそれどころじゃないからそこまでにしなさいね」

ウルフさんはこほんと小さく咳《せき》をし、真剣な表情で話しはじめた。

「あー、まずはシリウス、そしてパーティの三人、助けてくれてありがとう。そしてそちらのパーティも無事で本当に良かった」

「皆《みな》さん、本当にありがとうございました……」

傷を負ったパーティリーダーらしき男性は深く頭を下げていた。

「どういう経緯《けいい》でこのような状況になったのでしょうか？　ヴェノムサーペントがいた方向から闇《やみ》属性の魔力……瘴気《しょうき》が流れてきていることと関係があるかと思うのですが」

僕がそう言うと、ウルフさんとリーダーの男性は同時に頷いた。

「あぁ、うちもマイルがそれに気づいて戻ろうかとここで休憩《きゅうけい》しつつ相談していたところで彼らが逃《に》げ込んできたんだ」

「そうなんだ……。俺らも十八階層で戦っていたんだが、突然《とつぜん》瘴気が漂い始めて……。それで上層に戻っている途中《とちゅう》でヴェノムサーペントに不意打ちされて、なんとかここまで逃げてきたんだ。ウルフさんたちがいなけりゃ俺らは逃げ切れなかったかもしれない、本当に恩に着る」

下層から瘴気が発生して、魔物が成長しはじめているということか。

瘴気と魔物の成長は因果関係があると見て間違いないだろう。闇属性の魔力といえば、魔族の代表的な適性属性だ。

魔王や魔族が関わっている可能性が高そうだ……。

「ちなみに、下の階層で他のパーティは見かけましたか？」

僕が問いかけると、男性は下を向いて沈痛《ちんつう》な面持《おも》ちとなった。

「あぁ、他のパーティも見かけた。彼らがどうなったのかは分からないが……」

それを聞いた僕らと『ウルフファング』は厳しい表情を浮《う》かべた。

そのパーティが彼らと同様に不意打ちで傷を負っている可能性は十分に考えられる。魔物が活発化しているという情報はギルドから共有されていたし、そもそも冒険《ぼうけん》者という職業は自己責任の職業だ。僕らが心を痛める義理はないのだが、やはり心配なものは心配だ。

それは『ウルフファング』の皆も同じ気持ちのようであった。

一方彼らの実力的にはBランクの魔物を討伐するのでギリギリ、人を守りながらだとヴエノムサーペントのように命を懸《か》けた戦いを強《し》いられることが容易に想像できてしまう。チームへの危険を考えると、救助に行くという選択《せんたく》を取ることはできないだろう。

「……分かりました、僕が様子を見に下層へ潜《もぐ》ります。僕はAランクの魔物をソロで討伐したこともあるのでどうとでもなりますし、いざという時は逃げに徹《てっ》すれば問題ありません。『ウルフファング』の皆さんは怪我人を警護しつつ十階層まで戻り迷宮《ダンジョン》転移盤《ばん》でこのことをギルドに報告してください。エアさん、ロゼさん、アリアさんも一緒《いっしょ》に警護しつつ地上に戻ってください」

『ウルフファング』ともう一つのパーティの皆は痛々しい表情をしつつ下を向いた。自分らが下層へ降りるという選択を取れないと理解しているのだろう。

一方、エアさん、ロゼさん、アリアさんは真剣な顔をして僕に食いついてきた。

「嫌《いや》と言っても私はついていくわよ。シリウス程《ほど》じゃないけど少しは役に立つでしょ」

「シリウス一人で強くなろうとしても無駄《むだ》。当然私もついていく」

「わ、私もシリウス君のお手伝いをしたいですっ！」

凄《すご》い剣幕《けんまく》の三人に、僕は困惑《こんわく》する。正直に言うと助かるといえば助かるが、ここから下層の魔物がどれくらい成長しているか分からない以上危険すぎる。

どう断ったものかと思案していると、ウルフさんがポンと僕の肩《かた》を叩《たた》いた。

「お前は強いが一人ってのは俺も心配だぜ。少しは自分の安全も考えた方がいいと思うぞ。まぁ、俺が言えた義理じゃねーんだけどな……」

ウルフさんの言葉を聞き三人を見ると、三人はまっすぐに僕を見つめていた。

これは止めても無理そうだな……。

「……分かりました。三人が来てくれるというのなら僕も助かります、ありがとうございます。何かあったら全力で守るつもりではありますが、いざという時は逃げてくださいね」

三人は嬉《うれ》しそうに力強く首を縦に振《ふ》り、ウルフさんも安心した表情を浮かべていた。

■

「では、ご武運を祈《いの》っています」

「あぁ。危ない役目を頼《たの》んじまってすまねぇが、頼んだぞ」

「シリウス、気をつけてね！」

涙目《なみだめ》のマイルさんをエイミーさんが引きずり、ウルフさんとファングさんは苦笑《くしょう》しつつ広間から去っていった。瘴気が上層へ充満《じゅうまん》する前に脱出《だっしゅつ》しなければ危険性が上がるため、駆け足である。

「さて、僕らも行きましょうか」

一方僕らは瘴気が更《さら》に濃《こ》くなっている下層へと歩を進めはじめた。

魔物は明らかに前回来たときよりも強くなってきているが、三人も凄《すさ》まじいスピードで先程教えた戦いのコツを習得し始めており、問題なく先へ進めていた。

ちなみに時々現れる上位種も今のところ、一瞬《いっしゅん》で首を刎《は》ねられる程度の魔物しか発生していなかった。

『魔力感知』で広域を探《さぐ》りつつ早足で探索《たんさく》を進めていくが、他のパーティの魔力は中々見つからずにどんどん先へと進んでいく。

そして十九層に降り立つと、遂《つい》に冒険者パーティらしい魔力が『魔力感知』に引っかかった。

……悍《おぞ》ましく強大な魔力とともに。

「ボス部屋の前に冒険者パーティの魔力を見つけました！　ただ、一緒に非常に強い魔力も……急ぎましょう。僕が魔物を片付けながら先に行くので追いかけてきてください！」

『雷光付与《ライトニングオーラ》』を発動し敏捷性《びんしょう》を強化して地を蹴《け》る。三人も緊張《きんちょう》した面持ちで力強く頷《うなず》き、駆け始めた。

降りてきてしまっているから、ボスを倒《たお》して二十階層から脱出しようと思ったのだろうな。なまじそこまで辿《たど》り着く実力があったため、僕らが追いつく前にあの魔力《まりょく》の主《あるじ》と遭遇《そうぐう》してしまったのだろう。

『魔力感知』によって一つ、また一つと魔力が急激に失われていくことが分かる。

僕は奥歯を強く噛《か》みながら最短ルートでボス部屋まで駆《か》け抜《ぬ》けた。

ボス部屋前の広間に入ると、開け放たれているボス部屋の扉《とびら》とその前で冒険者の顔面を鷲摑《わしづか》みにして口角を思い切り吊《つ》り上げている漆黒《しっこく》の衣《ころも》を身に纏《まと》う男が視界に入った。

そしてその男の下には頭が拉《ひし》げた血塗《ちまみ》れの冒険者が三人、男の目の前には剣を構えつつもガタガタと震《ふる》えている冒険者が一人。

「ハァッ!!」

そのまま漆黒の男へ跳躍し、冒険者を鷲摑みしている腕《うで》に雷薙《ライナギ》を振り抜く。

――ガギィインッ！

しかしその一撃《いちげき》は男が抜いた剣により軽々と受け止められた。

「ほう……まだ人間がいたのか」

凄まじい膂力《りょりょく》で刀を弾《はじ》かれ、吹き飛ばされた。咄嗟に足裏で地面を摑み、勢いを殺し踏《ふ》みとどまる。

男は冒険者を投げ捨てて、すぐに剣を抜いたようだ。

とりえあえず摑まれていた男性はまだ無事のようでホッと息を吐《つ》く。

「仲間の人を連れて、ここから離《はな》れてください！」

先程まで頭を摑まれていた冒険者は意識を失っているようでピクリとも動かないため、背後でガタガタと震えていた冒険者に大声で指示を出す。

冒険者はハッとしてすぐに倒れた仲間に駆け寄っていた。

漆黒の男は先程摑んでいた冒険者に興味をなくしたようで一切《いっさい》意に介《かい》さず、ニヤニヤと笑いながら僕を観察していた。

「貴方《あなた》は、何者ですか？」

油断せずに雷薙《ライナギ》に手を添《そ》えつつ、漆黒の男に問いかける。

「我が名はフォルネウス。ただの魔王様の忠実な下僕《げぼく》だ、死にゆく人間よ」

フォルネウスはビッシリと生えた牙《きば》を見せつけるように、口を半月のように吊り上げた。

纏う闇属性の魔力量は今まで対峙《たいじ》したどの魔物とも比べ物にならない程であり、緊張で背中に汗《あせ》が滲《にじ》む。

しかし瘴気の発生源はこいつかと思ったのだが、後ろのボス部屋から更に凄まじい瘴気が流れ続けており、原因はこの先にあることが窺《うかが》えた。

「その魔王の下僕である貴方はこんな場所で何をしているのですか？」

「勿論《もちろん》、人間の冒険者とやらを殺すために働いているのだ。冒険者どもでも太刀打《たちう》ちできない化け物を育て上げ、集団暴走《スタンピード》を起こし街に放つ。そうして得た人間の生命力を魔王様のために活用してやろうという計画だ。まぁ知ったところでお前の未来は変わらない。さて、ゴミムシも去ったぞ。少しは楽しませてくれるのだろうな？」

フォルネウスは先程の冒険者が仲間を背負いボス部屋から脱出する後ろ姿を、見下すような目で眺《なが》めていた。

僕が時間を稼《かせ》いでいることを理解して、それに付き合っていたのか。

「さて、これで遊べるだろう？」

フォルネウスは跳躍《ちょうやく》し、凄まじい速さで僕に迫《せま》り来る。

『瞬雷《ブリッツアクセル》』を発動し意識を超《ちょう》加速し、高速の剣を回避《かいひ》、居合抜《いあいぬ》きで反撃《はんげき》をする。フォルネウスは流れるように腕をふるい、その一閃《いっせん》に剣を重ねた。

その膂力から放たれる凄まじい衝撃《しょうげき》をバックステップで殺し、『雷光《ライトニングレイ》』を放つ。幾筋《いくすじ》もの光速の閃光が敵を襲《おそ》う。

フォルネウスは漆黒の槍《やり》を空中に生み出し、『雷光《ライトニングレイ》』を全《すべ》て迎撃《げいげき》した上で更にこちらに槍を投擲《とうてき》した。

冷静に軌道《きどう》を見極《みきわ》め雷薙《ライナギ》で打ち払《はら》い、躱《かわ》す。多少頬《ほお》が裂《さ》かれる程度は問題ない。

しかし近接も魔術もこの水準でこなすとは、隙《すき》がないな……。

剣を、魔術を激しくぶつけ合う。それに伴《ともな》いフォルネウスは笑《え》みを深くしていき、不気味に笑っていた。

「クフフ……良い余興だぞ、人間よ！　素晴《すば》らしい玩具《おもちゃ》が現れてくれて嬉しいぞ！　ほうら、我を早く倒して後ろの魔術陣《じん》を止めないと大変なことになるぞ？　もっと必死に足掻《あが》き、我を楽しませよ!!」

フォルネウスが声高《こわだか》に笑いながら僕に剣を振り上げると、唐突《とうとつ》にその顔面が爆炎《ばくえん》に包まれた。

広間の入口を見ると、杖《つえ》を構えたロゼさんとエアさん、アリアさんの姿が目に映る。

攻撃《こうげき》を受けたフォルネウスは、感情が欠落したような顔で首をコキコキと鳴らしていた。

魔術が直撃してもダメージはほとんどなしか……。

「またゴミムシか……。まず邪魔《じゃま》な虫から潰《つぶ》すか」

フォルネウスは矛先《ほこさき》を変えロゼさんへ跳躍する。すかさず僕も『瞬雷《ブリッツアクセル》』を発動し回り込み、質量の大きい夜一《ヨイチ》をフォルネウスの剣と交差させた。

これでもかと両腕《りょううで》に気力を込《こ》め、身体《からだ》が軋《きし》むような一撃を何とか受け止めることに成功。

「貴方の相手は……僕のはずですッ!!」

夜一《ヨイチ》を放り投げ、すぐさま雷薙《ライナギ》で居合抜き。渾身《こんしん》の気力を込め、超高速の一閃を放つ。

フォルネウスは胸部から赤い血を僅《わず》かに噴出《ふんしゅつ》しつつも咄嗟《とっさ》に身を引き、それを回避。

僕はそのまま追いすがり、更に雷薙《ライナギ》を振るう。

「アアァッ!!」

フォルネウスは闇《やみ》属性魔力を一気に噴《ふ》き出し、剣を思い切り横に薙《な》ぐ。僕の追撃は容易に弾かれ、衝撃を殺しきれず吹っ飛ばされた。

左手と両足で地面を摑み、土を削《けず》りつつもなんとか勢いを削《そ》ぎ体勢を立て直す。

フォルネウスに狙《ねら》われたロゼさん、そしてその攻撃に反応できなかったエアさん、アリアさんは臨戦態勢を取りつつも表情は強張《こわば》っていた。

「三人とも、この部屋から退《ひ》いてください！　あいつは魔族です！」

僕がそう叫《さけ》ぶと三人は驚《おどろ》いた顔をして、逡巡《しゅんじゅん》する様子を見せた。それを見たフォルネウスは血走った目でツバを飛ばして叫んだ。

「ゴミムシはもう逃《のが》さねぇ！　お前らは餌《えさ》にしてやる！」

フォルネウスが地面に手を付けると、地面から大きな魔術陣が黒い光を放ち浮《う》かび上がった。

嫌《いや》な予感がして斬《き》りかかろうとした瞬間《しゅんかん》、後ろから短くアリアさんの悲鳴が聞こえた。

バッと後ろを振り返ると、三人の姿が薄《うす》くなっていく様子が視界に映る。転移魔術か⁉

フォルネウスを睨《にら》みつけ『魔力感知』を最大に張り巡《めぐ》らせると意外と近く、いつの間にか扉が閉まっていたボス部屋の中に三人の魔力はあった。

「何をする気だ⁉」

焦燥感《しょうそうかん》で必死になる僕を見てフォルネウスは余裕《よゆう》を取り戻《もど》して楽しそうに笑った。

「クフフ……。ちょっと魔物の幼体の餌になってもらうだけだ。あぁ、言っておくが奴《やつ》はまだ幼体で理性はないが純粋《じゅんすい》な破壊《はかい》能力と再生能力は既《すで》に我をも凌駕《りょうが》している。お前にも倒すことは出来ぬし、あの三人程度では数分ともたぬだろうなァ……クフフフ」

思わず奥歯を噛み砕《くだ》いてしまうかと思うほど、強く歯を食いしばる。

自らの無力さ、不甲斐《ふがい》なさに、かつてない程《ほど》の怒《いか》りが湧《わ》き上がる。そのまま目の前が真っ赤になり感情に支配されそうになるも、それを必死で抑《おさ》え込んだ。

ダメだ、落ち着け。僕がここで理性を手放したら、絶対に三人を助けることはできなくなる。

深呼吸をし、眼前の敵を屠《ほふ》ることのみに全神経を集中させる。

すぐに行く、待っていてくれ。

■

ロゼが魔族に襲われ、シリウスがそれを庇《かば》い魔族を斬りつけた。

勝てるんじゃないと思ったのもつかの間、いつも余裕のシリウスにも余裕がないようで私たちに逃《に》げるように叫んだ。

シリウスを助けたい気持ちと、私たちでは足を引っ張ってしまうという気持ちが鬩《せめ》ぎ合い逡巡していたところに、魔族が魔術を行使し私たちは気がついたらボス部屋の中に転移させられていた。

部屋の中には所狭《ところせま》しと魔術陣が刻まれており、部屋の中央には太い血管が張り巡らされた巨大《きょだい》な肉の塊《かたまり》のような物がドクンドクンと大きく脈打っていた。

その肉の塊からは悍《おぞ》ましい程の瘴気《しょうき》が発生しており、近づいてはいけないと相方《シルフィード》が激しく警鐘《けいしょう》を鳴らしていた。

一緒《いっしょ》に転移させられたロゼとアリアもそれを見つめ、凄《すご》い冷や汗を流しながらカタカタと震えていた。

「こ、これって……」

「す、凄い魔力量です……。もしこれが覚醒《かくせい》したら……」

「しかも、この周りの魔術陣。詳《くわ》しくは分からないけど迷宮《ダンジョン》から魔力を吸い上げてコレに注いでるみたい。どう考えても、まずい」

そう、この肉の塊、何かの魔物が身体を抱《いだ》いて寝《ね》ているようにしか見えない。しかもロゼが言うように魔力が供給され続けているのであれば、早くどうにかしないとドンドン強くなってしまうということになる。

……でもこれが覚醒した場合、私たちで太刀打ちできるかと言われると……。

そんなことを考えていると魔物が一際《ひときわ》大きく脈動し、ちょっとずつ動き始めた。

「ねぇちょっと、これ……」

「……覚醒してる。やるなら、今しかない」

ロゼは覚悟《かくご》を決めた表情で、魔力を集中し始めた。

「……そうね、分かったわ」

「うぅ、やるしかないですね……」

私と目を潤《うる》ませたアリアも魔力を集中し始める。

「頭部に攻撃を集中させよう」

「了解《りょうかい》よ」

「分かりました」

ロゼはそう言うと長杖を構える。纏《まと》う魔力は既に熱を発しており、ロゼの輝《かがや》く赤髪《あかがみ》をなびかせていた。

「『真紅焔滅《クリムゾンフレア》』」

「『嵐風斬閃《らんぷうざんせん》』」

「『水爆薬球《ニトロエクスプロージョン》』」

真紅《しんく》の炎《ほのお》、嵐《あらし》を纏う斬撃《ざんげき》、巨大な水球が同時に魔物《まもの》の頭部へ直撃する。大爆発《ばくはつ》と凄《すさ》まじい衝撃波《しょうげきは》が部屋を渦巻《うずま》き、思わず腕《うで》で目を覆《おお》う。

衝撃波が収まり魔物を見ると、ボロボロになった頭部を抱《かか》えて不気味に蠢《うごめ》いている姿が目に映った。

「やった……の?」

思わずそう呟《つぶや》くと、ロゼは険しい表情で杖を構え直した。

すると、魔物は肉が盛り上がりあっという間になにもなかったかのような姿に戻り、ゆっくりと立ち上がった。なんていう再生速度なの⁉

「さっきので倒《たお》せないとなると、私たちにはかなり厳しい。あれは何度も使える魔術じゃないし、効いているかも分からない」

「私もね……」

「私もです……」

私も使えても後二回といったところだし、二回使ったら暫《しばら》くはまともに動けなくなるためリスクが高すぎる。きっと二人とも同じようなものなのだと思う。

ということはもう、私たちにできることは一つしかない。

「シリウスが来るまで粘《ねば》るしかないってことね……」

「そういうことになる」

ロゼは悔《くや》しそうに頷《うなず》き、アリアも頷いていた。

魔物の魔力は強大でとても恐《おそ》ろしいけど、シリウスを待つと決めると不思議とどうにかなる気もしていた。

回避《かいひ》と防御《ぼうぎょ》と牽制《けんせい》に専念するだけならば、シリウスから教わった効率的な気力の使い方をすれば多少はもたせることができると思う。ロゼもアリアもそうだろう。この迷宮《ダンジョン》で私たちも、成長したんだ。

私たちは巨大な魔物と対峙《たいじ》しつつも、震《ふる》えは止まり闘志《とうし》が湧《わ》いてきていた。

■

三人が転移させられるとすぐに、ボス部屋から漏《も》れ出ていた悍《おぞ》ましい魔力が増幅《ぞうふく》していくことが感じられた。まるで休眠《きゅうみん》していた強大な何かが覚醒するかの如《ごと》く。

焦《あせ》る気持ちを抑《おさ》え、目の前の敵を倒すことに意識を向ける。自らの身体《からだ》の内に渦巻く魔力に意識を集中し、術式を丁寧《ていねい》に組み立てる。


「『雷神纏衣《らいじんてんい》』」


術名を紡《つむ》ぐと雷鳴《らいめい》を轟《とどろ》かせ、一筋の雷《かみなり》が身体を撃《う》つ。

特級強化魔術『雷神纏衣《らいじんてんい》』。上級広域殲滅《せんめつ》魔術『雷神の裁き《トールジャッジメント》』が内包するエネルギーを一身に留《とど》める魔術である。効果は単純、全身体能力の飛躍《ひやく》的向上、そして全攻撃《こうげき》への雷属性の付与《エンチャント》だ。

暴れ狂《くる》う紫電《しでん》を纏い、一足飛びに迫《せま》る。跳《は》ね上がった敏捷《びんしょう》性に不意を突《つ》かれたフォルネウスの顔が驚愕《きょうがく》に染まる。

「ハァッ!!」

正真正銘《しょうしんしょうめい》最速の太刀《たち》は今までとは比べ物にならない威力《いりょく》で、交差するフォルネウスの剣《けん》を大きくはね上げた。そのまま流れるように二の太刀を浴びせ、敵の障壁《しょうへき》を紙のように斬《き》り裂《さ》く。

「ヌオオオオオッ!!」

フォルネウスは素早《すばや》く身を引きつつ左手を前に突き出し、凝縮《ぎょうしゅく》した魔力を解き放った。

「『暗黒波動《ダークネスブラスト》』」

「『雷極砲《アブソリュートスパーク》』」

こちらも左手から上級魔術『雷極砲《アブソリュートスパーク》』を放つ。

凄まじい魔力がぶつかり合い、激しい奔流《ほんりゅう》を巻き起こす。洞窟《どうくつ》は激しく揺《ゆ》れ、地盤《じばん》は剝《は》がれ吹《ふ》き飛び、周囲の岩石は砕《くだ》け割れる。僕は構わずフォルネウスの懐《ふところ》へ詰《つ》め寄った。

目を細め後退しつつ奔流に耐《た》えるフォルネウスと視線が交差。

剣を引き戻《もど》す動きを見せるが、遅《おそ》い。

雷の尾《お》を引き、雷薙《ライナギ》により右腕《みぎうで》を斬り飛ばした。

「オノレ、エッ⁉」

そして次の瞬間《しゅんかん》には、憤怒《ふんぬ》に包まれた頭部も身体と離《はな》れ、宙を舞《ま》う。

何やら魔力を凝縮しようとしていたようだが、こんな至近距離《きょり》でそんな悠長《ゆうちょう》な真似《まね》を許すはずがないだろう。

頽《くずお》れる漆黒《しっこく》の身体、鋭《するど》い牙《きば》を食いしばったまま地面に叩《たた》きつけられる頭部。

「グゥッ……まさか我が……魔王様……の御為《おんため》に――」

「させません」

何かを発動させようと動きを見せたフォルネウスを、問答無用で粉々に切り刻む。

頭部も身体も跡形《あとかた》もなくバラバラになった……が、部屋の魔術陣《じん》が怪《あや》しく光ったかと思うとフォルネウスだった残骸《ざんがい》はスゥッと消えていった。いや、吸収されたという方が正しいようだ。

魔術陣から放たれる妖《あや》しく黒い光が収まったかと思った瞬間、ボス部屋から滲《にじ》み出る瘴《しょう》気《き》が爆発的に増幅された。この魔力は、フォルネウス……いや、それを何倍も濃密《のうみつ》な闇《やみ》属性に凝縮したかのような魔力だ。

魔術陣の発動と同時に軋《きし》みを上げながら開く扉《とびら》に走る。

扉の向こうには闇を纏った醜悪《しゅうあく》な巨人《きょじん》が両手を振《ふ》り下ろす姿が見えた。そしてその巨人の下には、魔力枯渇《こかつ》で動けなくなったのであろうロゼさんとアリアさん、そして二人を庇《かば》うように剣を構えた傷だらけのエアさんの姿が見えた。

全《すべ》ての力を注ぎ地を蹴《け》るも、既《すで》に拳《こぶし》は三人の頭上に迫っており到底《とうてい》届かない距離だ。

「アァァァァァァッ!!」

無情にも巨人の拳が地面を抉《えぐ》り、迷宮《ダンジョン》が大きく揺れた。

信じがたい光景に、心の底から叫《さけ》び声が漏れ出る。あの質量の拳を魔術障壁もなく受けた三人がどうなったかは、想像に易《やす》かった。

僕は怒《いか》りに任せそのまま巨人に突貫《とっかん》。巨人の左腕を斬りとばすも、残った右腕で払《はら》いのけられて迷宮《ダンジョン》の壁《かべ》に身体を打ち付けられた。

生温《なまぬる》い血が口内を満たすが、感情の奔流に呑《の》み込まれ痛みは感じない。

巨人を見据《みす》えると、数瞬前に斬り飛ばした左腕は既に再生し元に戻っていた。ならば、再生しなくなるまで斬り刻んでやる。

気力を集中させ再度跳躍《ちょうやく》しようと構えると、凛《りん》とした声が部屋に響《ひび》き渡《わた》った。

「シリウス!!　落ち着きなさい!!」

声のする方へ振り向くと、風の結界に包まれた三人の姿が目に入った。その姿に憤怒の感情は霧散《むさん》し、歓喜《かんき》が胸に満ち溢《あふ》れる。

なぜ、どうやってあの隕石《いんせき》のような攻撃を防いだのかと疑問が湧いたが、エアさんが突き出した左手に輝いているバングルが透《す》き通った緑色の光を発しており、思い出した。

エアさんに贈《おく》ったバングルに付与《エンチャント》していた『風障壁《ウインドバリア》』が三人を包み込み、護《まも》ったのだ。

暫くすると障壁は効果を終え、緑色の魔石は高い音を立てて砕け散った。

僕は冷静さを取り戻し、牽制しつつ巨人を三人から引き離す。三人も身体を引きずりつつ部屋の隅《すみ》へとなんとか避難《ひなん》してくれた。

さぁ、反撃の時間だ。

巨人の攻撃を回避して、その腕を斬る。避《よ》けては斬るを繰《く》り返す。

しかし巨人はいくら傷をつけても瞬時に治癒《ヒール》するという凄《すさ》まじい再生力を見せていた。加えて徐々《じょじょ》に身体能力が上昇《じょうしょう》していくというおまけ付きだ。

僕が最初に目にした時はぼんやりとした闇を纏っているだけであったのだが、今はもう完全にフォルネウスが纏っていた闇の衣《ころも》が身体に再現されている。恐らくフォルネウスの魔力を迷宮《ダンジョン》経由で吸収したのだろう。

振るう拳も最初は力任せだったものが、徐々に効率的に身体を動かすよう適応してきている。異常なまでの成長速度だ。

一見死なない上に凄まじい勢いで成長しているため無敵のように思える巨人であるが、こいつにも弱点はある、魔核《まかく》だ。こいつを破壊《はかい》されればいくら外部から魔力の供給があろうと、身体に留めることができない。

問題はどこに魔核があるかということだが……目星はついている。

何度も斬りつけて分かったことだが、奴《やつ》は腹部に近いほど硬《かた》く、再生速度が速い。

つまりその付近に魔力の発生源があるということだ。

僕は大きくバックステップを踏《ふ》み、魔力回復薬《マジックポーション》を一本呷《あお》った。なんとも言えないえぐ味が口一杯《いっぱい》に広がり、代わりに魔力が若干《じゃっかん》湧き出てくる。これで後一回は行ける。


「『雷神纏衣《らいじんてんい》』」


本日二度目の特級魔術『雷神纏衣《らいじんてんい》』を発動。並行して『雷光付与《ライトニングオーラ》』『瞬雷《ブリッツアクセル》』も身に纏い、身体能力を限界まで引き上げた。激しく紫電が踊《おど》り狂い、眩《まばゆ》い雷光が辺りを照らす。

光速の跳躍で巨人へ詰め寄る。

一閃《いっせん》、右腕が飛ぶ。一閃、左腕が飛ぶ。一閃、巨人が身に纏う黒い衣を斬り裂く。

「ガアアアアアッ‼」

追い詰められた巨人が憤怒の咆哮《ほうこう》を放つ。凄まじい轟音《ごうおん》と衝撃波《しょうげきは》に身体が後ろへ吹き飛ばされそうになるも、足で地を摑《つか》み抗《あらが》う。

しかしその刹那《せつな》に巨人の身体は再生し纏《まと》う衣は鎧《よろい》となり、身体が一回り小さくなった。

更《さら》には漆黒の魔力が凝縮された剣を生成、巨人はそれを両手で構えた。

「グ……グォォオッ！」

巨人は咆哮し、その漆黒の剣を振るう。剣撃に雷薙《ライナギ》を合わせ、往《い》なす。

――ガギギギギギィンッ
無数の剣撃が交差する。

巨人の剣技は拙《つたな》いものであったが、その膂力《りょりょく》には眼《め》を瞠《みは》るものがあった。

何度打ち合っただろうか。幾度《いくど》目か漆黒の剣と切り結んだところでその膂力により弾《はじ》き飛ばされた。体勢を整え視線を上げると、目の前には漆黒の剣を振り上げ勝利を確信し口角を吊《つ》り上げた巨人がいた。

「ゴガアアッ！」

「『雷神裁墜《トールジャッジメントボルト》』！」

巨人が剣を振り下ろす瞬間、眩い雷光が雷薙《ライナギ》に落ち巨人の目を灼《や》き焦《こ》がす。

眩い程《ほど》の魔力を纏う雷薙《ライナギ》を鞘《さや》に納めつつ紙一重《かみひとえ》で身体を捻《ひね》るも、剣が胸に食い込み血が噴《ふ》き出した。この程度の傷、くれてやる。

「我が光、天を断《た》たん『天剣』」

鞘から雷薙《ライナギ》を抜《ぬ》き放ち、薙《な》ぐ。

眩い光を纏いし一閃は巨人の胴体《どうたい》を綺麗《きれい》に消し飛ばし、空白の空間にはバチバチと白い火花が舞《ま》っていた。

「グ……ガ……」

魔核を失ったのだろう。残った巨人の肉体は再生することはなく、脈動も止まった。ついでに先程の『天剣』により壁面《へきめん》は深く抉れており、魔術陣の効果も失われ魔力の不自然な動きもなくなっていた。

「ふう……」

身体を包む魔力が消失し、激しい倦怠感《けんたいかん》と痛みに襲《おそ》われて地面へ倒《たお》れ込む。

生ぬるい鉄の味を感じつつも大切な仲間が駆《か》け寄ってくる姿を見てフッと笑《え》みを零《こぼ》し、僕は意識を手放した。

エピローグ

目を覚ますと、知らない天井《てんじょう》が目に入った。ここは……。

窓の外は暗く、腹時計的に二、三時間程気を失っていたと予想する。

何か聞こえると思いそちらに目を向けると、枕元《まくらもと》で安らかな寝顔《ねがお》でスヤスヤと寝息を立てているエアさんの姿が目に入った。……無事帰ってこられたようで良かった……。

一度は喪《うしな》ったかと思った大切な友人の髪《かみ》を軽く撫《な》でると、白金色《プラチナブロンド》の美しい長髪がサラリと手の中で流れた。

心地よい感触《かんしょく》に誘《いざな》われ暫《しばら》く撫でていると、頭が熱を帯びてきたような感覚が。顔を覗《のぞ》き込むと、真っ赤な顔で唇《くちびる》を噛《か》み締《し》めプルプルと震《ふる》えているエアさんと目が合った。

「……し、失礼しました！」

慌《あわ》てて手を離し身を引く。エアさんの予想外な表情に、鼓動《こどう》が跳《は》ねる。

エアさんはゆっくりと身体《からだ》を起こし指で髪をくるくるといじりながら小さく呟《つぶや》いた。

「……べ、別にこれくらい構わないわよ。やりたかったらもっと――」

「エアさん、そろそろ交代……あっ！　シリウス君⁉」

エアさんのつぶやきを遮《さえぎ》り、アリアさんが部屋に駆け込んできた。

アリアさんはそのまま僕に飛びつき嗚咽《おえつ》しはじめた。ふわふわな柔《やわ》らかい感触に思わず顔が熱くなっていく。

エアさんはその様子を見て、もう……と小さく呟いていた。

「シリウス君……助けてくれてありがとうございました……。でも、あんなに無茶して、とっても心配したんですから……」

「アリアさん……心配をおかけして、すいません」

アリアさんの背中をゆっくりと撫でると、次第《しだい》に嗚咽が収まってきた。この状況《じょうきょう》をどうしようと思案していると、廊下《ろうか》から何人か近づいて来る音が聞こえてきた。

「シリウス、やっと起きた……心配した」

真っ先に入ってきたロゼさんはボスボスと僕の背中を叩《たた》く。しかしその目には薄《うっす》らと涙《なみだ》が浮《う》かんでおり、大分心配掛けてしまったことがうかがえた。

「ロゼさんも、ご心配をおかけしました」

「……別に、あんなことでライバルが居なくなったらつまんないと思っただけ」

僕が微笑《ほほえ》みながらそう言うと、ロゼさんは耳を赤く染めながらふいと顔を逸《そ》らした。

「シリウス！　無事だったんだね！」

「おう、もう起きたのか。流石《さすが》早いな」

次いで『ウルフファング』一同が姿を現す。

小さな部屋に人口密度がドンドン増していく。この様子、ここはギルドの医務室かな。

「兵士を連れて十九階層まで辿《たど》り着いたら血を吐《は》いて倒れてるシリウスと涙目の嬢《じょう》ちゃんたちがいて本当に驚《おどろ》いたぞ。しかもどうみてもヤバい魔物の死体まで転がってるときたもんだ。下ではギルド職員が大わらわだぜ。んで、起きていきなりで悪いんだがシリウスが目を覚ましたら事情を聞きたいってギルドマスターが言ってたが、行けそうか？」

ウルフさんは快活に笑い、下を指差していた。

「ええ、行きましょう」

僕とエアさん、アリアさん、ロゼさんはギルドマスター室へ向かった。部屋の前につくと、扉《とびら》を一度叩いただけで即座《そくざ》に黒スーツの女性が扉を開いた。

部屋の中ではギルドマスターのオリヴァーさんと僕の入学試験官であったベアトリーチェさんがソファに座り、部屋に入る僕を見据《みす》えていた。

「ほっほ、シリウス君、起きて早々に呼び立てて悪かったのう。身体の調子はどうじゃ？」

「ふっ、あの程度はどうってことないじゃろ。むしろ起きるのが遅《おそ》かったくらいじゃ」

老人口調キャラが二人……。何という濃《こ》い空間だろうか。

「ええ、お陰様《かげさま》で身体はもう大丈夫《だいじょうぶ》です。ありがとうございました」

僕が頭を下げると、オリヴァーさんは目を細めて笑った。

「いやいや、君に感謝しなければならないのは儂《わし》らの方じゃ。まさか王都の迷宮《ダンジョン》に魔族《まぞく》が潜《ひそ》んでいたとはのう……。不覚じゃった」

「そういう話はもう良いじゃろ。シリウス、迷宮《ダンジョン》で何があったか聞かせるのじゃ」

ベアトリーチェさんはオリヴァーさんに手を払《はら》う素振《そぶ》りをし、ルビーのような紅《くれない》の瞳《ひとみ》を僕に向けた。冒険《ぼうけん》者ギルドマスターにこの態度って、この人一体何者なのだろう。

僕は魔族が魔王の下僕《げぼく》と名乗ったこと、強力な魔物を育成していたこと、魔術陣《じん》で迷宮《ダンジョン》内の魔力を集め魔物を強化していたこと等をざっと話す。

魔族は粉々になったし、こんな子どもたちが魔族を倒したなんて誰《だれ》も信用しないかと思ったのだが、二人はすんなりと納得《なっとく》したようであった。どうやら残っていた巨人《きょじん》の死体と鎧の破片《はへん》から魔族の魔力残滓《ざんし》が感知されていたため、裏付けは取れていたらしい。

「やはり、魔王発生はもう確定じゃのう」

「だから妾《わらわ》は言ったじゃろ。もう魔王は生まれてるから、とっとと冒険者ギルドから発表しろとな」

「仕方なかろう。お主の勘《かん》だけでは公表するには根拠《こんきょ》が薄《うす》すぎるんじゃよ……」

　幼女におじいちゃんが押されて苦笑《くしょう》している光景は中々シュールである。そんな僕の憐《れん》憫《びん》の視線に気がついたのかオリヴァーさんは咳払《せきばら》いをし、再び柔和《にゅうわ》な笑みを浮かべた。

「今回君たちは、魔族を討伐《とうばつ》し王都襲撃《しゅうげき》を未然に防いでくれた。また十五年ぶりの魔族討伐という快挙を成し遂《と》げた。しかも魔族は最低でもAランク以上、死体の残っていた巨人はSランク弱の魔力を秘《ひ》めていたと想定されるにも拘《かか》わらず、それらをたった四人で討伐したと言うのは、冒険者ギルドの歴史でも類を見ない大事件じゃ。冒険者ギルドとしては、そんな君たちに何もしないという訳にはいかん」

　オリヴァーさんの話を聞き、エアさん、アリアさん、ロゼさんが一斉《いっせい》に立ち上がった。

「私たちは、ほとんどなにもしていません！」

「手も足も出ませんでした……」

「巨人からも、逃《に》げていただけ」

　三人は真剣《しんけん》な表情でオリヴァーさんを見つめる。しかしそれを見たオリヴァーさんは、嬉《うれ》しそうに笑っていた。

「ほっほ、君たちの言いたいことは分かっておるつもりじゃ。確かにシリウス君が討伐したことは事実だろうし、君たちでは勝てなかっただろう。じゃがシリウス君が魔族を倒すまで巨人を抑《おさ》えることができていた君たちの実力もまた、儂は買っておるのじゃ。じゃから今回は特別措置《そち》として、シリウス君はAランク、エア君、アリア君、ロゼ君はBランクへの昇格《しょうかく》を行う！　更《さら》に各人に五百万ゴールドの報奨《ほうしょう》金を与《あた》える！」

「それに加えて、セントラル冒険者学校学長であり Sランク冒険者である妾の権限により、Sランク冒険者の権限を一部シリウスのパーティに与える。各種施設《しせつ》の優遇《ゆうぐう》、セントラル大書庫の全書物閲覧《えつらん》権限、そして妾からの魔術の直接指導もつけてやろう！　今回で一番の褒美《ほうび》じゃぞ、喜ぶが良い！」

あまりのことに、僕たちは声も出せず呆然《ぼうぜん》と互《たが》いに顔を見合わせる。そんな僕たちを置いて、部屋に入ってきたセリアさんが三枚のギルドカードを机の上に置いた。

「はい、これが新しいギルドカードです。縁《ふち》が金色になっているのは、ベアトリーチェ様からご説明があった特別権限の証《あかし》です。ギルドカードを見せれば問題なく権限を行使できます。……それにしてもシリウス君、あっという間に出世しちゃいましたね……やっぱり今からでも、玉《たま》の輿《こし》に――」

「へ、へぇー、これが新しいギルドカードね、ありがとう受付嬢さん！」

セリアさんが小さい声で何か呟いているところにエアさんが割って入りギルドカードを眺《なが》め始めた。なぜか二人の間で火花が散っている気がするのは気のせいだろうか。

「あわわ……私なんかがBランクなんて……」

「……実力で、すぐにシリウスに追いつく」

アリアさんはギルドカードを持ち助けを求めるような目線を僕に向け、ロゼさんは闘志《とうし》に満ちた目で僕を見据えていた。

僕はAというランクが刻まれたギルドカードを見て、思わず頬《ほお》を綻《ほころ》ばせた。

しかもあの全く歯が立たなかったベアトリーチェさんに魔術の指導をしてもらえるのも、とても嬉しいことであった。

「シリウス君、エア君、アリア君、ロゼ君、今回は本当にありがとう。君らがいなかったら犠牲《ぎせい》はもっと甚大《じんだい》なものになっていたじゃろう……。さて、皆《みな》が下で待っているじゃろうし、堅苦《かたくる》しい話はここまでにしておこうかのう」

「うむ。妾も国王やらとこれからの話をせねばならんからの。面倒《めんどう》じゃがそろそろ帰ることにするのじゃ」

皆が待っているとは、どういうことだろう？

笑みを浮かべるセリアさんに手を引かれ下に降りると、ギルド酒場に屯《たむろ》している冒険者たちが一斉にこちらを見ていた。

「皆さん、英雄《えいゆう》たちのご帰還《きかん》ですよ！」

「「「「うおぉぉぉぉ!!」」」」

冒険者たちはジョッキを僕らに向かって掲《かか》げて嬉しそうに叫《さけ》んでいた。どういうこと？

仲間と顔を合わせ首を傾《かし》げていると、『ウルフファング』と見覚えのある冒険者たちが近づいてきた。

「少年……君のお陰《かげ》で、なんとかアイツは救うことが出来た。本当に、ありがとう……。そして君を置いて逃げて、済まなかった……」

この人はボス部屋の前で震えていた冒険者の人だ。

彼は涙目で僕の手を握《にぎ》り、ありがとうありがとうと呟いていた。

「俺たちも、ウルフさんたちとシリウスたちがいなかったら今頃《いまごろ》はここにいなかった。改めて礼を言わせてくれ、ありがとう」

「俺の友人を助けてくれてありがとうな！」

「迷宮《ダンジョン》を守ってくれてあんがとな小僧《こぞう》と嬢ちゃんたち！」

途中《とちゅう》で助けた冒険者の人やその友達など、いかつい冒険者たちが次々に僕らに感謝の声をかけてくる。なんだか照れくさくなり三人を見ると、皆も照れて顔を赤らめていた。

僕らはあっという間に中央の席に座らされ、ジョッキを渡《わた》された。皆早く飲みたくて仕方がない様子だ。

「そんじゃセントラルを、仲間を救った小さな英雄たちに、乾杯《かんぱい》！」

「「「かんぱーい！」」」

冒険者たちは馬鹿騒《ばかさわ》ぎをしながら酒を呷《あお》り、肉を食い始めた。もういつもと同じ光景だな。

三人と苦笑しているとマイルさんがいつもどおり飛んできた。勢いよく前から抱《だ》きつき、上目遣《うわめづか》いで嬉しそうに笑っていた。

「シーリウス！　Aランク昇格おめでとっ！」

いつもより顔が赤く、ほんのりエールの香《かお》りが漂《ただよ》っている。完全に酔《よ》っている。

「私からお祝いね！　んーっ！」

マイルさんが唐突《とうとつ》に目を瞑《つぶ》り、顔を近づけてくる。しかし直《す》ぐ様《さま》、彼女の頭は何者かに鷲摑《わしづか》みにされ僕から引き剝《は》がされた。

「イタタタ！」

「君！　前から思ってたけどシリウスにくっつきすぎよ！　シリウスの一番の相方はわ、私なんだから！」

マイルさんにアイアンクローをかますエアさん。顔が真っ赤である。誰だ酒を飲ませたのは!?　いくらこの国の法的に問題ないとはいえ子どもに飲ませちゃダメでしょ!?

「ねぇシリウスー！　私たちは二人だけの秘密をきょうゆーしてる仲だもんね！　一番の相方よねー？」

エアさんは僕にガンを付けながらしなだれかかってくる。エルフとは思えない双丘《そうきゅう》が押し付けられ、酒も飲んでいないのに顔が赤くなっていくのを感じる。

どうにか逃げようと反対側に椅子《いす》をずらそうとすると、反対側からも更に大きく柔《やわ》らかい物が押し付けられた。

振《ふ》り返ると真っ赤になったアリアさんの顔が至近距離《きょり》にあり、思わずのけぞる。

「ずるいれす、いつもエアさんばっかり！　わらしもシリウス君とくっつきたいれす！」

……逃げ場がない。

疲《つか》れた顔で正面を見ると、顔を赤くして目の据《す》わったロゼさんが正面に立っていた。

「……シリウス、燃やす」

ロゼさんは杖《つえ》を掲げ魔力を集中させはじめた。

やばいよ！　ロゼさんは一番アルコール入れちゃいけないタイプだよ！

僕はすぐさまロゼさんから杖を取り上げる。数拍《はく》置いてロゼさんは杖がなくなったことに気づき、僕に突撃《とつげき》してきた。

「シリウス、かえせー！　もやすー！」

僕は三人の友人にもみくちゃにされつつも、無事に日常へ戻《もど》れた幸せを噛《か》みしめた。

あとがき

このたびは本書をお手に取っていただき、誠にありがとうございます。

作者の丁鹿《とうか》イノと申します。

本作品はWeb小説サイト「カクヨム」にて、「第4回カクヨムWeb小説コンテスト」異世界ファンタジー部門で特別賞をいただいた作品を、大きく加筆修正したものです。

本作品を書籍《しょせき》化できたのもひとえに読者様のお陰《かげ》だと思っております。応援《おうえん》いただき、本当にありがとうございます。

Web版は文庫本に収めるようには書いていなかったので、直して、削《けず》って、新しく考えてと、Web版に手を入れていないところがほとんどない作品となりました。Web版の読者様にも改めて楽しんでいただければ、とても嬉《うれ》しいです。

また文庫執筆《しっぴつ》中の現在、カクヨムの更新《こうしん》が遅《おく》れてしまっており大変申し訳ありません。できるだけ早く、そして面白い話を更新していけるよう頑張《がんば》ります。

最後に、お世話になった方々へ感謝を申し上げたいと思います。

カクヨムWeb小説コンテスト選考委員の皆様《みなさま》、ありがとうございました。特別賞の知らせをいただいた時は、驚《おどろ》いて心臓が止まるかと思いました。

担当編集様、沢山《たくさん》のアドバイスから身体《からだ》へのご配慮《はいりょ》まで、いつも本当に感謝しております。今後とも共に良い作品を作っていけると嬉しいです。

風花風花《かざばなふうか》先生、ヒロイン達は勿論《もちろん》、主人公も物凄《ものすご》く格好良く描《えが》いていただき本当にありがとうございました。これからもよろしくお願いいたします。

そして、Web版から応援してくださっている読者様、また今回初めてお読みいただいた読者様、本作を手に取ってくださった全ての方々に心より感謝申し上げます。

またお会いできることを楽しみにしております。

丁鹿イノ

※本書は、2019年にカクヨムで実施《じっし》された「第4回カクヨムWeb小説コンテスト」で異世界ファンタジー部門特別賞を受賞した「剣《けん》は光より速い－社畜異世界転生～社畜は異世界でも無休で最強へ至る～」を加筆修正したものです。

富士見ファンタジア文庫

転生《てんせい》した社畜《しやちく》は異世界《いせかい》でも無休《むきゆう》で最強《さいきよう》へ至《いた》る

令和２年５月20日　初版発行

著者——丁鹿《とうか》イノ

発行者——三坂泰二
発　行——株式会社KADOKAWA
〒102-8177
東京都千代田区富士見2-13-3
0570-002-301（ナビダイヤル）
印刷所——株式会社暁印刷
製本所——株式会社ビルディング・ブックセンター

ISBN978-4-04-073623-5 C0193　◇◇◇